好看的中国文学史

下册

钱念孙 著

华东师范大学出版社

目录

下 册

【第21回】	欧阳修游乐醉翁亭　范仲淹抒怀岳阳楼	477
【第22回】	梅尧臣嗜诗成痼癖　王安石炼字点龙睛	499
【第23回】	柳三变词赢群芳心　宋子京句得宫嫔情	517
【第24回】	苏东坡雄豪赋赤壁　李清照哀婉叹西风	539
【第25回】	黄庭坚题画惹诗祸　周邦彦争艳遭放逐	563
【第26回】	秦少游失意怨飞红　贺方回寂寞愁梅雨	585
【第27回】	陆放翁魂断沈园情　辛弃疾梦牵沙场兵	611
【第28回】	范成大使金记壮行　姜白石咏梅得佳姬	643
【第29回】	关汉卿称雄元杂剧　王实甫夺魁西厢记	667
【第30回】	白仁甫讴歌痴情女　马致远巧绘断肠人	693
【第31回】	包公戏洗雪黎民恨　琵琶记泣诉五娘悲	713
【第32回】	元好问悲恸吟丧乱　杨维桢持节作妇谣	731
【第33回】	罗贯中演义三国史　施耐庵浓墨水浒传	753

【第34回】	吴承恩奇想西游记	笑笑生艳绘金瓶梅	777
【第35回】	冯梦龙慧眼辑三言	汤显祖匠心成四梦	799
【第36回】	李梦阳复古反台阁	袁宏道重今抒性灵	823
【第37回】	蒲松龄孤愤寓聊斋	吴敬梓傲骨讽儒林	845
【第38回】	曹雪芹情寄红楼梦	孔尚任血染桃花扇	867
【第39回】	吴伟业怨诉圆圆曲	王渔洋悲吟秋柳诗	891
【第40回】	龚自珍笔吐风雷气	黄遵宪诗开海外天	913
【第41回】	吴趼人谴责怪现状	李伯元笔锋刺官场	933
【第42回】	刘铁云哭泣记老残	曾孟朴愤世绘孽海	955

【第 21 回】

欧阳修游乐醉翁亭
范仲淹抒怀岳阳楼

欧阳修游乐醉翁亭

纵情游览了唐代文学的风景名胜以后，我们步入了宋代文学的百花园。这里同样佳木耸天，异果飘香，万紫千红，百卉争艳。让我们对它的匆匆巡礼，就从叙述"宋代文学之父"欧阳修开始吧。

欧阳修晚年曾给自己起了个外号，叫"六一居士"，这可有一番来历。原来欧阳修博学多才，爱好广泛。他平生最爱书，家中藏书万卷，并广集博录金石佚文，编有《集古录》一千卷。他又喜欢玩古董，收有不少稀世珍宝，一有闲暇，便把玩欣赏。他还爱弹琴，爱下围棋，爱喝酒。这五样东西，加上他自己居于其中，所以他自称"六一居士"。

可别以为欧阳修真像这个外号所说的那样，整日沉湎于琴、棋、书、酒和古玩之中，只是个不问世事，充满闲情逸致的士大夫。他实际上是个很有抱负，很有才干，为人正直，并在许多方面取得卓异成就的一代伟人。

欧阳修，字永叔，生于宋真宗景德四年（公元1007年），庐陵（今江西吉安）人。他出身寒微，父亲欧阳观虽然曾在泗州（今江苏盱眙县）做过小官，但欧阳修四岁时，便不幸死于任所。他的母亲郑氏，硬是靠做针线活挣钱，维持母子两人的温饱。到了该上学的年龄，因为家贫进不了学堂，甚至连纸笔都买不起，郑氏就从外面铲回沙土，用荻草秆作笔在上面画着，教欧阳修读书写字。幸亏他是一个聪明过人的孩子，凡是母亲教过的字，只一遍，就能够背诵牢记，到了十四五岁时，已可以说是满腹学问了。

欧阳修的母亲也感到这孩子才智超人，大有前途，便带着他迁居随州，去投奔在随州任推官的叔父欧阳晔，以让他得到更好的学习条件。欧阳晔考问他古文诗词，见他都能对答如流，甚是惊奇和高兴，从此倍加爱重，悉心培养。

一次，欧阳修随叔父一起到城南大户人家李尧辅那里去，发现李家一只装书的竹筐里，有一套残缺的《昌黎先生文集》。他就蹲在那里随便翻阅，谁知一翻就入了迷，叔父走时连喊他数声，他也没听见。

李尧辅见他如此爱这本书，便将书送给了他。欧阳修匆匆赶回家，一头就钻进这套书里。他读到《讳辩》一文，对韩愈仗义执言，为李贺的不幸遭遇进行辩护，十分佩服；读到《祭十二郎文》，为韩愈悼念亡侄的诚挚感情，流下了眼泪……他越读越觉得韩愈的文章见解深刻，技巧高超，佩服得五体投地。

于是，韩愈成了欧阳修最为崇拜的对象。宋代初期散文的发展，虽然经历了中唐时期韩愈、柳宗元倡导"古文运动"的洗礼，但到了唐末五代以后，讲究雕饰骈偶的文风，又在社会上抬头流行。欧阳修想，韩愈当年能以自己的文章革新一代文风，我为什么不能使"论卑气弱"的宋代文坛重新振作起来呢？

欧阳修广搜博览韩愈的著作，日夜攻读，力摹其文，以至到了废寝忘食的地步。欧阳修不仅文章学韩愈笔法，就是信仰、性格，也深受韩愈影响。韩愈一生不信佛，写过有名的《谏迎佛骨表》；欧阳修也坚决排佛，遇人谈起佛事，他必正色驳斥。韩愈是个有名的耿直敢说、仗义执言的人，欧阳修后来为官当政时，也是个遇见不平便无畏上谏的好官。

宋仁宗天圣八年（公元1030年），二十四岁的欧阳修高中进士，被派往西京洛阳担任留守推官（留守的副官，掌管本地刑狱之事）。当时的洛阳留守钱惟演，不仅官高位显，而且雅爱文学。欧阳修到来后，他将当地才华横溢的文人尹洙、梅尧臣等都介绍给他。一时间，他们互相唱和，文名震动天下。

仁宗景祐元年（公元1034年），范仲淹因反对宰相吕夷简对外割地求和，对内排斥异己的做法，被吕夷简诬告贬官。许多人对此事看得很明白，却都不敢言语。欧阳修愤然上书，为其辩护，结果他也被降职为夷陵（今湖北宜昌）令。后来,范仲淹以龙图阁直学士的身份,出任陕西经略安抚副使,请他担任书记,他却推辞道:"从前我虽救你,并非想你报答,大家同降则可,同升就不必了。"

那时随范仲淹而降官的,除欧阳修外,还有杜衍、韩琦等一批人,奸臣们诬蔑他们是"朋党"。欧阳修向来敢作敢为,虽陷阱在前,祸患相随,也在所不辞。他见奸邪弄权,大兴朋党之祸,便一不做二不休,干脆写了一篇《朋党论》。

欧阳修在《朋党论》中,义正词严地责问:"君子连朋立党,何罪之有?"认为"退小人之伪朋,用君子之真朋",才可望达到天下大治。这篇著名的文章传到宋仁宗手里,仁宗为他大胆说真话的精神和精辟的议论所感动,面赐他五品朝服,并对左右侍臣说:"像欧阳修这样的人,真是难得!"

庆历六年(公元1046年),欧阳修因参加范仲淹、韩琦等主持的"庆历新政",触犯了保守权贵的利益,他们便抓住他家中的一件私事,以莫须有的罪名把他贬到滁州(今安徽滁州)当太守。以后又相继调任扬州(今江苏扬州)、颍州(今安徽阜阳)、应天府(今河南商丘)知州。直到至和元年(公元1054年),他才被召回京城,仁宗看他头发已白,便迁他为翰林学士,与宋祁一起编修史书。

此后,欧阳修的仕途较为顺利。嘉祐五年(公元1060年),他升任枢密副使(管理国家军事要政的副长官),次年任参知政事（副宰相），后又相继担任刑部尚书（相当于现在司法部部长）、兵部尚书（相当于现在国防部部长）等职。熙宁四年（公元1071年），他以太子少师（皇太子的老师）身份辞职，第二年就在颍州病逝了，时年六十六岁。他死后，宋神宗赐谥为"文忠"，所以后人也尊称他为"欧阳文忠公"。

欧阳修不仅天性刚正，为政清明，是我国历史上的一代名臣，而且他在文学上的成就，更是令人佩服，名重天下。

他写得一手好散文，文风直接继承唐代散文大家韩愈，又有自己的独特风貌。韩愈的散文，犹如长江大河，波涛翻滚，让人惊心明智；而欧阳修的散文，如池塘曲水，澄澈潋滟，让人赏心悦目。

他吸收韩愈散文言之有物，说理透彻的长处，避免其尚奇好怪的偏颇，因而文章虽写得千回百转，波澜起伏，却轻松爽朗，峭拔俊逸，具有强烈的艺术魅力。他的散文珍品《醉翁亭记》，可说是字字珠玑，百读不厌，历来为人们所传诵。

请看《醉翁亭记》开头两段的精彩文字：

环滁皆山也。其西南诸峰，林壑尤美。望之蔚然而深秀者，琅琊也。山行六七里，渐闻水声潺潺而泻出于两峰之间者,酿泉也。峰回路转,有亭翼然临于泉上者,醉翁亭也……

若夫日出而林霏开,云归而岩穴暝,晦明变化者,山间之朝暮也。野芳发而幽香,佳木秀而繁阴,风霜高洁,水落而石出者,山间之四时也。朝而往,暮而归,四时之景不同,而乐亦无穷也。

"醉翁亭"坐落在安徽滁州西南的琅琊山上。欧阳修被贬到这里来做太守后,第二年就写了这篇《醉翁亭记》。

文章开头,作者从大处落笔,先带读者眺望滁州四面环山的形势,从"环滁皆山"写到"西南诸峰";由"西南诸峰"写到琅琊山;再从琅琊山"两峰之间"的"酿泉"写到"醉翁亭"。文章一步一景地转换,最后突出了翘然耸立在酿泉之上的醉翁亭。作者把醉翁亭安排在一个景色优美的具体环境中,用传神妙笔写出了一种既开阔又幽静的境界。这样,读者一开始不仅了解到醉翁亭所在的位置和地点,而且一下子仿佛置身于画境之中,受到很深的艺术感染。

接着,作者生动地描绘了醉翁亭周围朝暮多变的景色。太阳出来,笼罩树林的雾气散开,山野沐浴在阳光之中;烟云聚拢而来,山谷被阴暗所覆盖,显得格外幽雅宁静;这种忽明忽暗,随时变化的景色,是山间早晨和傍晚的不同风采。

文章不仅写出了一天之中的景色变化，还描绘了山里春夏秋冬四季不同的风貌。"野芳发而幽香"，这是写春天山花盛开，幽香飘逸；"佳木秀而繁阴"，这是写夏天树叶满枝，绿荫浓郁；"风霜高洁"，这是写秋季天高气爽，霜色满地；"水落而石出"，这是写冬天山泉枯竭，水底的石头露出了水面。这里，每一句都既概括又形象地写出了一个季节的特色，寥寥几笔，就让我们领略了环绕醉翁亭自然景色的美妙神奇。

作品随后又描写了当地人民的生活情状，他在醉翁亭和宾客举行宴会的场景，以及饱游归来时的愉快心情。清代人编的《古文观止》里评价《醉翁亭记》："句句是记山水，却句句是记亭，句句是记太守。"整篇文章，抒情和写景高度融合，景中有情，情中有景，形神皆备，意趣盎然，具有极强的艺术感染力。

欧阳修不仅自己散文写得好，还是宋代古文运动的领袖。本来，开启于唐代的古文运动，流至晚唐五代，已是涓涓细流，濒临中绝。正是由于欧阳修的提倡和领导，才得以复兴和延续。

他以翰林学士和枢密副使的身份，极高的威望[1]，大力改革文风，选拔人才。他曾担任进士考试的主考官，对于那些华而不实的文章，不论作者是谁，有多大来头，一概不录取；而对于内容充实，朴素自然的文章，即使出于无名之辈，也录取重用。

许多原来不怎么出名的人，经欧阳修的发现和提拔，后来都成了大文学家。最典型的有曾巩、王安石、苏洵、苏轼和苏辙。这五位和欧阳修，再加上唐代的韩愈和柳宗元，便是人们交口称赞的"唐宋八大家"。

欧阳修的诗也很有名，他一手扫尽当时诗坛流行的"西昆体"浮艳诗风，为宋诗的健康发展奠定了基础。他曾说自己的诗不在李白之下，这不是一时说漏了嘴，就是有些过于自负了。不过，把他的诗与当时大诗人梅尧臣、苏舜钦的诗作比较，起码是毫不逊色的。请看他颇为自负的诗作《戏答元珍》：

> 春风疑不到天涯，二月山城未见花。
> 残雪压枝犹有橘，冻雷惊笋欲抽芽。
> 夜闻归雁生乡思，病入新年感物华。
> 曾是洛阳花下客，野芳虽晚不须嗟。

这首诗是欧阳修在仁宗景祐年间被贬为峡州夷陵（今湖北宜昌）县令时，酬答朋友丁宝臣（字元珍）赠诗所作。首联破早春之题：夷陵小城，地处偏远，虽是二月，仍然春风难到，百花未开。这既是描写山城早春景色，又透露出诗人被贬谪后抑郁寂寞的情怀，大有"春风不到玉门关"之怨旨。接着写橘树枝头，残雪犹存，春雷惊响，冬笋抽芽；诗人远谪山乡，心情苦闷，夜闻归雁叫声，勾起无尽乡思；感慨身体有病，又到新年，时光流逝，物是人非。然而诗人并没有消沉，而是把末联落到"待春"的宽解主题上去，表示自己虽然欣赏过天下第一名花洛阳牡丹，而在这偏僻贬所，野花迟开也没有什么可感叹和不满意之处！

此诗在写景上，于料峭春寒中洋溢盎然春意，颇富生机；在抒情上，于寂寞愁闷之中怀有向上希望——实在是诗人之妙笔与政治家之情怀融为一体。其诗情画意，既清新自然，又意味隽永，具有独特的艺术魅力。

至于他的词，在整个宋词史上，公认占有一流的位置。他不论是写山水、写人物，都清爽潇洒，委婉含蓄，曲尽其妙，情韵无穷。"泪眼问花花不语，乱红飞过秋千去"，"平芜尽处是春山，行人更在春山外"，这些都是至今仍然脍炙人口的名句。

欧阳修又是一个杰出的文学理论家。他写的《六一诗话》，探讨诗歌理论，评述作家作品，文风活泼，涉笔成趣，真知灼见，层出不穷，是中国文学史上第一本诗话著作。继此之后，以随笔漫谈形式评论诗歌的各种诗话，才如雨后春笋，纷纷破土而出，成了中国文学理论的一份重要遗产。

他还是学识渊博、晓古通今的一代大学者。欧阳修曾深入研究《易》、《诗》、《春秋》等古代经典，多有自己独到发现。他旁搜远绍，详记博纳，除独自撰写了《新五代史》外，还与宋祁等一起，编修了为世人称道的《新唐书》，收入"二十四史"中的《新唐书》，不少就出自他的手笔。

欧阳修与宋祁等合著《新唐书》，欧阳修写《纪》、《志》部分，而《列传》则由宋祁执笔。朝廷因一书出自两人之手，体例不一，下诏欧阳修审读《列传》，并删改定稿。欧阳修接受诏令后，退而叹曰："宋公是前辈，自当尊敬，况且各人见解不同，岂可皆按自己意思改呢？"于是只字未动，将书上奏朝廷。

朝廷接书后，派御史告诉欧阳修，按照历朝官修史书惯例，撰写人中只能署最高官职者的姓名，即某某奉敕撰，"公（指欧阳修）官高当书"。欧阳修说："宋公写列传，功力深厚，且为时较久，岂可掩其名而夺其功呢？"于是《新唐书》的《纪》、《志》署欧阳修名，《列传》署宋祁名。后来宋祁得知此事，高兴而佩服地说："自古以来，文人相轻，像欧阳公这样高风亮节，前所未闻也！"

正因为欧阳修道德和文章都堪为一代风范，所以被公认为北宋文坛的领袖，人们称他为"宋代文学之父"，并非言过其实。[2]

范仲淹抒怀岳阳楼

宋仁宗庆历六年（公元1046年）深秋的一个夜晚，位于今天山东境内的邓州地区，皎月当空，凉风徐徐，千家万户，早已进入了梦乡。邓州府内，也是万籁俱静，一片漆黑，只有知州范仲淹卧房的窗户上，透射出一片昏黄的灯光。

这天下午，范仲淹收到岳州（今湖南岳阳）知州滕子京派人送来的一封信，当时他正忙于公务，未及拆看。晚间回到卧房，打开信件，目睹老朋友那熟悉的字体，如见其人，感慨万千，不禁想起自己和他的坎坷经历。

范仲淹和滕子京于宋真宗大中祥符八年（公元1015年），同时考取进士做官，后来又一同到边防御敌。庆历二年（公元1042年），西夏兵再度进犯大宋江山，当时滕子京在边防任泾州（今甘肃泾川北）知州，率部与入侵者进行殊死的战斗，最后在大部分将官战死、伤亡惨重的情况下，他招募数千名农民浴血奋战，死守城寨。

关键时刻，范仲淹率六千援兵赶到泾州。滕子京大喜过望，从老百姓那里买来一些牛、驴，犒劳范仲淹和他自己的士兵，使军心大振，终于击退敌军。然而，御史中丞王拱宸等人却抓住这事，说滕子京滥用公款，先把他贬到凤翔府，接着又贬到虢州（今河南灵宝东），后再次弹劾，又把他贬到岳州。

滕子京虽然屡遭贬谪，但并不计较个人得失，而是每到一地，勤勉工作，造福于民。他到岳州后，处理积案，整治州容，不久就出现了"政通人和，百废俱兴"的景象。

岳州西门山上，有座岳阳楼，它与武昌的黄鹤楼、南昌的滕王阁，被誉为楚地三大名楼。三国时东吴大将鲁肃，首先在此建起阅兵楼。唐玄宗时的中书令张说，又在其旧址上建成岳阳楼。滕子京乘盛世之机，重修岳阳楼，将唐代以来的名人诗赋刻于碑石之上，并特意请范仲淹为此写一篇记文。

滕子京之所以请范仲淹为他重修岳阳楼写记文，绝不只是由于他俩是好朋友，而是因为他敬仰范仲淹的人品和才干，因为范仲淹是当时家喻户晓的名臣贤将。

范仲淹是军事家，在北宋与西夏的多年征战中，善用谋略，屡建战功。在与韩琦共同驻守边防期间，采取"强兵富民，屯田久守"的方针，改革军制，巩固边防，使长期骚扰边疆的西夏，不敢进犯中原，最终只得向宋朝称臣求和。

他又是政治家。宋仁宗初年，由于内政腐败和边境战争不断，朝廷财政入不敷出；贪官污吏肆意横行，民众百姓怨声载道。范仲淹受命于危难之时，担任枢密副使、参知政事

（相当于国防部副部长兼副宰相的职位）。一上任，他就抓住症结，提出十条改革措施，从官员选拔、减轻徭役、加强军备、严明法令、科举改制等方面，大力改革，推行新法。这便是历史上有名的"庆历新政"。

他还是一个兢兢业业，为政廉洁的清官。他曾先后在延州、邠州、杭州、青州等地任知州。每到一处，总是忠于职守，克己奉公，把一方天地管理得井井有条，稳定兴旺。当地老百姓对他非常拥戴，以至将他奉若神明，把他的画像挂在墙上，每日顶礼膜拜。

范仲淹也是一个文学家。他写的诗，如《江上渔者》：

江上往来人，但爱鲈鱼美。
君看一叶舟，出没风波里。

全诗仅二十字，却形象生动，词近意远。诗中饱含了作者对驾着一叶扁舟，出没于波峰浪谷中渔民的关怀和同情，也表达了诗人对"但爱鲈鱼美"的江上人的讽谏之意。作者在"江上"和"舟中"两种环境、"往来"和"出没"两种动态、吃鱼人和捕鱼人两种生活的强烈对比中，显示了和唐诗中的名句"谁知盘中餐，粒粒皆辛苦"同样的旨意。

范仲淹的词，也不乏成功之作。如《苏幕遮·怀旧》的首句:"碧云天,黄叶地。秋色连波,波上寒烟翠。"写景优美,用语自然,音韵铿锵。明代大戏剧家王实甫《西厢记》"长亭送别"中的"碧云天,黄花地。西风紧,北雁南飞。晓来谁染霜林醉",就是化用了其词句。

请再看其脍炙人口的《渔家傲》:

塞下秋来风景异,衡阳雁去无留意。
四面边声连角起。
千嶂里,长烟落日孤城闭。

浊酒一杯家万里,燕然未勒归无计。
羌管悠悠霜满地。
人不寐,将军白发征夫泪。

这首词是范仲淹在陕西边地前线所作。上片描写塞外秋景,北雁南飞,长烟落日,军中号角四起,荒漠孤城紧闭,一派充满肃杀之气的战地边城景色。下片抒发忧国思乡怀抱,浊酒一杯,羌管悠悠,寒霜满地,使人夜不能寐,然而战争没有取得胜利,还乡之计更无从谈起,将军头发变白了,只好与千千万万征夫一同泪洒边关。词作境界壮阔,格调悲怆,是反映边塞生活的名篇,历来甚得词家好评。

当然，他最为人们称道的作品，还是历代传诵的散文名篇《岳阳楼记》。

由于范仲淹推行新政，触犯了保守派的利益，他们像被捅了窝的马蜂一样闹了起来。权贵大臣和贪官污吏，或散布谣言，攻击新政；或诬蔑范仲淹结交朋党，滥用职权。一时邪风四起，硬是把他排挤出了朝廷，"庆历新政"只维持一年多就半途而废了。

然而，虽然受到如此巨大打击，范仲淹并不为自己的个人得失而怏怏不乐。相反，他照样把忧国忧民放在第一位，并决心继续为国家、为人民做出自己的贡献。他在为滕子京撰写《岳阳楼记》时，借着写洞庭湖八百里胜景的机会，表达了自己这种人生理想和处世态度。

文章开头，写重修岳阳楼的背景和作者作记的缘由。然后笔锋一转，以寥寥十几字，便气势磅礴地勾勒出洞庭湖的壮阔景象："衔远山，吞长江，浩浩汤汤[3]，横无际涯，朝晖夕阴，气象万千。此则岳阳楼之大观也。"这一壮阔景象，随着气候的变化，给人以截然不同的感受和联想：

> 若夫淫雨霏霏，连月不开，阴风怒号，浊浪排空，日星隐曜，山岳潜形；商旅不行，樯倾楫摧；薄暮冥冥，虎啸猿啼。登斯楼也，则有去国怀乡，忧谗畏讥，满目

萧然，感极而悲者矣。

至若春和景明，波澜不惊，上下天光，一碧万顷；沙鸥翔集，锦鳞游泳；岸芷汀兰，郁郁青青。而或长烟一空，皓月千里，浮光跃金，静影沉璧，渔歌互答，此乐何极！登斯楼也，则有心旷神怡，宠辱偕忘，把酒临风，其喜洋洋者矣。

不是胸襟旷达之士，很难摆脱遭贬谪后的苦闷，感受到大自然如此诱人之美！不是具有锐利艺术眼光之人，也无法传达出大自然中寓含的如此丰富的人类情感！在这里，作者以景寓情，借景抒情，将自然界中"霪雨霏霏"和"春和景明"的现象，与人的"去国怀乡"和"心旷神怡"的情感，恰到好处地对应起来，写得情景交融，波澜起伏，回肠荡气，优美动人。

然而，更为精彩的是，作者最后又站高一步，超越一般个人情感之上，表达了至今让人称颂不已的杰出思想：

不以物喜，不以己悲；居庙堂之高，则忧其民；处江湖之远，则忧其君。是进亦忧，退亦忧。然则何时而乐耶？其必曰："先天下之忧而忧，后天下之乐而乐"乎！

这段话的意思是：一个有抱负的人，他的喜怒哀乐，不应仅仅以环境的好坏和个人的得失为转移，而应时时刻刻忧国忧民，并做到忧虑在一切人之前，享乐在一切人之后。

范仲淹在这里提出的"先天下之忧而忧，后天下之乐而乐"的名言，是从《孟子·梁惠王》中"乐民之乐者，民亦乐其乐；忧民之忧者，民亦忧其忧；乐以天下，忧以天下"发展而来的。它表现了一个古代进步知识分子的远大抱负和崇高思想，千百年来一直为人们传诵。它激励了多少仁人志士，"以天下为己任"，为国为民，奋斗终生。

范仲淹是苏州吴县（今江苏吴县）人，出生于宋太宗端拱二年（公元989年）。他两岁时就死了父亲，母亲迫于生计，改嫁给一个姓朱的，他也跟着姓了朱。长大后，他知道了自己的身世，便立志发愤苦读，以求将来出人头地。于是，他哭着辞别母亲，只身来到应天府（今河南商丘），拜当时著名学者戚同文为师，夜以继日，勤学不辍。冬天读书读困了，他就用冷水洗面；夏夜读书蚊虫叮咬，他就把双腿插在水桶里；有时经济窘迫，他就将一餐吃的米饭熬成稀粥，分作几餐吃。经过长期苦读，他不仅高中进士，踏上仕途，成为一代名臣，恢复了原来的姓名；而且使自己具备了渊博的知识，成为诗文词赋样样擅长的文章高手。

范仲淹于宋仁宗皇祐四年（公元1052年）逝世于青州，

时年六十三岁,有《范文正公文集》传世。[4]

[1]《宋史·欧阳修传》里说他"天下翕然师尊之"。
[2]主要参考资料:《宋史·欧阳修传》,胡仔《苕溪渔隐丛话》前集卷三十四,张邦基《墨庄漫录》卷八,《欧阳文忠公集》,施培毅《欧阳修诗选》。
[3]汤汤(shāng shāng),水流很急的样子。
[4]主要参考资料:《宋史·范仲淹传》、《范文正公文集》、《续资治通鉴长编》、陈邦赡《宋史纪事本末》卷三〇。

【第 22 回】

梅尧臣嗜诗成痼癖
王安石炼字点龙睛

梅尧臣嗜诗成痼癖

话说欧阳修于天圣八年考中进士,到西京洛阳担任留守推官期间,经当时西昆诗派首要人物钱惟演的介绍,认识了洛阳一批有名的文人学士。其中他最为推崇、并结为莫逆之交的一位,便是著名诗人梅尧臣。

梅尧臣,字圣俞,生于宋真宗咸平五年(公元1002年),宣州宣城(今安徽宣城)人。因宣城古时名为"宛陵",所以世人又称他"宛陵先生"。

梅尧臣出身寒门,父亲梅让只是一介农夫,但叔叔梅询却进士及第,历官至翰林侍读学士。梅询为官后,一直要哥哥走出山乡,到外面发展。梅让自己不愿出门,而要弟弟把侄儿梅尧臣带出去,加以悉心培养。所以梅尧臣从十二岁起,一直跟随叔叔梅询苦学,博通古今,尤擅作诗,但考进士,屡试不第。他二十六岁时,以梅询的"门荫",补太庙斋郎,后任桐城县(今安徽桐城)主簿。

宋仁宗天圣九年(公元1031年),他调到离西京洛阳很近的河阳县任主簿,正是在这儿,他认识了欧阳修,并结下了终生不渝的深厚友谊。皇祐三年(公元1051年),宋仁宗赐他同进士出身，改任太常博士。嘉祐五年（公元1060年），汴京城里蔓延流行病，梅尧臣不幸感染，于该年四月二十五日病逝，终年五十八岁。

梅尧臣的一生，虽然在仕途上极不得意，但在诗坛上却享有盛名。欧阳修曾为他的诗集写过一篇著名的序言（《梅圣俞诗集序》），开篇就谈到作家坎坷经历对创作的影响：

> 予闻世谓诗人少达而多穷，夫岂然哉！盖世所传诗者，多出于古穷人之辞也……
>
> 内有忧思感愤之郁积，其兴于怨刺，以道羁臣寡妇之所叹，而写人情之难言，盖愈穷则愈工。然则，非诗之能穷人，殆穷者而后工也。

这段"穷而后工"的议论，非常精彩。其大意是说：诗人墨客很少有显达的，他们多半仕途曲折，穷愁潦倒，"忧思感愤"，郁积在胸，于是发而为诗，把一腔怨刺，寄托于"羁臣寡妇"的喟叹之中。往往人生遭遇越曲折，写出的诗歌越深刻感人。

欧阳修说，梅尧臣就是这样一个人。他虽然胸怀奇才，诗文早已名扬天下，但一生进士不第，困于州县，可谓穷困而不达，英俊沉下僚。正由于怀才不遇，忧愤郁闷，才需要借助诗歌来发泄，所以作诗在他绝不是无病呻吟，或消遣娱乐，而常常是情不自禁，欲罢不能。对梅尧臣来说，作诗就是他的一种生存需要，是他生活不可缺少的一部分。他不论春夏秋冬，每天至少吟诗一首。《宋诗纪事》卷二十即说："梅圣俞日课一诗，寒暑未尝易也。"

当时，以杨亿、钱惟演为首的西昆派过分注意形式的诗风，正在文坛流行。梅尧臣反对这种艳丽晦涩、内容贫乏的诗体，认为凡诗"若意新语工，得道前人所未道者，斯为善也。必能状难写之景，如在目前；含不尽之意，见于言外，然后为至矣"。他还提倡"平淡"的艺术境界，说"作诗无古今，惟造平淡难"。正因为他对自己作诗提出了这样的要求，所以他闲暇时间苦思冥想，自不必说，即使公务应酬之中，也常常一心二用，运思于脑，吟咏于口，务求每首诗都臻于完美。

关于梅尧臣，宋人孙升所著《孙公谈圃》里，记载了这样一则佳话：

他和朋友们在一块聚会，不论是举杯把盏，酒酣耳热之时，或清茶一杯，谈笑风生之际，会突然不声不响地悄悄离去。过了一会，他又轻手轻脚地回到座中。这情形一次又一次地发生，朋友们心里都纳闷，不知他出去搞什么鬼名堂。

一天，大家正在热烈地谈诗论文，他又离席而去。一个朋友向众人做个鬼脸，赶紧尾随其后，只见他走到无人僻静处，从背在身上装笔墨纸砚的袋子里，匆匆拿出纸笔，低头写了些什么，又放回袋中。这个朋友看得真切，觉得好生奇怪，赶紧调头返回，向大家作了"报告"。

不一会，梅尧臣返回座中，众人你一言我一语，盘问他到外面去干什么了。刚才跟踪他的那位朋友，见梅尧臣连连笑着说没干啥，便揭了他的老底：

"你背袋里装的啥玩意儿，能给大家看看吗？"

"噢，没什么东西，只是寻常的文房四宝，有什么好看的？"

梅尧臣还想说什么，一个朋友冷不防地从他身后夺下背袋，高兴地嚷道："你不给，咱们自取，先礼后兵，亦不失为君子。诸位快来，看圣俞背着我等，到底去干啥了。"

话音未落，他便将背袋抖个底朝天，只见铺满一桌的，除了文房四宝之外，还有一张张纸条，四下飘落。大家你争我夺，每人抓得数张，一看上面写的都是诗句：或一联、或几句，也有整首诗稿，圈圈点点，都删改未定。

"噢，原来圣俞兄偷偷溜出去，是躲到一旁去吟诗了！"

"精彩，精彩！"一个朋友高声朗读起一首名为《陶者》的诗：

陶尽门前土，屋上无片瓦；

寸指不沾泥，鳞鳞居大厦。

　　这首五言绝句，只用事实对照，不加丝毫评论，和杜子美名句"朱门酒肉臭，路有冻死骨"，实有异曲同工之妙。

　　话音刚落，座中一人又吟诵了一首《小村》：

　　淮阔洲多忽有村，棘篱疏败漫为门。
　　寒鸡得食自呼伴，老叟无衣犹抱孙。
　　野艇鸟翘唯断缆，枯桑水啮只危根。
　　嗟哉生计一如此，谬入王民版籍论。

　　这首诗的前六句，朴素地刻画了淮河地区惨遭水灾后，一个小村的凄凉景象和农民的困苦生活。后两句说他们生活尽管异常悲惨，不但得不到应有的抚恤，反而将他们荒谬地编入交租完粮的户籍。诗人如此咏叹，足见他对穷苦灾民倾注了满腔同情。

　　众人还沉浸在诗人描绘的悲凉气氛中，一个朋友举起手里的纸片说："喂，诸位，梅公这里还有首《鲁山山行》，甚为精工，足与古代名家相比而毫不逊色。"

　　适与野情惬，千山高复低。

好峰随处改,幽径独行迷。
霜落熊升树,林空鹿饮溪。
人家在何许?云外一声鸡。

这首描写云游深山的诗作,前三联极写山林盛景和山行乐趣,形象生动,兴味盎然;尾联"人家在何许?云外一声鸡",余味无穷,最为精妙。

杜牧《山行》诗:"白云生处有人家",是看见了人家;王维《终南山》:"欲投人处宿,隔水问樵夫",写看不见人家,询问樵夫。这里又是另一番情景:诗人也是不见人家,于是自言自语:"人家在哪里呢?"恰在这时,云外传来一声鸡叫,仿佛有意回答诗人的提问:"这里就有人家,快来休息吧!"简短两句诗,就将山行者望云闻鸡声的神态及喜悦心情,刻画得栩栩如生,跃然纸上。

"圣俞兄,你这首诗的最后两句太精彩了,是如何得来?"一位朋友问道。

梅尧臣见朋友们都缠着不放,只好如实招来。原来"人家在何许,云外一声鸡",是他同友人游鲁山(位于今河南鲁山北)时,触景生情,诗兴勃发,偶然得之。后来觉得这联颇有意味,朝思暮想,茶饭不思,吟咏多日,刚刚才成全篇,写下放在背袋里。

"哈，南朝宋人刘穆之之孙刘邕，嗜好食人疮痂，以为味美如鳆鱼，留下嗜痂成癖的笑话。梅公如此痴迷于诗，说是'嗜诗成癖'也不算为过吧！"

"对，对，对！此话一语中的，梅公自己作过一首诗，题目便是《诗癖》，我吟诵给诸位听听。"

人间诗癖胜钱癖，搜索肝脾过几春。
囊橐无嫌贫似旧，风骚有喜句多新。
但将苦意摩层宙，莫计终穷涉暮津。
试看一生铜臭者，羡他登第亦何频。

"好一个诗癖！哪管他行囊羞涩，一贫如洗；哪管他一介书生，穷愁潦倒，只要沉浸在诗歌的天地里，时时得到像屈原风骚一样的诗句，就足堪快意了。梅公倾心诗歌，情钟意笃，矢志不渝，实在可敬可叹！"

"这首诗的最后两句，说那些患有钱癖，满身铜臭的人，即使频频高中及第，也丝毫没有什么可羡慕的。这气节，这风骨，堪称士子楷模！"

大家你一言，他一语，沸沸扬扬，好不热闹。本来一次众人吟诗论文的聚会，变成了品评梅尧臣诗歌的专场讨论会。从此以后，梅尧臣的诗名更大了。

梅尧臣诗歌的最大特色，是朴实自然，意境新颖。他善于用浅近平淡的语言，描画出清新别致的景物形象，达到状物鲜明，意蕴深远的艺术境界。如"野凫眠岸有闲意，老树著花无丑枝"（《东溪》），"不上楼来知几日，满城无算柳梢黄"（《考试毕登铨楼》）等，都是意新语工的佳句。

当然，梅尧臣的诗歌也有不足之处。由于他作诗受韩愈"以文入诗"的影响较大，创作上存有过于议论化、散文化的倾向。这种弊端，可以看作是纠正华而不实的"西昆派"诗风时，所付出的矫枉过正的代价。

总之，宋代诗歌工整精巧和过分散文化的优点及缺点，在梅尧臣诗歌中，都显露得比较早也比较集中。在这个意义上，可以说梅尧臣得风气之先，为宋诗的发展开辟了一条道路。刘克庄在《后村诗话》里，说他是宋诗的"开山祖师"，是很有见地的评论。[1]

王安石炼字点龙睛

宋神宗少年当太子时，身边有个给他讲诵诗书的官员，叫韩维。他常常在神宗面前谈一些极好的治国良策和时政见解，使神宗大开眼界，赞叹不已。韩维对神宗说："这些精彩的看法可不是我的，而是从我的好朋友王安石那里听来的。"宋神宗因此对韩维的这位朋友肃然起敬，便向他打听这位朋友的有关情况，王安石这个名字，从此就铭记在他的心里。

王安石，字介甫，生于宋真宗天禧五年（公元1021年）。他祖籍在抚州临川（今江西临川），所以又有人叫他"王临川"。不过，他从小跟随做地方官的父亲王益，流徙于新淦、庐陵、韶州等地，直到他十六岁时，全家才在江宁（今江苏南京）定居下来。早年的播迁生活，使他较为广泛地接触了社会现实，了解到人民生活的贫困和苦难。

他自幼好学不倦，从诸子百家到笔记小说，以至《难经》、《素问》、《本草》这些冷僻之书，无所不读。他还十分关心现实，注重学以致用，时时将书本知识和社会实践联系起来，思考兴利除弊，振兴国家的大事。王安石所以后来能在政治上轰轰烈烈地干出一番事业，文学上取得杰出成就，与他年轻时在自身素质上打下良好基础，有着密切的关系。

庆历二年（公元1042年），王安石二十一岁时就考中了进士。按试卷成绩，他本是第一名，开始已确定他为状元了，但后来发现他试卷里有一处犯了"讳"，又降为第四名。考上进士后，他始任淮南签书判官[2]，后调任鄞县（今浙江宁波）、舒州（今安徽舒城）、常州（今江苏常州）知州。他在这些地方为官当政期间，兴修水利，贷谷与民，开发交通，繁荣经济，很受老百姓的爱戴和舆论的好评。

北宋时期，在地方当官待遇不算高，也比较辛苦，因而一些追名逐利的人，都用尽心思想钻到首都汴京（今河南开封）去当"京官"。按照惯例，像王安石这样进士及第的人，只要在地方上干满三年，就可以申请入朝当京官，这在当时几乎成了不成文的惯例。

王安石想，从个人前途考虑，当然是当京官好，但到中央政府后，只能听命办事，没有多少自主权，还不如在下面主持一方天地，可以独立自主地做些切实的事情。所以他虽然做了好几任地方官，头尾加起来有十五六年，却从来没有向朝廷递过一份上调申请，而是始终在下面勤勉工作，政绩相当显著。时间一长，朝廷里的一些元老重臣，如文彦博、欧阳修等，也都对他交口称赞。

熙宁元年（公元1068年），宋英宗赵曙病逝，宋神宗赵顼登基当了皇帝。这位年方二十的新皇帝，看到国家积弱不振，很想改革一番，使它重新兴旺起来。可是，他坐在龙椅上俯视群臣，觉得没有一个能当此重任。

这时，他自然想到了早已闻名并倾慕已久的王安石，急忙把他从江宁调到开封，召为翰林学士兼侍讲。次年授予参知政事（副宰相），随后就委以全权，叫他当了宰相。

王安石执政后，立即进行变法图强，制定并推行了农田、青苗、均输、保甲、免役、市易等一系列新法，在各个方面进行大刀阔斧的改革，增强了国力，推进了社会发展——这便是中国古代史上有名的"王安石变法"（又称"熙宁变法"）。

然而，由于变法触犯了达官显贵的利益，动摇了许多传统思想观念，因而遭到了不少人的猛烈攻击。《资治通鉴》的编著者、翰林学士司马光，几乎在每个问题上都和王安石唱反调。原来很赏识王安石的文彦博、欧阳修等一些老臣，也对新法的某些内容持不满态度。正当新法推行二三年时，一些地区发生了严重自然灾害，反对派便乘机起哄，说变法触怒了上天，所以遭受到惩罚。

这种种舆论倾泻而来，终于动摇了神宗坚持变法的决心。王安石失去了神宗皇帝的有力支持，只好于熙宁七年（公元1074年）辞去相位，次年虽复职有一段时间，但熙宁九年又不得不再次离职，退居江宁。

王安石离开朝廷后，他所推行的一系列新法，由于神宗基本上保持肯定态度，所以还勉强继续实行着。但到了元祐元年（公元1086年），宋神宗死后，改朝换代，司马光当了宰相，新法就全部废止了。王安石自退位来，在江宁（今江苏南京）闲居了十载，也在这年忧愤而死，享年六十五岁。

王安石不光是中国封建社会里最著名的政治改革家，同时也是一位卓越的文学家。

他散文写得极好，被列为"唐宋八大家"之一。他的论说散文，结构严密，析理精微，措辞大胆而又很有分寸，语气诚挚而又富有鼓动性，历来为人们称道。尤其是《上仁宗皇帝言事书》，洋洋万言，体大精思，被梁启超评为"秦汉以后第一大文"。他的记叙散文，简洁明快，寄情深远，既亲切感人，又晓理明智。其代表作如《游褒禅山记》，"借题写己，深情高致，穷工极妙"（清代《御选唐宋文醇》卷五十八李光地语），是中学语文课本里的保留篇目。

他的诗歌创作，流传下来的有一千五百余首诗，不仅数量多，而且独具一格，很有自己的特色。这种特色，用他自己说过的一句话，可以很好概括，即"看似寻常最奇崛，成如容易却艰辛"。他作诗总是反复修改，仔细推敲，特别讲究炼字，常常一字精妙，全诗生辉。这方面为人们传诵的例子很多，请看这首《自金陵如丹阳道中有感》：

数百年来王气消，难将前事问渔樵。
苑方秦地皆芜没，山借扬州更寂寥。
荒埭暗鸡催月晓，空场老雉挟春骄。
豪华只有诸陵在，往往黄金出市朝。

这是一首咏史怀古的名篇。六朝时期，三国的吴、东晋，南朝的宋、齐、梁、陈，都以建康（今江苏南京）为首都，使金陵出现了繁盛一时的景象。但六朝君臣多荒淫腐败，终致亡国，留下满目寒烟衰草，所以诗人首联发出了"数百年来王气消，难将前事问渔樵"的悲凉感叹。中间颔联和颈联，极写金陵昔日热闹繁华，而如今荒凉寂寞的状况。尾联说六朝帝王的陵墓时常被盗，集市上不断能见到陪葬的金银珠玉被叫卖。这实际上是暗指那些奢靡无耻的昏君，死后葬入土中，亡魂也不得安宁，可谓平淡中含有深意，颇具托古讽今的价值。

这首诗，不但就全篇论堪称佳作，而且还有诗眼，即"空场老雉挟春骄"中的"挟"字，极见王安石炼字的精妙。《孟子·万章》里有挟贵挟长之"挟"，是说不应恃尊长富贵而盛气凌人，长者与晚辈，国王与匹夫，都可以互相为友。王安石这里将"挟"字反其意而用之，描写野鸡仗恃大好春光，更加飞扬跋扈的气势。昔日的京都繁盛之地，竟然成为野鸡骄横放肆的场所，确实写尽了原野的空旷与荒凉。这里用一"挟"字，可谓具有让人惊心动魄的力量。

不过，王安石讲究炼字的例子，更为脍炙人口的，还是那首《泊船瓜洲》：

京口瓜洲一水间，钟山只隔数重山。

> 春风又绿江南岸，明月何时照我还。

这首诗作于熙宁八年（公元1075年）。当时，王安石推行新法已经六个年头，虽取得不少成绩，却受到保守派的不断攻击。他只好暂时引退，辞去宰相职务；可回到江宁不久，神宗皇帝又下诏恢复他相位。王安石两次推辞都未获准，只好上任，正是在奉诏入京的途中，他写下了这首诗。

"京口"即现在的江苏省镇江市，在长江南岸。"瓜洲"在现在扬州市的南面，与镇江市一江之隔。"钟山"就是如今南京的紫金山。王安石生于江西临川，但少年时就移居钟山，因而钟山可说是他的第二故乡。全诗写作者由钟山北上途中，夜晚船停瓜洲渡口，面对江南一片暮色，不禁寄语明月，表达了对居住地（第二故乡）的无限留恋。这首诗，意境开阔，格调清新，以轻松的笔调写出了王安石罢官后复职，赴任又有些勉强，还没有离开就想还乡的复杂心情，实为难能可贵。

不过，更值得赞叹的，却是"春风又绿江南岸"中的一个"绿"字。据洪迈《容斋续笔》记载，有人收藏着王安石这首诗的草稿，最初写的是"到"字，后觉得"到"字不好，改为"过"字，又改为"入"字，再改为"满"字，如此改了十多次，最后才定为"绿"字。

在王安石看来，"到"、"过"、"入"、"满"等字都不理想，只有"绿"字最为精妙。为什么呢？

上面提到的四个字，仅仅是从风的流动着想，虽然把春风吹拂的意思表达出来了，却显得抽象，没有尽传春风吹拂的神韵。而"绿"字则大不相同，它从春风吹拂所产生的奇妙效果着眼，把本来看不见的春风，一下子转变成鲜明柔美的视觉形象——春风徐徐，百草萌生，千里江岸，一片新绿。这一"绿"字，不仅惟妙惟肖地写出了春风的精神和风采；而且暗暗融入了唐代大诗人王维《送别》中的名句："春草年年绿，王孙归不归？"这就很自然地引出结句"明月何时照我还"，从而使诗的意蕴更丰厚了。

王安石这首诗中的一个"绿"字，为历代诗人和诗评家津津乐道，对它的评注文字，举不胜举，俯拾即是，确可谓一字警策，全诗生辉，具有"画龙点睛"之奇效。[3]

[1] 主要参考资料：《宋史·梅尧臣传》，胡仔《苕溪渔隐丛话》后集卷二十四，《宋人轶事汇编》卷九，朱东润《梅尧臣集编年校注》与《梅尧臣诗选》。
[2] 宋代朝廷派京官充任各州、府长官的助理，称"签书判官"。
[3] 主要参考资料：《宋史·王安石传》、《宋诗纪事》卷十五、胡仔《苕溪渔隐丛话》后集卷二十五、李壁《王荆公诗笺注》、钱锺书《宋诗选注》。

【第 23 回】

柳三变词赢群芳心
宋子京句得宫嫔情

柳三变词赢群芳心

与梅尧臣在诗中经常吟咏贫苦农民生活，表现对他们的满腔同情相反，柳永的词却更多地从都市生活中摄取题材，表现他对市民生活的体验和感受。这种侧重描写市民生活的创作，是当时文坛的一种新现象，对后来通俗文学的发展，产生了不小的影响。

如果说，白居易的诗是唐代最受欢迎的作品，那么，柳永的词则是宋代流行最广的篇章。相传凡有井水的地方，就有人能歌唱柳词，可见他的作品在当时是相当深入人心的。

柳永，原名柳三变，字耆卿，崇安（今福建崇安）人。因他在《宋史》中无传，其确切生卒年代很难考定。依唐圭璋《柳永事迹新证》，他约生于宋太宗雍熙四年（公元987年），卒于宋仁宗皇祐五年（公元1053年）。他的文学活动约与当时著名文学家晏殊、欧阳修、梅尧臣等同时。

柳永小时候极聪明，不论是读书识字或弹琴下棋，只要用心看一遍或听一遍，即刻就会。他本来不会作词，据说一次在墙壁上见到一首无名氏的《眉峰碧》词，细读了两遍，便悟到了作词的方法。此后随便遇到什么乐谱，他都能填出很像样的词来。请看他青年游乐杭州时，写的一首著名的《望海潮》：

> 东南形胜，三吴都会，钱塘自古繁华。
> 烟柳画桥，风帘翠幕，参差十万人家。
> 云树绕堤沙。怒涛卷霜雪，天堑无涯。
> 市列珠玑，户盈罗绮，竞豪奢。
>
> 重湖叠巘清嘉。有三秋桂子，十里荷花。
> 羌管弄晴，菱歌泛夜，嬉嬉钓叟莲娃。
> 千骑拥高牙。乘醉听箫鼓，吟赏烟霞。
> 异日图将好景，归去凤池夸。

这首词，上阕极写杭州的繁华和钱塘江的壮伟，下阕歌咏西湖的秀丽并对地方长官作颂扬。全篇画面优美，音律和谐；咏物状景，流光泛彩；遣词造语，丽而不艳，恰如那杭州西湖，妩媚清秀，自有一番风采，是柳词中别具神韵的作品。这首落笔不凡的《望海潮》词脱稿后，不仅很快唱遍了杭州的歌馆酒楼，而且像长了翅膀一样，不胫而走，传播四方，以致传说引起了一场战争风云。

就在柳永写出《望海潮》一百余年后，这首词传唱到了

北方的金朝。金主完颜亮对"三秋桂子,十里荷花"的杭州胜景,像着了迷一般,朝思暮想。南宋高宗赵构绍兴二十九年(公元 1159 年)十二月,他派了一名画工,扮作金朝使节施宜生的随从,在南宋秘密绘制了"临安湖山城廓图"[1]。返回金朝后,完颜亮又命画工把"临安湖山城廓图"绘在大厅的屏风上,并画上他策马立于吴山之巅,俯视临安城。画成之后,完颜亮还在画上亲笔题了这样一首诗:

万里车书尽混同,江南岂有别疆封?
提兵百万西湖上,立马吴山第一峰。

不久,完颜亮就挥鞭南下,直取临安。后来,由于南宋军民顽强抗金,加上金朝内部发生政变,完颜亮在扬州被部将谋杀,南宋朝廷才保住了半壁江山。金朝南侵失败后,诗人谢处厚曾写了一首《纪事》诗:

谁把杭州曲子讴,荷花十里桂三秋。
哪知卉木无情物,牵动长江万里愁。

这首诗埋怨柳永的《望海潮》词,引起金主完颜亮南侵,给百万江南人民带来战争灾难。罗大经的《鹤林玉露》

卷十三也记载："此词流播，金主亮闻歌，欣然有慕于'三秋桂子，十里荷花'，遂起投鞭渡江之志。"一首描绘江南美景的词作，竟能引起金主完颜亮投鞭渡江南征之志，可见它的艺术力量。

然而，柳永的词虽然作得好，但仕途却很不顺利。宋仁宗初年，他进京参加进士考试，不意落第，很是懊恼。他想：谁都说这是才士大展抱负的太平盛世，而他词名满天下的柳三变，如今却金榜无名，有何颜面见人。痛苦、怨恨、颓丧、自嘲，由仕途失意而产生的万般情思，一时波翻云涌，起伏心头。他牢骚满腹，感慨万千，愤然写下了有名的述怀词《鹤冲天》：

> 黄金榜上，偶失龙头望。
> 明代暂遗贤，如何向？
> 未遂风云便，争不恣狂荡，
> 何须论得丧。才子词人，自是白衣卿相。
>
> 烟花巷陌，依约丹青屏障。
> 幸有意中人，堪寻访。
> 且恁偎红倚翠，风流事，平生畅。
> 青春都一饷。忍把浮名，换了浅斟低唱！

这首词，真实地表现了柳永落第后的心理状态，也充分展示他狂傲不羁的思想性格。

开篇辄言"黄金榜上，偶失龙头望"，说明他并不满足于进士及第，而是要夺取"龙头"，即殿试的头名状元。已经落榜，他却认作"偶然"，已经"见遗"，却只说"暂时"，可见他是多么自负。然而，既然"未遂风云便"，仕途无望，理想落空，他就转向了另一个极端，"争不恣狂荡"，表示只要做一个"才子词人"、"白衣卿相"，走出功名场，潜入"烟花巷陌"，过起"偎红倚翠"、"浅斟低唱"的浪漫生活。

科举落第，使柳永产生了一种逆反心理，即有意把正统士大夫们所不齿的生活方式和感到刺目的字眼，正儿八经地写进词里，造成惊世骇俗的效果，以保持自己心理上的优势。这是他恃才负气的表现，也是表示抗争的一种方式。

祸与福向来是互相伴随的。柳永仕途受挫，沉沦烟花柳巷，过起浪漫放荡的日子，这一方面固然是不思振作、玩世不恭、消极颓废的表现；但另一方面，这种生活经历却帮助他在艺术上成为影响一代词风的文坛巨匠。

他本来就通晓音律，工于诗文，如今落入社会底层，熟悉了下层市民的生活，以他们所喜爱的新鲜活泼的俚语入词，使他的词出现了别具一格的新面貌。与此同时，他还在乐工伎女的鼓动和要求下,以长调(即慢词)的形式和铺叙的手法,创作了大量适合歌唱的新词,冲破了宋初多唱小令的框框,为宋词的发展开拓了新局面。

柳永的词,语言通俗有味,音律和谐动听,在当时传唱极广,名声很大。叶梦得《避暑录话》即说:"教坊乐工,每得新腔,必求永为辞,始行于世。"

柳永词如此盛行,自然也传入了皇宫。宋仁宗赵祯也很喜欢柳词,每次宴饮,总要让侍宴的宫嫔演唱。不过,一次他听到《鹤冲天》这首词,颇为其中狂语所激怒,宫嫔们最后一字还未唱完,便被他喝退了。

人的功名心是很难根除的,有时决心把它抛弃,只是在烈焰上盖了一层厚厚的灰而已;遇到什么事一撩拨,它又会熊熊燃烧起来。

柳永名落孙山后,虽然发誓"忍把浮名,换了浅斟低唱",但考进士机会真的来了,他又不肯轻易放过。据说这次考试前,恰逢仁宗生日,一个大臣为了取悦仁宗,声称看见天上有老人星呈现,于是找到柳永,让他作一首贺寿的词。柳永以为这是进身的良机,便用心写了一首《醉蓬莱》:

渐亭皋叶下,陇首云飞,素秋新霁。
华阙中天,锁葱葱佳气。

> 嫩菊黄深，拒霜红浅，近宝阶香砌。
> 玉宇无尘，金茎有露，碧天如水。
>
> 正值升平，万几多暇，夜色澄鲜，漏声迢递。
> 南极星中，有老人呈瑞。
> 此际宸游，凤辇何处，度管弦清脆。
> 太液波翻，披香帘卷，月明风细。

这首词，充满了歌功颂德的庸俗气，不论就思想或艺术言，在柳词中都属下品。宋人杨湜在《古今词话》里说："此词一传，天下皆称妙绝"，实在是不负责任的虚夸之言。

词献给仁宗赵祯，他读到"此际宸游，凤辇何处"，脸色变得很难看。古时"宸游"是帝王的代称，"凤辇"是帝王坐的车子。柳永本是颂扬仁宗乘坐"凤辇"去"管弦清脆"处游乐，没想到仁宗在哀悼父亲真宗赵恒的挽歌里，也用了"宸游"、"凤辇"的设问。柳词触到了赵祯的伤心事，又移用了皇上用过的词句，仁宗自然恼恨。读到"太液波翻"，赵祯不禁怒火中烧，他责问近臣："柳三变为什么说'太液波翻'，而不说'太液波澄'？"说着便把这首词扔到地上。原来，"太液"是指皇家花园里的池塘，那是何等幽雅的地方，而柳永却说"太液波翻"，用如此"凶景恶语"来贺寿，自然难以受到欢迎。

这些发生在宫中的事，柳永哪里知道。到了考期，他仍兴冲冲地参加了考试。这次他本已考中，临放榜前，名单拿给仁宗过目，仁宗见到他的大名，龙颜顿改，正色说道：

"柳三变终日花前月下，岂能为官！他好'浅斟低唱'，何要'浮名'，让他填词去吧！"

皇帝的话就是金科玉律，柳永本来已经到手的进士，就这样被取消了。

柳永气愤万分，从此更加纵情声色，终日流连秦楼楚馆，和乐工歌伎厮混。每作一首新词，都在下面落款："奉圣旨填词柳三变。"

其实，他平日填词，所奉的根本不是皇帝的"圣旨"，而是和他亲密交往的歌女舞伎的"芳旨"。他所以要在自己"浅斟低唱"的词下，有意题上这一特别的落款，主要是为了发泄心中的牢骚，表示对皇帝"圣旨"的不敬和抗议。

景祐元年（公元1034年），柳永已四十多岁了，年轻时的"怪胆狂情"已逐渐消退，他又想起了科举仕进。于是，他便将姓名由柳三变改为柳永，再次去投考进士。这次总算幸运，终于高中黄榜，他先后做了睦州掾官、定海晓峰场盐官和屯田员外郎等小官。

然而，他多年随便惯了，受不了官场的约束，没做几年，

527

便把乌纱帽给弄丢了。无可奈何,他只好浪迹江湖,从乐工歌伎那里寻求精神上的慰藉。这种生活经历,使吟咏流落天涯的感受,成了他创作的一个重要的内容。著名的《雨霖铃》词,堪称是他这方面的代表作:

> 寒蝉凄切。对长亭晚,骤雨初歇。
> 都门帐饮无绪,留恋处、兰舟催发。
> 执手相看泪眼,竟无语凝噎。
> 念去去、千里烟波,暮霭沉沉楚天阔。
>
> 多情自古伤离别。更那堪、冷落清秋节。
> 今宵酒醒何处?杨柳岸、晓风残月。
> 此去经年,应是良辰好景虚设。
> 便纵有、千种风情,更与何人说?

这首词,写一对恋人饯行时难分难舍的离情别绪,达到了情景交融,"一切景语皆情语"的极高境界。"念去去、千里烟波,暮霭沉沉楚天阔",词人黯然神伤的心情,仿佛给辽阔的天容水色涂上了阴影;"今宵酒醒何处?杨柳岸、晓风残月",写词人酒醒梦回,只见晓风吹拂疏柳,一弯残月高挂杨柳梢头,整个画面充满了清幽凄冷的气氛;词末以问句作结,既表达了情人间彼此关切之情,又留有无穷意蕴,耐人回味无穷。

清代冯煦在《六十一家词选例言》中论柳永词时说:此词"曲处能直,密处能疏,鼻处能平,状难状之景,达难达之情,而出之自然"。这是对《雨霖铃》的崇高评价,也是行家里手的中肯之论。辽金时期戏曲作家董解元的名作《西厢记诸宫调》,其《长亭送别》一折,不仅用了《雨霖铃》这首词的艺术构思,而且一些词句(如"有千种思情何处说")也从柳词蜕化而来,可见这首词影响之深远。

柳永沦落天涯时,穷愁潦倒,以致最后寄食润州(今江苏镇江)寺庙,在贫病交加中逝于僧舍。他有一子名柳涚,于庆历六年(公元1046年)登进士第。但不知何故,柳永死后没有家属为之营葬,还是一群平日和他相好的风尘知己们,争着凑些钱掩埋了他的骸骨。

以后每逢清明时节,这些可爱的歌伎女伶们都携酒到他的墓前祭祀一番,一时传为奇闻佳话。《古今小说》里有一篇《众名姬春风吊柳七》[2],就是根据此事敷衍成篇,描写歌伎们把他尊为唱本的祖师爷,每年寒食节,她们都要到郊外集合,吊唁柳永,以至相沿成风。这说明,一个文学家只要创作出真正为人们喜闻乐见的作品,人们就不会忘记他。[3]

宋子京句得宫嫔情

宋仁宗天圣元年（公元1023年），国都汴京（今河南开封）的大街小巷，都在纷纷传说一则佳话：雍丘（今河南杞县）一户姓宋的人家，兄弟俩一起进京赶考，竟然同登黄榜，共举进士，实为难得！

"这兄弟俩姓甚名谁？家住何处？"一些急性子的人，忍不住到处打听。

且说这兄弟俩，哥哥叫宋庠，字公序，生于宋太宗赵炅至道二年（公元996年）；弟弟叫宋祁，字子京，比哥哥小两岁。他俩籍贯原在安陆（今湖北安陆），后祖辈迁入开封雍丘（今河南杞县），因而后人有的说他俩是安陆人，有的说是雍丘人。

可别看宋祁年岁小，但学问文章却在哥哥之上。他这次本来考的是第一名，宋庠为第三名。临放榜前，礼部上奏，将本届进士名册呈皇帝御批。当时，仁宗赵祯刚继位，章献太后垂帘听政。她听奏后，以为弟弟之名，不可列在兄长之前，便改宋庠为第一名，宋祁为第十名。

高中进士后，兄弟俩走着不同的道路。宋庠博学严谨，办事干练，官至兵部侍郎、同平章事（实际上的宰相）。宋祁风流儒雅，著述丰富，与欧阳修同撰《新唐书》，写列传一百五十卷，官至翰林学士，工部尚书。《宋史·宋庠传》说：兄弟俩"俱以文学，名擅天下"，"人呼曰'二宋'"。哥哥宋庠为"大宋"，弟弟宋祁是"小宋"。

事实上，兄弟俩文学成就并不相当。宋庠诗词多秾丽之作，缺乏自己的独特感受，不为诗家所重。而宋祁为诗作文，博奥典雅，尚奇好险，具有自己的风格，因而文学名望远在宋庠之上。如他的诗句："世路风波恶，天涯日月遒"（《侨居》），"危言犹在口，飞语已磨牙"（《送范希文》），寓意极深，耐人寻味。他的词，如"红杏枝头春意闹"名句，不仅向来为人们称颂，还传说引发了一次奇妙的"艳遇"呢。

一个风和日丽的春晨，宋祁漫步汴京的繁台街，准备找家酒楼去痛饮一番。忽然一队差役开道，传呼行人回避。他侧身道旁，只见迎面过来几台花轿，凤顶龙边，彩带飘忽，帘门低垂，悠悠前行。

"这轿内坐的是何人？"宋祁正在心里暗自揣度，忽然听到一声清柔娇脆的呼唤声：

"小宋！"

宋祁急忙寻声望去，只见刚刚擦过身边的一台轿子，绣帘撩开一角，一个如花似玉的妙龄女郎，正在探头看他。

四目相视，彼此都像触电一般，浑身一惊。那女郎脸上蓦地浮起一片红霞，羞涩地一笑，慌忙放下了绣帘。

轿子走远了，静立街道两旁的行人，都已各自赶路，可是宋祁仍然呆呆地站在那儿发愣："那女子是谁？为何唤我'小宋'？"他如坠入云里雾中的丈二和尚，怎么想也寻不出一个答案来，只觉得怅然若有所失，惋惜未能多看女郎两眼，向她问个明白。

回到府中，宋祁仍想着那娇柔的一唤和深情的一瞥，茶饭不香，郁闷不乐，情不自禁，磨墨铺纸，提笔写下了一首《鹧鸪天》：

画毂雕鞍狭路逢，一声肠断绣帘中。
身无彩凤双飞翼，心有灵犀一点通。

金作屋，玉为笼，车如流水马游龙。
刘郎已恨蓬山远，更隔蓬山几万重。

这首词，完全是作者亲自经历的如实描述：他碰巧路遇钟情女子，闻声相唤，却无法接近，引起无限相思。爱慕之情受到阻隔，只恨自己不能变成双飞翼的彩凤，飞到飘然而去的意中人身边；身不能至，心向往之，但愿彼此的心能像那灵异的犀牛角一样,心心相印,一线贯通。多可惜啊,那金作屋,玉为笼的轿子,在车水马龙的大道上消失得无影无踪;本来已恨彼此相隔遥远,更何况中间隔着蓬山数万重呢?这首纪实性的词作,能写得如此形象生动,情真意切,韵味悠长,实为难得。

然而,宋初文坛,盛行化用晚唐诗句的风气,宋祁此篇,可谓到了无以复加的地步。它不论是整体意象或具体词句,都完全是从李商隐的两首《无题》诗中脱胎而来,关键字句,甚至是直接引用。清代文学理论家刘熙载在《艺概》里,之所以说"宋子京词,是宋初体",主要依据便是他的这首词,完整袭用了李商隐的诗。

李商隐的两首《无题》诗是这样的:

(一)

昨夜星辰昨夜风,画楼西畔桂堂东。
身无彩凤双飞翼,心有灵犀一点通。
隔座送钩春酒暖,分曹射覆蜡灯红。
嗟余听鼓应官去,走马兰台类转蓬。

(二)

来是空言去绝踪,月斜楼上五更钟。
梦为远别啼难唤,书被催成墨未浓。

蜡照半笼金翡翠，麝熏微度绣芙蓉。
刘郎已恨蓬山远，更隔蓬山一万重。

李商隐的这两首诗，都是刻画对意中人深切思念的爱情诗。宋祁袭用李商隐的诗意和诗句，来抒发自己类似的感情和心境，虽然恰到好处，天衣无缝，但毕竟不属自己的创造，多少有些让人遗憾！

可是，正由于他这首词敢如此大胆地化用唐人诗句，加上词中所记的是富有传奇色彩的动人故事，因而很快就传遍了京都。汴京的酒楼妓馆，乐工歌伎们都争相演唱它，以致不久就传入了皇宫。

却说仁宗赵祯听唱了这首词和它所记的故事后，颇觉有趣，便命侍臣宣宋祁进宫，然后命太监召集宫娥嫔妃，他要亲自查问究竟。

"上个月，你们乘轿经过繁台街时，谁大胆挑开绣帘，呼唤'小宋'？"仁宗板着脸问。

众宫妃早已听说了《鹧鸪天》这首词及其由来，也都知道惊呼"小宋"的那位宫嫔是谁。这会儿见仁宗询问，都眉来眼去，互相暗笑。那位宫嫔见瞒不过去，便上前跪下回禀道："臣妾有罪！是臣妾那天无意中叫出的。"

"既已喊出宋学士名号，何谓无意叫出？"仁宗追问道。

"臣妾原本并不认识宋学士，前不久侍宴弹唱，听宣翰林学士宋祁，才得以认识写'红杏枝头春意闹'的宋学士。那天轿过繁台街，挑帘观赏街景，偶然见他站在路边人群中，心想那不是小宋吗！心里想着，谁知嘴上竟不知不觉地叫出声来。"

"宋学士近有新词《鹧鸪天》，你可听唱？只因你一声呼唤，牵动他思愁肠断，这一笔风流债，你如何偿还？"

"臣妾知罪，乞望陛下原谅！"

仁宗装着没听见，只是回头向侍臣问道：

"宋学士进宫了吗？"

"已在外面等候多时。"侍臣回答。

"宣他进来。"仁宗说。

宋祁跨进门来，见到皇上，正要跪拜行礼，仁宗笑着迎上去说："贤卿，近来茶饭可香？睡眠可好？朕近闻你《鹧鸪天》词，只担心你真的'肠断绣帘中'，相思成疾啊！"

宋祁一听，脸一下红到脖子，忙想解释。

"哈哈！"宋仁宗高兴地摆摆手说："贤卿不必解说，也不必恐慌，朕已尽知实情。有缘千里来相会，何愁蓬山阻隔、佳侣难求？朕今日召你进宫，就是要把那轿中唤'小宋'的宫嫔，赐给贤卿。"

宋祁和那位宫嫔简直不敢相信自己的耳朵，如在梦中一般。待醒悟过来,相视而笑,携手向赵祯谢恩。这段"艳情奇遇",像宋祁当年和哥哥同举进士一样,轰动了整个京都。

这段奇遇看似偶然,实际上也有一定的必然性。只因宋祁写出"红杏枝头春意闹"这样的名句,才引起了那宫嫔的注意,因注意而动情,因动情而忘礼,因忘礼而呼唤,因呼唤,佳人终于得配才子。"红杏枝头春意闹",竟"闹"出这段风流佳话,实在令人惊叹!

"红杏枝头春意闹"出自宋祁的《玉楼春》这首词,其全篇如下:

> 东城渐觉风光好。縠皱波纹迎客棹。
> 绿杨烟外晓寒轻,红杏枝头春意闹。
>
> 浮生长恨欢娱少。肯爱千金轻一笑。
> 为君持酒劝斜阳,且向花间留晚照。

这首词,上片写尽明媚春景,下片抒发人生感慨。春天来了,湖水荡漾,绿柳生烟,杏花如火,在这美好时节,只让人感到人生一世,欢娱恨少,何不流连花丛月下,尽享世间欢乐。

近代学者王国维在《人间词话》里,对"红杏枝头春意闹"这句中的"闹"字,推崇备至。他说:"著一'闹'字,境界全出。"因为这个"闹"字,既传神地刻画出了杏花怒放的勃勃生机,又饱含着词人喜迎春色的欢愉之情。这种客观"物境"和主观"情境"完美交融的佳句,能够引起人丰富的联想和情感的共鸣,所以说它著一字而境界全出。

不过,也有的学者强烈反对这个"闹"字。清代文艺理论家李渔在《窥词管见》里就说:"'闹'字可用,则'吵'字、'斗'字、'打'字皆可用矣!"他指出:"争斗之声之谓闹,桃李争春则有之,红杏闹春,予实未之见也。"他甚至尖锐地批评道:"予谓'闹'字极粗俗,且听不入耳,非但不可加入此句,并不当见之于诗词。"

事实上,谈论艺术不应这样简单地按照日常事理来推断。因为艺术家在观照事物时,多半有自己独特的眼光和方式,往往能获得突破常理的艺术感受。他们能捕捉到这样的艺术感受,并把它生动地传达出来,这正是其艺术才华的表现。

当代学者钱锺书便深谙此理。他在《通感》一文里,反驳李渔的批评说:宋祁所以用"闹"字,是想把无声姿态的事物,描绘成有声音、有动感的形象,表示他在视觉里仿佛获得了听觉的感受。这用现代心理学或语言学的术语来说,就叫作"通感"。钱锺书先生不是简单地从文字表面,而是从词人整体艺术感受的角度,解释了宋祁所以用"闹"的缘由，这正是人们常说的"艺术有理外之理"的道理。中国古典诗词中，同类的例子很多，细加玩赏体会，不仅趣味无穷，而且可以提高艺术欣赏水平。[4]

[1] 宋高宗建炎三年（公元1129年），赵构置行宫于杭州，杭州由州升为临安府。
[2] 因柳永在兄妹中排行第七，所以又有"柳七"之称。
[3] 主要参考资料：《宋诗纪事》卷十三、《古今词话》上卷、《本事词》卷上、《全宋词》、唐圭璋《柳永事迹新证》。
[4] 主要参考资料：《宋史·宋祁传》、《词林纪事》卷三、赵万里辑《宋景文公长短句》、王国维《人间词话》、钱锺书《旧文四篇》。

【第 24 回】

苏东坡雄豪赋赤壁
李清照哀婉叹西风

苏东坡雄豪赋赤壁

人间世事，往往会出现惊人的相似之处。宋仁宗嘉祐二年（公元1057年），也就是"二宋"兄弟同时考中进士后的第三十四个年头，又有一对兄弟携手进京赶考，同榜共举进士。他俩就是后来名震宋代文坛的大文学家苏轼和苏辙。

苏轼，字子瞻，号东坡居士，生于宋仁宗景祐四年（公元1037年）。苏辙，字子由，比哥哥苏轼小两岁。他们是眉州眉山（今四川眉山）人，出身于书香世家。父亲苏洵，是当地一位有名的书生；母亲程氏，是大理寺丞程文应的女儿，很有文化教养。兄弟俩小时候，受到父母极好的教育，十四五岁时，已博通经史诸书，能够写出很像样的诗文了。当时苏轼还把几十万字的《汉书》，一字不漏地抄了下来，背得滚瓜烂熟。苏轼本来喜欢贾谊论说精辟、结构谨严的议论文，后来读到《庄子》，觉得它文笔放逸自由，情思飘渺深远，爱不释手，百读不厌。他以后作的诗词文赋，都颇有《庄子》的神韵。

苏轼和苏辙考进士这年，是作一篇题为《刑赏忠厚之至论》的文章，主考官由欧阳修担任，梅尧臣等任评判官。梅尧臣阅卷时，发现一份试卷写得出类拔萃，立即推荐给主考官，欧阳修看后也赞不绝口，便商量把这份考卷取为第一名。欧阳修再次细读这份卷子，觉得从文风看，很像出自自己学生曾巩的手笔，为免别人议论，遂判为第二。谁知后来将遮住的姓名拆封后，才知是苏轼的考卷，但已无法再将他改为第一了。

那时，凡是经主考官通过的进士，都尊主考官为恩师。苏洵带着两个儿子去拜见恩师欧阳修，也带上了自己的二十多篇文章，请欧阳修指教。欧阳修看了苏洵的文章，觉得立论高拔，说理透辟，文笔老道，认为他是个难得的人才，便立即上报朝廷。仁宗亲自阅览后，对苏洵的文章也大加赞赏。

从此，苏家父子三人，被人们合称为"三苏"，当时即有"苏氏文章擅天下"的美誉。后人推举唐宋两代八位散文大家，苏洵、苏轼、苏辙全都名列其中。雄视百代的"唐宋八大家"，苏氏一门竟占三个席位，实在令人惊叹。

"三苏"之中，苏轼名气最大。他不仅是宋代文学史上耀眼夺目的明星，而且在中国历代文人中也是个旷世奇才。无论作诗、填词、写散文，还是书法、绘画、做学问，他样样精通，并都有极高造诣。在中国历史上，像他这样涉猎如此广泛，并在各方面都取得杰出成就者，实难找出第二人。

他的诗气象宏阔，意趣高妙，深得前人各家所长，又不受任何一家所羁缚，为宋诗开辟了新意境。

他的词，豪放高旷，情浓意远，雄浑清丽兼而有之，可谓中国文学史上最著名的大词人之一。

他的散文，情理交融，汪洋恣肆，文意翻澜，发人深思，其名篇《石钟山记》，千百年来一直脍炙人口。

他的书法，长于行书和楷书，笔法肉丰骨劲，跌宕自然，独成一家。中国古代楷书有"颜、柳、欧、苏"四大流派，宋代书法有"苏、黄、米、蔡"四大家，这里说的"苏"，指的都是苏轼，可见他在中国书法史上的地位之高。

他的画，笔酣墨饱，生趣盎然，所画枯木竹石，苍劲雄放，风流一时，对中国文人画的发展，产生了深远影响。

他的学术著作主要有《易传》、《书法》等，文辞博辩，析理透辟，连一代大理学家朱熹都深为赞赏。王安石晚年闲居江宁（今江苏南京），曾遇到苏东坡，两人畅谈几日后，王安石感叹地说：像这样才华卓绝的人，真是千载难遇啊！

苏轼是个绝顶聪明的人。宋神宗熙宁初年，辽国来了一位使臣，自称是个诗人，狂妄得不得了。神宗赵顼想到苏轼才华盖世，便命他来接待客人。这位使臣不知深浅，一见苏轼面，寒暄几句后，便傲慢地问："你会赋诗吗？"

苏轼见他这样目中无人，心想如不杀杀他的威风，他还小视大宋无人呢！眼珠一转，计上心来，苏轼便故意轻蔑地说:"赋诗,这还不容易!不过,观诗倒是件难事!"

辽国使者一听,哈哈大笑:"天下哪有这等怪事,观诗竟比赋诗还难?"

苏轼见他这样,也不多说,提笔写了一首名为《晚眺》的诗,让他观解:

亭景画老拖筇,首云暮江蘸峰。

这十二个字,写得有长有短,有横有斜,有轻有重,有正有反,不同的写法都有巧妙的涵义。如前三个字,"亭"写得特别长,"景"写得特别短,"画"的笔画写得特别轻细,便成了"长亭短景无人画"这句诗。所以表面看来,上面十二个字虽然互不连贯,实际上却是一首意蕴完整的七言绝句,合起来有二十八个字:

长亭短景无人画,老大横拖瘦竹筇。
回首断云斜日暮,曲江倒蘸侧山峰。

那位不知天高地厚的辽国使者,左看右看,琢磨半天,也莫名其妙,最后只好请苏轼"赐教"。待苏轼一字一句地解释完了,他先是目瞪口呆,然后才茅塞顿开,对苏轼佩服得五体投地。

苏轼不仅聪明绝顶，多才多艺，而且品行善良，人格高尚。他有儒家的严谨却无其拘束，有道家的旷达却无其消极；他挚爱父母妻子，诚待师长朋友，为人洒脱宽厚，极富责任心和人情味。他二十一岁考取进士后，曾在杭州（今浙江杭州）、密州（今山东诸城）、常州（今江苏常州）、徐州（今江苏徐州）、湖州（今浙江吴兴）等地做官，每到一地，都尽力为民众做好事，以致每次调离的时候，当地老百姓都依依不舍，有的跪在路旁哭，有的一送就是几十里。

今日的杭州西湖，优美异常，像嵌在中国大地上的一颗明珠。但在宋朝的时候，湖水很浅，杂草丛生，既脏乱，也无法行船。苏轼到杭州任通判后，带领老百姓挖出湖草淤泥，从南至北筑了一条长堤，种上芙蓉杨柳，使西湖变成著名的风景胜地。他在杭州两年，政绩突出，老百姓有口皆碑，不少人家把他的画像供在前堂，每日为其行礼祝福。为了纪念他，杭州人还把他在西湖上修的长堤，叫作"苏堤"。

苏轼在杭州任职时，还写过一组很著名的吟咏西湖的诗歌，请看其中的《饮湖上初晴后雨》：

水光潋滟晴方好，山色空蒙雨亦奇。
欲把西湖比西子，淡妆浓抹总相宜。

这里第一句写晴天时的水，在阳光的照射下碧波荡漾；第二句写雨天里的山，在雨幕笼罩下迷茫缥缈。这两句一水一山、一晴一雨的描写，使人感到西湖景色既淡雅优美，又变幻多姿，为下两句的比喻作了充分铺垫。第三和第四两句用古越国（今浙江一带）的绝代美女西施，来比喻西湖，说不管她怎样打扮，浓妆也好，淡抹也好，即晴天也好，雨天也好，总是那么美丽动人。

诗篇先从正面勾勒西湖的山光水色，然后再从侧面以空灵而又贴切的妙喻，来写西湖美的神韵，短小精练，意趣悠长，历来被认为是歌咏西湖最出色的诗篇之一。西湖之所以又有"西子湖"的别称，即来源于这首脍炙人口的诗篇。

苏轼德才兼备，但并没有得到朝廷的重用。宋神宗元丰二年（公元1079年），御史中丞李定等人，或因和苏轼有私仇，或因忌其才高，把他平日写的诗斩头去尾地摘抄下来，说他反对朝廷，使他锒铛入狱。这便是宋代历史上的重大冤案——乌台诗案[1]。后经多人营救，宋神宗亲自过问，苏轼才得以出狱，但被贬到黄州（今湖北黄冈）任团练副使。

苏轼是元丰三年二月到达黄州的，五月，弟弟苏辙便将他的家属也送来了，一家人生活很艰难。他的好友马正卿见朋友有难，便多方活动，于第二年请准郡府，把过去驻兵的几十亩营地拨给苏轼。一家老小从此像农民一样，每日起早摸黑，在这里锄草开荒，掘井筑室，躬耕其中。苏轼把自己和家人开辟出来的这块地叫"东坡"，自称为"东坡居士"，苏东坡这个名字就是从这时叫起的。

"团练副使"是个闲职，是在定员官吏之外设置的闲官。苏东坡被贬黄州，虽然挂着"团练副使"的头衔，但诏令上明文规定他"不得签书公事"。乌台诗案对他已是一次沉重打击，如今又让他这个有抱负、有才能的人，干这种无所事事的闲官，他除了开荒种地以外，又如何度日呢？

黄州是个风景胜地，依山傍水，险峻壮伟，到处都有令人陶醉的风光。它的西北山麓，横插江中，峭壁直立，山石赤红。人们传说，这就是当年"火烧赤壁"的古战场。

苏东坡为解除心中郁闷，曾数次在赤壁山下泛舟。而每次游赤壁，他都不免触景生情，发出惊世浩叹。由此，中国文学史上不仅增添了《前赤壁赋》、《后赤壁赋》两篇精妙绝伦的散文，更有幸得到了《念奴娇·赤壁怀古》这首气势磅礴的千古佳词：

> 大江东去，浪淘尽、千古风流人物。
> 故垒西边，人道是、三国周郎赤壁。
> 乱石穿空，惊涛拍岸，卷起千堆雪。
> 江山如画，一时多少豪杰。

> 遥想公瑾当年，小乔初嫁了，雄姿英发。
> 羽扇纶巾，谈笑间、樯橹灰飞烟灭。
> 故国神游，多情应笑我，早生华发。
> 人生如梦，一樽还酹江月。

这首词，站在俯瞰历史的高度，以纵论古今豪杰的气魄，描绘了三国时期刘备和孙权联军，大破曹操百万之众，火烧赤壁的战斗场景。词中年轻、英俊、潇洒的周公瑾形象，意气风发，栩栩如生，在壮丽江山和炽烈战火的映衬下，显得格外光彩照人。然而，在江山如画的祖国山河上，多少曾经称雄一世的著名豪杰，不都被历史的滚滚浪潮所淹没了吗？在这里，苏东坡对"大江东去，浪淘尽、千古风流人物"的感慨，又何尝不饱含对他自己被贬乡野，报国无门的悲叹呢！

值得一提的是，苏东坡虽然是个博学多才的人，但在这首词所吟咏的地理位置上，他却出了一个不小的差错。因为黄州赤壁并不是周瑜当年火烧曹操百万大军的地方。三国时期的赤壁之战，发生在现在的武汉上游，而黄州却在武汉下游。不过，苏东坡的这一差错，却使黄州赤壁闻名遐迩。后人为了纪念这位伟大的文学家，以及他的《念奴娇·赤壁怀古》这一不朽词篇，就将黄州赤壁又称为"东坡赤壁"。

苏东坡还有一首词《水调歌头》，也很有名：

明月几时有？把酒问青天。
不知天上宫阙，今夕是何年？
我欲乘风归去，又恐琼楼玉宇，高处不胜寒。
起舞弄清影，何似在人间！

转朱阁，低绮户，照无眠。
不应有恨，何事长向别时圆？
人有悲欢离合，月有阴晴圆缺，此事古难全。
但愿人长久，千里共婵娟。

这是一首咏月词，写作者在中秋之夜，对酒赏月时的情景和感想。词的上半片渲染月宫中的寒冷和寂寞，并强调这种寒冷和寂寞"何似在人间"，曲折地表现了世道艰辛的酸楚和自己洁身清高的人格。下半片写清澈明净的月光，照着人无法入睡，让人感叹"月圆人不圆"，所以作者最后发出了"但愿人长久，千里共婵娟"的冀愿。这两句词，原是苏轼怀念远在千里之外的弟弟苏辙的，大意是说：但愿我们都能保重身体，即使不能在一起欢聚，也可以在异地他乡共同赏月。由此可见，苏东坡即使在写缠绵悱恻的离愁别恨时，仍然具有自己旷达豪放的格调和积极向上的情怀。

这首《水调歌头》中秋词，是苏轼的代表作之一，也是历代公认的中秋词中的绝唱。它通篇咏月，却处处关合人事，上片借明月自喻清高，下片用圆月反衬离别，写得错综回环，波澜起伏，具有极强的感染力。中国古典小说名著《水浒传》，是描写北宋末年社会生活的，其中就写到一个官府里的歌女，在中秋节唱起苏东坡的这首《水调歌头》，唱得连铁汉子武松，都感动得流泪了。

宋哲宗元祐元年（公元1086年），苏东坡一次在翰林院里与人谈起柳永词。他的一位通晓音律的幕僚说："柳郎的词，只合十八岁妙龄女郎，手拿精巧的红牙响板，轻敲慢打，柔声细语，唱'杨柳岸、晓风残月'；而学士你的词，就必得关西大汉，执铜琵琶，击铁绰板，放声高唱'大江东去'。"苏东坡听罢，连连点头，拍手叫好。

原来，这简短的几句话，正形象生动地说明了柳永词和苏轼词艺术风格的基本差异。其中提到的"杨柳岸、晓风残月"，出自柳永的《雨霖铃》。这首词，充分体现了柳词纤巧细密，柔媚清奇，音律婉约的艺术特色。而苏轼词"大江东去"，则大气磅礴，豪放刚劲，令人惊心动魄。后人将宋词分为"婉约"和"豪放"两派，把苏轼推为"豪放派"的代表，是很有道理的。

苏轼虽然在文学艺术上取得了极大的成就，但在政治道路上却历尽坎坷，受尽磨难。这主要是因为，当时朝廷里变法和反变法两派势力，斗争非常激烈，彼此都将对方视为仇敌。苏轼的政治态度很复杂，他主张温和式地改革，不赞成王安石激烈地变法，这就决定了他在王安石"熙宁变法"期间，不可能受到重用。但他也反对墨守成规，与旧党的思想也多有牴牾，这又决定了以司马光为首的保守派上台后，对他照样十分提防。

苏轼就是这样受到两面的排斥，所以一生仕途曲折，困于州县。好在他胸怀宽广，生性达观，能自拔于现实悲苦之中而不减其生活乐趣，处于逆境之时仍持有乐观精神，因而在人生这部大书上，他为自己所塑造的形象，仍是潇洒飘逸，光彩照人的。

苏轼的晚年生活很悲惨。绍圣四年（公元1097年），他因秉忠直言，被贬远放到儋州（今海南儋县）。那时，海南岛尚属未开化地区，在那里生活，"饮食不具，药石无有"，条件极为艰苦；但他却能"食芋饮水，著书以为乐"，并与儋州百姓结下了深厚的友谊。直至元符三年（公元1100年）宋徽宗即位，他才遇到大赦，得以北归。但这时他已老了，第二年（建中靖国元年，公元1101年）便在常州离开了人世，时年六十六岁。[2]

李清照哀婉叹西风

中国文学史上，尽管才女辈出，代不乏人，如汉代有蔡琰、班昭，唐代有薛涛、李冶；但最伟大的女文学家，却不能不说是才华盖世的宋代女词人李清照。她不但词写得好，而且诗、文、书、画样样出色，遗憾的是，这些作品大都散佚了。我们今天能见到的，主要是收在《漱玉词》中的五十多首词。不过，仅凭这五十多首词，已足以使她不让须眉，千古不朽了。

李清照，号易安居士，于宋神宗元丰七年（公元 1084 年），出生在历城（今山东济南）一户书香人家。她的父亲李格非官至礼部员外郎，曾以文章受教于苏轼，学识渊博，尤长经学，著有《礼记说》、《永洛城记》、《洛阳名园记》等，是当时颇负盛名的学者。母亲王氏是状元王拱宸的孙女，也知书善文，因而李清照从小受到极好的教育。

这样优越的家庭环境，加上自幼聪明好学，李清照少年时即获"才女"的美誉。南宋人王灼在《碧鸡漫志》里，即说她"自少年便有诗名，才力华赡，逼近前辈"。请看她在十几岁时写的《点绛唇》这首词：

> 蹴罢秋千，起来慵整纤纤手。
> 露浓花瘦，薄汗轻衣透。
>
> 见客入来，袜刬金钗溜。和羞走，
> 倚门回首，却把青梅嗅。

清晨在花园里荡秋千，玩得汗水涔涔，把轻薄的衣裳也浸湿了。荡罢秋千，觉得手有点麻，便懒洋洋地搓揉着。正累得不想动弹，突然花园里闯来个男子，她慌忙含羞回避。"袜刬"是说来不及穿鞋子，拖着袜子走；"金钗溜"是说头发松散，金钗滑掉在地上。哟，多难为情啊！跑到花园门口，她忽然想看看来人是谁？长得什么模样？于是侧身门边，回头偷眼相看，可又怕被人家发觉，就拉过一枝青梅假装是在嗅花。

这首小词，仅四十一个字，就活灵活现地塑造了一个天真美丽、顽皮活泼、感情丰富的少女形象。它情调健康明快，充满青春气息，文笔开合自如，节奏轻松曲折，是作者少年时代生活和才华的传神写照。

宋徽宗建中靖国元年（公元1101年），李清照十八岁，与太学生赵明诚结婚。赵明诚出身名门，父亲赵挺之，与李清照的父亲李格非，同在朝中做官，先为吏部侍郎，后升为尚书右丞,权倾一时。赵明诚学识渊博,酷爱金石字画。婚后两人广搜博览名人书画碑帖,钻研古董文物,编有金石学传世名作《金石录》。由于他俩志同道合,情趣相投,因而夫妻恩爱,感情极好。

《金石录后序》说:他俩每得到新的书画古董,总是共同整理,仔细研究,常常弄到蜡尽更残,方才就寝。吃罢饭后,夫妇俩都有喝茶的习惯,但茶煮好后,两人总喜欢指着满屋的书籍,说出某件事在某部书、第几页、第几行里,以说对与否来决定喝茶的先后。常常某位说对了,举起杯来开怀大笑,茶没到口就先泼在怀里,这又引起更加欢快的笑声。

他们收集的金石书画日益增多,装满了书库、堂屋,堆到了卧室,以至几案罗列,狼藉满床。但小两口对此并不介意,而是心会意合,目往神交,其乐无穷。他俩的夫妻生活,是何等充实,何等有趣!

不久赵明诚到外地任职,李清照与他难舍难分。为了表达自己的深情,她特地拿出一方锦帕,用她那清秀可爱的小楷,写下《一剪梅》词一首,含着眼泪对赵明诚说:"你带上这方锦帕,见了它就如同见到我,旅途劳顿、孤身寂寞时,也可寄托一片相思之情。"这首词写得非常感人,其中"花自飘零水自流。一种相思,两处闲愁。此情无计可消除,才下眉头,却上心头",是历代传诵的名句。

到了重阳节，身处异乡的赵明诚又收到妻子的来信，里面夹有《醉花阴》词一首，写得更为精彩：

薄雾浓云愁永昼，瑞脑消金兽。
佳节又重阳，玉枕纱厨，半夜凉初透。

东篱把酒黄昏后，有暗香盈袖。
莫道不消魂，帘卷西风，人比黄花瘦。

睹物思人，赵明诚捧读词作，仿佛看到云愁雾暗，妻子独坐家中，盯着金兽炉里升起瑞脑香的袅袅青烟，真是百无聊赖，愁思难解！又是亲人团聚的重阳节了，但深夜只身难眠，头枕玉枕，身盖薄纱，也还是浑身透凉。尽管黄昏时分，她强打精神对酒赏菊，但哪里有陶渊明东篱把酒的兴致呢？西风萧瑟，珠帘乱卷，消愁无计，她觉得自己比花瓣细长、枝干枯瘦的菊花，还要消瘦几分。

赵明诚读着妻子的这首词，热泪盈眶，对妻子一片热爱和敬重，渐渐驱走了羁旅愁思。他忽然觉得，妻子能写出如此佳作，实为难得；而自己出身名门，累代书香，才华也不应在妻子之下。于是，他想用一种特殊的方式，和妻子一比高低。

他闭门谢客,废寝忘食,夜以继日,苦思冥求,尽平生才情,三天写了五十首词,有的还有意模仿妻子的笔调和风格,自感真假难辨,足以混淆视听。然后,他将这些词一一誊清,把李清照的《醉花阴》词也重新誊写一遍,夹在其中。

第四天,赵明诚请来颇具鉴赏力的好友陆德夫,把准备好的五十一首词让他品评,并一定要他指出其中的最佳句。

陆德夫反复品味,玩索再三说:"只有一篇三句最佳"。

赵明诚忙问:"哪一篇?"

"《醉花阴》'薄雾浓云愁永昼'。"

"哪三句?"

"自然是'莫道不消魂,帘卷西风,人比黄花瘦'!"

赵明诚佩服地说:"陆兄果然好眼力,此篇三句正是爱妻刚寄来的新词。"

"啊!如此,愚弟更要仔细拜读了。"陆德夫说着又拣出《醉花阴》词,细细品味后赞叹地说:"有妻如此,平生足矣!"

赵明诚心中涌起层层波澜,从此对李清照词自愧不如。

李清照年近四十岁的时候,金兵大举南侵。夫妻俩情深意笃的生活和家庭的艺术气氛,不幸因国难而完全毁坏了。兵荒马乱之中,他们背井离乡,东躲西藏,颠沛流离,吃尽苦头，多年收集的几大屋书画古董，也丢损殆尽。在南方流亡几年以后，赵明诚又在建康（今江苏南京）忽然染上疟疾，于宋高宗建炎三年（公元1129年）不幸而亡。

这晴天霹雳，使李清照痛不欲生。她含泪埋葬了赵明诚，也同时埋葬了自己的欢乐。从此以后，她孤鸿独雁，无依无靠，东漂西泊，凄惨悲凉。在这种心情下，她又写下了一些深沉哀婉的词作，具有惊天地、泣鬼神的艺术力量。请看名作《声声慢》：

> 寻寻觅觅，冷冷清清，凄凄惨惨戚戚。
> 乍暖还寒时候，最难将息。
> 三杯两盏淡酒，怎敌他、晚来风急。
> 雁过也、正伤心，却是旧时相识。
>
> 满地黄花堆积。憔悴损，如今有谁堪摘？
> 守着窗儿，独自怎生得黑？
> 梧桐更兼细雨，到黄昏、点点滴滴。
> 这次第，怎一个愁字了得！

这首词，凡是喜爱中国古典文学的人，几乎无不能熟读背诵。家国破亡之痛，身世流离之苦，眼前凄凉景象，心中无限感伤……这种种悲愁之境和忧患之情,是那样淋漓尽致而又曲折有致地表现出来。它既有倾泻无遗的酣畅,又有余韵无穷的含蓄,句句神思妙语,却又毫无雕凿之痕,是那样自然、深切、动人!开头连用十四个叠字,"寻寻觅觅,冷冷清清,凄凄惨惨戚戚",宛如奇语天降,前无古人,后无来者,为历代诗人词家称道不绝。

从词意看,这首词和李清照的一些早期作品一样,仍是写自己的愁怀。但她早年作品中所写的愁,只是个人的思念之愁、生离之愁、暂时之愁;而这里所写的愁,却超越了个人情感的窄小天地,将个人遭遇和国家兴亡联系起来,境界更加扩大,感情更加深沉。这是由于她晚年饱受战乱沧桑,经历艰辛生活后的重要转变。

这种转变,使她在诗歌创作中,写出了一些洗尽女儿气的慷慨之音。《夏日绝句》便是传诵很广的杰出篇章:

生当作人杰,死亦为鬼雄。
至今思项羽,不肯过江东。

诗中提到的项羽,是与刘邦争雄的西楚霸王。他垓下一战,为刘邦所败,逃至乌江,本可渡江躲避,以便来日重整旗鼓。但他觉得自己"无颜见江东父老",在江边刎颈自杀

了。李清照借用项羽的故事，发出"生当作人杰，死亦为鬼雄"的豪言壮语，无疑是对贪生怕死、怯懦苟安的南宋君臣的谴责和讽刺。这首借古讽今，抒发悲愤的怀古诗，大气磅礴，铿锵有力，英雄气概足可与大家豪放之作比肩而毫不逊色，实为难能可贵。

李清照还写过一篇《词论》，提出了词"别是一家"的看法。她认为词分五音、五声、六律，又分清浊轻重，因而词和诗歌相比，在许多方面具有自己的特点。从这一观点出发，她批评宋代第一流作家晏殊、欧阳修、苏轼等人的词，"皆句读不葺之诗尔"，即是说他们的词缺乏词味，不过是句子参差不齐的诗而已。她还说柳永的词，"变旧声作新声"，"虽协音律，而词语尘下"；也就是说，柳永的词，音律虽好，但语言却过于粗俗了。

李清照对这些当时公认的大家多有贬词，说明她对词有极深的研究，眼界极高，且敢于发表自己独立的见解。正是如此，她的《词论》，受到历代词论家的重视，是宋代词论中的重要篇章。

然而，我们的绝代才女，晚年生活一直孤苦伶仃。她本是山东济南人，垂暮之年，很想落叶归根，但始终未能如愿以偿。最后，她在陌生的异乡（浙江金华）寂寞地死去，连卒年都无人知道。但她为后人留下的精妙绝伦的《漱玉词》

和《金石录后序》等诗文，却是中国文化里永放光彩的珍品。

当代作家郭沫若生前游李清照故乡时，曾写过一副对联，高度概括了她一生的成就，为她树立了永不磨灭的纪念碑：

大明湖畔，趵突泉边，故居在垂杨深处；
漱玉集中，金石录里，文采有后主遗风。[3]

---

[1] "乌台"，即御史台。据《汉书·朱博传》说：御史台官舍里的大柏树上，常有数千只乌鸦飞来栖息，它们晨去暮来，人称"朝夕乌"。自汉代以后，御史台即别称"乌台"。

[2] 主要参考资料：《宋史·苏轼传》、《诗林广记》后集卷四、胡仔《苕溪渔隐丛话》后集卷二十八、郎晔《经进东坡文集事略》、陈迩冬《苏轼诗选》、林语堂《苏东坡传》。

[3] 主要参考资料：王仲闻《李清照集校注》、缪钺与叶嘉莹《灵谿词说·论李清照词》、黄墨谷《重辑李清照集》、伊世珍《嫏嬛记》卷中。

【第 25 回】

黄庭坚题画惹诗祸
周邦彦争艳遭放逐

黄庭坚题画惹诗祸

却说由于苏轼在文学艺术上取得了杰出的成就，当时的许多作家都对他佩服之至，都以能够同他结识为荣，以能够得到他的指教为平生之大幸。在众多门生和崇拜者中，最有才华，苏轼自己最为欣赏的有四个人，即黄庭坚、秦观、晁补之和张耒。他们被合称为"苏门四学士"，《宋史·文苑·黄庭坚传》就说："（黄庭坚）与张耒、晁补之、秦观俱游苏轼门，天下称为四学士。"

"苏门四学士"中，黄庭坚被列为首席。这主要是因为，他的诗歌创作自辟蹊径，独具一格，开创"江西诗派"，成为宋代诗坛上唯一可以与苏轼抗衡的大诗人，因而人们又多将他与苏轼并称为"苏黄"。

南宋刘克庄在《后村诗话》中指出："元祐后，诗人迭起，一种则波澜富而句律疏，一种则锻炼精而情性远，要之，不出苏黄二体而已。"这就是说，苏轼和黄庭坚，都是宋诗风格的体现者，是奠定宋诗特色的两位代表性人物。正是如此，历代诗家谈论宋诗，都很重视黄庭坚研究。

黄庭坚，字鲁直，号山谷，生于宋仁宗庆历五年（公元

1045年），洪州分宁（今江西修水）人。他是累代书香之后，父亲黄庶和岳父谢师厚，都出身进士，均是专学杜甫的诗人；舅父李常，是诗人兼著名藏书家。这样的家庭环境，使他从幼年起，就得以纵览经史百家及小说杂书，打下了写诗作文的扎实基础。他还兼工书法，擅长行草，纵横奇崛，以侧险取胜，其名与苏轼、米芾、蔡襄并称，为宋代书法四大家之一。

英宗治平四年（公元1067年），黄庭坚二十二岁时登进士第。神宗熙宁、元丰时期，他先后任汝州叶县（今属河南）尉、北京（今河北大名）国子监教授、吉州太和（今江西太和）知州等职。宋哲宗元祐年间，他奉调入京，编修《神宗实录》，完成后，升为起居舍人（负责记录皇帝言行的史官）。他为官当政间，胸有抱负，同情人民，政令清简，讲究操守，很受百姓拥护和爱戴。

然而，北宋末年，新旧党争异常激烈，苏轼曾因有自己独立人格，不愿违心逢迎任何一派，受到两边排斥，屡遭打击。黄庭坚的政治态度与苏轼相仿，加上是苏轼的得意门生，因而一辈子也是仕途曲折，命运多舛。

宋哲宗绍圣二年（公元1095年），新党人物章惇、蔡京主持朝政，迫害元祐旧臣，指责黄庭坚编修《神宗实录》，多诬枉之辞，交御史台勘审。不久，黄庭坚被贬为涪州（今四川涪陵）别驾，黔州（今四川彭水）安置；也就是说，让他在涪州当刺史的助手（别驾），却只能住在黔州。别说涪州、黔州在当时是非常荒僻偏远的险恶地区，就是一处任职，却必须住在异地的贬官方式，即可见当权者对他的憎恨了。

黄庭坚僻居黔州，远离官所，无事可做，郁闷难忍。崇宁元年（公元1102年）的一天，一位朋友给他送来一幅屏画，画的是两只蝴蝶，飞时碰到蜘蛛网，双翼扑打过猛，折断落地；一群蚂蚁，纷纷赶来争抢断翼，你取我夺，横拽竖扯，大片羽翼，撕成碎片，衔的衔，拖的拖，浩浩荡荡，络绎不绝，运往蚁穴。这幅"蚁蝶图"，虽然题材较为平常，但构思巧妙，寓意丰富，极有情趣。

黄庭坚本来对绘画就有很高的欣赏水平，他看着这幅"蚁蝶图"，想到自己经历和目睹的种种人情世态，神情变得越来越严肃。凝思良久，他运笔挥毫，在画屏空白处题了一首六言诗：

蝴蝶双飞得意，偶然毕命网罗。
群蚁争数坠翼，策勋归去南柯。

这首《蚁蝶图》诗，写一对蝴蝶得意双飞，偶然触网死去。"偶然"两字，说明蝴蝶毙命，并不是它自己的错，而完全是设置罗网者的陷害。可群蚁收拾坠翼，坐得渔翁之利，根本算不得什么功劳，却因此要策勋[1]受功。

末句中的"南柯"，语出唐人李公佐《南柯记》，讲一个叫淳于棼的人，一日饮酒后，在门口的大槐树下昏然睡着，做梦到槐安国，娶了公主，当了南柯郡太守。他当太守二十载，功勋昭著，荣耀显赫，富贵一时。后来公主去世，他被遣归，这才梦醒。原来所谓槐安国，就是槐树下的一个蚂蚁穴；而所谓南柯郡，也只是槐树南枝下的另一蚁穴。这里写的南柯立功受封，实质上不过是蚁穴中的一场梦罢了。

这首诗的特点，是只进行比喻，什么也不点明，作者的思想和感情，完全透过比喻形象来隐约透露，可谓言近旨远。从艺术上看，全诗用字经济，运笔曲折，读之如吃橄榄，越嚼越有味道，显示出诗人的高超技巧。

两年以后，黄庭坚题诗的那幅"蚁蝶图"，不知怎么流落到京城，在大相国寺的书画集市上出卖。

北宋末年，相国寺是京都最著名的大佛寺，也是文物贸易的场所。它每月开放五次，每逢开市之日，货架地摊，彩棚幕帐，摩肩接踵；书籍字画，古董珍玩，也应有尽有。

来这儿做买卖的，与别处可不一样，除了纯粹为了赚钱的文物贩子外，还主要有两种人：要么是真正爱好此道的落魄书生，希望从中寻得自己喜爱的古书字画，以怡情养性；

要么是达官显贵的帮闲清客，盼望从中发现罕见的文物珍品，以讨好主子，受到垂青。

这天，左丞相蔡京豢养的一帮清客，正在相国寺的字画摊前闲逛，耳边响起一串叫卖声："嗳，官家相公，快来看啦！丹青高手，翰墨行家，这幅绝妙的'蚁蝶图'，上有当今大诗人、大书法家黄山谷的题诗，快来买啊！机不可失，时不再来，过了这村，就没这店，不买到时后悔来不及啊！"

蔡京的清客王某，颇懂字画，听到这叫卖声，走上前去。他展开画屏一看，细读那诗句，脸上露出一丝奸笑，急忙从袖中掏出两锭大银，当即便买了带回相府。

"禀告丞相，门生晌午在大相国寺购得一幅屏画，其中多有画外之旨，丞相看了定有兴趣。"王某一路跑回，没顾休息，便气喘吁吁地赶到蔡京堂前报告。

"什么好画？竟可让老夫定生兴味？快拿来让老夫一饱眼福！"蔡京说。

王某展开画屏，送到蔡京眼下。蔡京一边观画，一边品诗，看到题诗的落款"山谷道人"四字，轻吟两遍，仿佛想起了什么。

王某早已在一旁察言观色，见到蔡京这会儿的表情，赶忙煽风点火地说：

"这山谷道人，就是黄庭坚，他曾与苏轼一起，骂赵挺之是聚饮小人。如今，赵挺之已为右丞相，常常与丞相你明争暗斗，图谋独揽大权。黄山谷题诗里的群蚁争利，寓意岂不是讽刺你和赵丞相……"停顿了一下，王某又说："还有诗画里那得意而丧命的蝴蝶，岂不是在诅咒丞相……"

没等王某讲完，蔡京已勃然大怒："好个山谷道人，竟敢诽谤朝廷重臣，罪该万死！"蔡京即刻命王某帮他起草奏折，以便明日上朝，狠狠参黄庭坚一本，置之死地而后快。

党争激烈的北宋末年，曾造成多少冤假错案。这首题画诗，又要惹起一场弥天大祸了。

当时，黄庭坚已在崇宁二年（公元1103年）改贬宜州（今广西宜山），这些情况，他在宜州哪里知道？正当蔡京一伙加害于他时，黄庭坚于崇宁四年（公元1105年）九月三十日客死宜州，噩耗传到了京城，他才幸免再遭奸臣毒手。

和苏轼一样，黄庭坚虽然一生命运坎坷，但文学上却取得了突出的成就。在诗歌创作上，他和欧阳修、梅尧臣、苏轼等前辈诗人一样，反对"西昆派"过分注重形式的做法，力求开辟新的创作道路。他在《答洪驹父书》里，勾勒了这种创作道路的大致轮廓：

> 老杜作诗，退之作文，无一字无来处；盖后人读书少，故谓韩杜自作此语耳。古之能为文章者，真能陶冶

万物，虽取古人之陈言入于翰墨，如灵丹一粒，点铁成金也。

这段话，既可概括黄庭坚的创作主张，又可视为江西诗派的重要纲领。他推崇杜甫"语不惊人死不休"的观点，认为杜甫、韩愈的诗文之所以伟大，关键在于他们读书多，"无一字无来处"。他所倡导的"点铁成金"的方法，就是根据前人的诗意，变化字句和内容，以达到推陈出新，化腐朽为神奇的目的。他把这种做法，称为"脱胎换骨"。

比如，自汉代李延年在《佳人歌》中，用"倾城"、"倾国"形容美色以来，后人多袭用这种写法，几乎俗滥。而黄庭坚的《次韵刘景文登邺王台见思》里的诗句："公诗如美色，未嫁已倾城"，则突破旧的思路，将好诗比作美色，这就达到了"化俗为雅，以故为新"的效果。这种在作品里显示渊博，并在遣词造句上勤苦锤炼的做法，很符合当时闭门读书，重视学养的文人士大夫们的艺术趣味，因而在他们中间风靡一时。

黄庭坚之所以被尊为江西诗派的领袖，很重要的缘由，即在于他的创作主张和实践，迎合和反映了当时文人学士的普遍艺术倾向。

当然，作为开创诗歌流派的艺术大师，黄庭坚的创作并不总是在前人诗句上翻新出奇，而是常常能够结合自己的升沉遭遇，写出一些富有真情实感、清新流畅的诗篇。请看《雨中登岳阳楼望君山二首》：

　　投荒万死鬓毛斑，生出瞿塘滟滪关。
　　未到江南先一笑，岳阳楼上对君山。

　　满川风雨独凭栏，绾结湘娥十二鬟。
　　可惜不当湖水面，银山堆里看青山。

这里，第一首写诗人被投到荒远偏僻地区，历经千难万苦，鬓毛都斑白了，却活着出了三峡最险要的关口；这种大难不死的经历，使他还未回到家乡江南，就高兴地站在岳阳楼上，对着君山笑了起来。第二首写诗人站在岳阳楼上凭栏眺望，觉得君山如湘夫人的发髻那样奇异美丽；接着又深深感叹八百里洞庭湖水势不大，以致他不能在白浪滚滚的银山堆中，饱览青山的雄姿美景。这两首诗，是黄庭坚七绝中的冠冕之作，境界雄奇，文辞挺拔，于艰难困苦之中，仍傲然挺立，卓视千古，非高旷胸襟，绝难如此！

　　黄庭坚作诗非常讲究炼字炼句，只字半句不轻出，认为"用一事如军中之令,置一字如关门之键"(《跋高子勉诗》)。正是如此,他的诗多有奇警名句,如"桃李春风一杯酒,江湖夜雨十年灯"(《寄黄几复》),"酒船渔网归来是,花落故溪深一篙"(《过平与怀李子先》)等,都具有洗尽铅华,独标隽旨的风貌。清代方东树在《昭昧詹言》卷十里,称赞他的诗说:"英笔奇气,杰句高境,自成一家,"颇得黄诗三昧。

不过,黄庭坚过分在技巧上下功夫,讲究字字有来历,"宁律不谐,而不使句弱;宁字不工,而不使语俗"(《题意可诗后》),这就难免使他的诗给人生硬晦涩之感。

钱锺书先生在《宋诗选注》里指出:"黄庭坚曾经把道听途说的艺术批评,比作'隔帘听琵琶',这句话正可以形容他自己的诗。读者知道他诗里确有意思,可是给他的语言像帘子般地隔住了,弄得咫尺千里,闻声不见面。"这段批评,起码对黄庭坚的部分诗篇是对症良药。

不幸的是,江西诗派的后继者们,在学习山谷诗时,未得其所长,而先得其所短,一味以故为新,大掉书袋,变本加厉地发展了黄诗的缺点。后人所以对江西诗派多有不满和讥评,主要原因就在这里。不过,黄庭坚作为江西诗派的开山祖师,其诗风早已隐含了后来诗派得病的因子,对诗派后来走上歧路,应该说也是难逃其责的。[2]

周邦彦争艳遭放逐

正当黄庭坚在诗歌创作上刻意脱胎换骨，翻新求变之时，比他年岁稍晚的大词人周邦彦，则在追求词的声色音律，赢得了宋词"格律大师"的美誉。

周邦彦，字美成，晚号清真居士，生于宋仁宗至和三年（公元1056年），钱塘（今浙江杭州）人。西子湖畔美丽的山光水色，孕育了这位典型的江南才子。他少年就相当浪漫，行为不够检点，邻里街坊都不大看得起他；但他"博涉百家之书"，诗词文赋无所不擅，因而又被人称为"风流才子"。

他二十三岁时，北上汴京（今河南开封），在太学里读了几年书，学问大有长进。元丰六年（公元1083年），他洋洋洒洒地写了一篇七千字的《汴都赋》，献给神宗赵顼。这篇赋模仿汉代班固的《两都赋》和张衡的《二京赋》，用假想人物"发微子"和"衍流先生"对话的形式，极笔描写和颂扬了汴都的繁华景象，并对王安石变法表示了赞许。

神宗皇帝读了这篇《汴都赋》，十分高兴和惊异，当即在政事堂召见他，授为太学正（当时大学里管训导的官职）。周邦彦因献《汴都赋》，"由诸生擢为学官，声名一日震耀海内"（楼阴《清真先生文集序》）。

然而，没过两年，神宗辞世，哲宗赵煦继位，任用司马光担任宰相，废除王安石新政。周邦彦因在《汴都赋》中赞扬了王安石变法，所以受到冷遇，被外放做州县官，过了半世流徙不定的生活。

建中靖国元年（公元1101年），宋徽宗赵佶登基。因徽宗爱好文艺，欣赏周邦彦的诗词，遂召他为秘书监，后迁为大晟府提举[3]。徽宗宣和三年（公元1121年），他在任处州（今浙江丽水）知州时，卒于任所。

周邦彦和柳永有许多相似之处。他是个精通音律的天才，作词多写缠绵悱恻的闺情，因而他的词不仅情意动人，而且声调和谐悦耳。当时歌女均喜爱唱他的词，并以能唱周词自增身价。他不论是在京城或地方做官，都和歌伎舞女有着密切的交往，长年过着偎红倚绿、眠花宿柳的生活。为此，传言他在任大晟府提举期间，还闹出了一件轰动京城的桃色新闻，一时传为趣谈。

当时，汴京城里有一名妓，叫李师师。她和周邦彦情投意合，是多年的相好。一天傍晚，周邦彦正在李师师家里对酒吟诗，丫鬟忽然上报："皇上驾到！"慌忙之中，回避不及，周邦彦只好躲到床背面的屏风后，蹲在那里静声屏气，一动也不敢动。

皇上为何夜晚跑到李师师家？

原来宋徽宗赵佶，虽有三宫六苑七十二妃，并不能使他常留宫内，在心腹之臣的带引下，他不时脱去龙袍，身着布衣，偷偷潜入秦楼楚馆，寻欢作乐。名妓李师师家，自然成了他常常光顾的去处。一君一臣，同恋一个女子，成为情敌，实在罕见。不过这一切，宋徽宗始终蒙在鼓里，一点也不知道。

话说这天赵佶一进门，便兴冲冲地叫道："师师，朕今天给你带来了江南新进贡的橙子，你快把它剖开，朕要同你一起尝尝鲜。"

李师师拿出一把并州剪刀，在灯下慢慢划开橙皮。两人一边吃橙，一边调笑，不知不觉到了三更。赵佶索性留下，直到天蒙蒙亮，才匆匆赶回宫里。

周邦彦蹲在屏风后，将两人情话听得一清二楚。赵佶一走，他便出来让李师师铺纸研墨，自己提笔挥毫，隐指赵佶和李师师的幽会，写了一首著名的《少年游》词。

第二天夜晚，赵佶又偷偷跑出皇宫，来到金环巷李师师的高门大院里。坐定后，李师师轻抚古筝，给徽宗唱了这首《少年游》：

并刀如水，吴盐胜雪，纤手破新橙。

　　　　锦幄初温，兽烟不断，相对坐调笙。

　　　　低声问：向谁行宿？城上已三更。
　　　　马滑霜浓，不如休去，直是少人行。

　　这首词，上片写两人共进鲜果，闺房环境，以及佳人调笙轻唱的动人情景；下片写两人难分难舍，女子借口天黑路滑，霜浓雾重，不愿让男子离去的缠绵之情。全篇裁剪巧妙，意蕴精微，虽写男女幽会私情，但并无半点庸俗气味，可谓"敷粉则太白，施朱则太赤"。陈廷焯在《白雨斋词话》中说它是"本色佳制"，实为精当之论。

　　却说赵佶一听这首词，写的正是昨晚他同李师师的私情，忙问："这词是什么词牌，谁人所作？"

　　"商调《少年游》，周美成的新作。"李师师答道。

　　"周美成如何知晓咱俩昨晚之事？"

　　李师师看瞒不过，只得如实将昨晚的情形说了一遍。

　　赵佶听了惊呼道："这还了得！他那么大名声，王公贵族、士子歌伎，都爱他的作品，这词若传唱出去，天下人不都要骂朕废弛纲纪，是个狎妓宿娼的荒淫之君吗？朕定要治他造词谤君之罪！"

　　李师师一听可吓坏了，忙来安慰，不想赵佶袖子一甩，便怒气冲冲地离去了。

次日临朝,徽宗即下旨撤了周邦彦的职,以"职事废弛"罪,将他贬押出京。

离开汴京那天,李师师恋恋不舍,特地赶到城外驿亭,奉酒为他饯行。席间,周邦彦感伤万分,又做了一首凄婉哀痛的《兰陵王》:

> 柳阴直。烟里丝丝弄碧。
> 隋堤上、曾见几番,拂水飘绵送行色。
> 登临望故国。谁识。京华倦客?
> 长亭路、年去岁来,应折柔条过千尺。
>
> 闲寻旧踪迹。又酒趁哀弦,灯照离席。
> 梨花榆火催寒食。
> 愁一箭风快,半篙波暖,回头迢递便数驿。
> 望人在天北。
>
> 凄恻。恨堆积!
> 渐别浦萦回,津堠岑寂。斜阳冉冉春无极。
> 念月榭携手,露桥闻笛。
> 沉思前事,似梦里、泪暗滴。

这首慢词，共三节。第一节写词人离别京城时，见到汴河岸上满堤垂柳，想到又要折柳辞别，心中充满凄恻离情；他回首望京城，不禁又勾起旅居京华时的无限辛酸，感叹人间离别频繁。

第二节写饯别的宴席上，词人和送行者叙说昔日情谊，虽有管弦歌声美酒，但愁肠难慰，终不成欢；挥手告别以后，舟行如箭逝，转眼便过了几个驿站，回头眺望送行人，仿佛已远在天边。

第三节写词人在旅途上，只有清冷的渡口、西沉的夕阳，与孤帆形影相伴；他望着无边暮色笼罩下的春景，往事历历，浮现眼前，恍然如坠梦里，不禁暗自悲伤，流下了眼泪。

这首词，以柳起兴，咏柳与送别结合，眼前景与昔日情交织，一韵三叠，一唱三叹，萦回曲折，缠绵悱恻，淋漓尽致地表现了一个"京华倦客"的复杂情怀，其中流荡着吐不尽、说不完的情思。全词布局，精妙缜密，第一叠侧重咏柳，为写情烘托气氛；第二叠写离别之际，互相依依不舍；第三叠写旅行途上，独自黯然神伤。词篇状物抒情，无不曲尽其妙；不管景语情语，都意韵悠长，耐人寻味。

过了几天，徽宗又来到李师师家，戏谑调笑间，李师师想起孤身被逐的周邦彦，便动情地唱起了这首《兰陵王》咏柳词。没想到徽宗听了大为感动，又决定把周邦彦召回京城，官复原职。

上述这段故事,首见于南宋人张端义的《贵耳集》。一些文学史家认为未必实有其事,如王国维在《清真先生遗事》里,就力证其失实。他说:"徽宗微行始于政和而极于宣和。政和元年,先生(指周邦彦)已五十六岁,官至列卿,应无冶游之事。"这段话的意思是说,徽宗微服出游的时间,在政和与宣和年间(公元1111年至1125年),而政和初年,周邦彦已有五十六岁了,应不会发生狎妓之事。很明显,这纯属主观推论,证伪似不够有力。事实上,张端义的生活时期,距周邦彦不到百年,这样关乎君王和前辈大词人的事,似不会子虚乌有,因而此事未必就一定是小说家言。

周邦彦的词,虽然内容多是写男女恋情和羁旅愁怀,反映生活面不够广阔,但语言精工典丽,音律严整悦耳,情感真挚动人,令人感到一种捉摸不定的韵味,甚为历代文学史家所推崇。南宋末年人陈郁的《藏一话腴·外编》说他:"二百年来,以乐府独步。贵人、学士、市侩、妓女,皆知美成词为可爱。"张炎在《词源》里说:"美成负一代词名,所作之词浑厚和雅。"王国维在《清真先生遗事》中甚至说:如果以宋词比唐诗,那么"词中老杜(即杜甫),则非先生不可"。正是如此,后代词家多以"清真词"为范本,不但方千里、杨泽民等人,亦步亦趋,不敢失其法度;就是南宋大词人姜白石、史达祖、吴梦窗、张炎等人，也从他那里吸收了不少营养。

然而，后世对周邦彦词也时有批评，主要集中在两个方面。一是因他曾流连于秦楼楚馆，词中多有艳情之作，因而不少评论家对他颇有微词。其实，他那些花前月下的描写，如上面引录的两首词那样，往往潜藏着内心的深沉痛苦和强烈郁愤，只注意词的表面意蕴而忽略词下跃动的心理湍流，似难以作出公允评价。再一点就是由于他的词讲究格律谨严，往往有失天真，后人学周词者，多半只追求词的形式美而忽视内容，写景咏物缺乏高远的寄兴和意趣，致使后世词家发出了"但恨创调之才多，创意之才少耳"的感叹。

周邦彦在词学上也做了一件非常有意义的工作，这就是他担任大晟府主管期间，整理了一些当时流传却没有定型的古调，同时也创制了许多慢曲等新调。他所整理、创制的新旧词调，法度和形式都被后人奉为规范。《四库全书总目提要》说他："所制诸调，非独音之平仄宜遵，即仄字中上、去、入三音，亦不容相混。"南宋后期，以姜白石和吴梦窗为首的"格律派"曾傲步词坛，但这一词派的开创者，却不能不追溯到周邦彦。[4]

[1] "策勋"指立了功，朝廷用策书来封官。"策"是古代写在竹简上的公

文书。
[2] 主要参考资料：《宋史·黄庭坚传》、《宋史·蔡京传》、《宋诗纪事》卷三十三、《竹庄诗话》卷十、《山谷全集》、傅璇琮编《黄庭坚与江西诗派》。
[3] "大晟府"，朝中整理和管理音乐的机构；"提举"，宋代设立的主管专门事务的官职。
[4] 主要参考资料：《宋史·周邦彦传》、《宣和遗事》、《清真集》、王国维《清真先生遗事》、罗忼烈编《周邦彦诗文辑存》。

【第 26 回】

秦少游失意怨飞红
贺方回寂寞愁梅雨

秦少游失意怨飞红

宋神宗熙宁十年（公元1077年），一位翩翩少年，带着自己所作诗文，从家乡扬州（今江苏高邮）赶到彭城（今江苏徐州），去拜谒当时名震文坛的大作家苏轼。展读诗文，苏轼惊异这位青年的才华，称赞他有屈宋（屈原、宋玉）之才。这位青年因受到苏轼的夸奖，也声名鹊起，被人刮目相看。

这位青年就是被誉为"苏门四学士"之一的秦观。

秦观，字少游，又字太虚，号淮海居士，宋仁宗皇祐元年（公元1049年）生于高邮。他幼年丧父，侍母家居，借书苦读，研习文词。《宋史·秦观传》说他少年豪隽，强志盛气，喜读兵书，颇有济世之志。他的诗文集《淮海集》中，亦载有"进策"、"进论"多篇，其议论所涉及者，上有《国论》、《治势》之策，下有《法律》、《财用》之制；言文治有《主术》、《任臣》之篇，论武功有《将帅》、《边防》之章；又旁及《辩士》、《用奇》、《谋士》等纵横之说，可谓包罗范围甚广，又莫不与治国安邦大计密切相关。所以张绎在为《淮海集》撰写"序文"时，称赞秦观的著作："灼见一代之利害，建事撰策可与贾谊、陆贽争长。"

然而，秦观虽有济世之才志，科举仕途却并不顺利。元丰初年，他已年届三十，诗文得到苏轼夸奖后，满怀信心地参加了当年的科举考试，不意名落孙山。当时，他的心灵受到极大的伤害，挥毫写了篇《掩关铭》，一反自己强志盛气的作风，只欲"退隐高邮，闭门却帚，以诗书自娱"了。但事实上，他居家期间，并没真正享有"自娱"之乐，而是贫病交迫，加上见乡里朋友纷纷出仕，内心里充满了无限感慨和忧伤。

他在给朋友李德叟的信中说："某去年除日，还自会稽，乡里朋友，皆出仕宦，所与游者无一二人。杜门独居，日益寡陋，颇负平时区区之意，夫复何言。"（《淮海集》卷三十《与李德叟简》）在给参寥子的一封信里，他更是凄苦地说："仆自去年还家，人事扰扰。……但杜门独处而已，甚无佳兴。至秋得伤寒病，甚重，食不下咽者七日，汗后月余，食粥畏风，事事俱废。"（《淮海集》卷三十六《与参寥大师简》）

第二年返春，秦观病情终得恢复，便去会稽（今浙江绍兴）探望祖父。当时，尽管他科举失败、政治上还没出路，但诗文已有相当声誉，因而在会稽得到郡守程公辟的热情款待。

一天，程公辟在蓬莱阁宴请宾客，一位妙龄越女，艳丽风流,有"绝尘标致,倾城颜色",向众宾客分茶斟酒。这越女轻移红莲碎步,来到秦观面前,笑举翠袖纤手,递茶送酒,美目流盼,光彩照人。秦观见了,爱慕之情油然而生,多饮数杯,在席间醉眠睡去。酒醒歌阑,人去楼空,秦观尚流连忘返,沉浸在美好回忆之中。

岁暮将至,秦观离开会稽回高邮老家时,特意写了《满庭芳》词留别:

山抹微云,天黏衰草,画角声断谯门。
暂停征棹,聊共引离尊。
多少蓬莱旧事,空回首、烟霭纷纷。
斜阳外,寒鸦万点,流水绕孤村。

消魂。当此际,香囊暗解,罗带轻分。
谩赢得青楼,薄幸名存。
此去何时见也?襟袖上、空惹啼痕。
伤情处,高城望断,灯火已黄昏。

这首词非常有名,尤其是词的开头,甚为当时所传。一缕缕轻淡浮云,仿佛涂抹在隐约起伏的山峦;一望无际的枯草,好像和远处的天边粘连;一声悠长的号角,从黄昏中的城楼上传来。这是一幅多么黯淡萧瑟的岁暮晚景。正是在这凄凉晚景之中，词人想起蓬莱阁上的艳遇，眷眷不能忘情，只好感叹"多少蓬莱旧事，空回首、烟霭纷纷"。

首句中的"抹"和"黏"两字，写"云"有了飘逸流动的美感，"草"有了连天接地的黏性，不仅把景象描绘得十分廓大悠远，而且极为新鲜生动，意趣无穷。所以苏轼后来读了这首词，也推崇备至，并因此称秦观为"山抹微云君"。上片末句，"斜阳外，寒鸦万点，流水绕孤村"，三句三景，三景又合为一景，宛如一幅墨淡意远，空灵清秀的山水画。晁补之称赞它，"虽不识字人，亦知是天生好言语"。

下片写词人离愁别恨，绵延悠长，禁不住解香囊，赠罗带，襟袖啼泪。只为那青楼薄幸，相思无尽，相见无期，相守不能，离别不忍，伤心到极点，回首望高城，却只见一片黄昏的灯火，颇让人留下"高城已不见，况复城中人"的感叹。这首词一唱三叹，曲尽人情，诗意画景，堪称双绝。因而此词一出，很快就"唱遍歌楼"。

却说秦观回到家乡后，仍然意志消沉，终日不是以诗文自娱，就是和当地歌伎往来。幸赖苏轼等人不断勉励，使他重新振作起来，再拾旧业，终于在元丰八年（公元1085年）登进士第，授定海主簿，调蔡州（今河南汝南）教授。

就在这一年，神宗赵顼因中风逝世，年仅十岁的宋哲宗赵煦继位，高太后临朝听政，任用司马光、文彦博为宰相，废除王安石的新法，并于次年改年号为元祐。当时，苏轼已被召还朝，遂以"贤良方正"推荐秦观于朝，秦观也曾奉诏入京，但因被嫉妒他的人中伤，乃归蔡州。

元祐三年（公元1088年），又因范纯仁推荐，秦观再度应诏入朝，并在汴京参加了制科[1]考试，通过后任太学博士，后迁升秘书省正字，不久又与黄庭坚一起，同时被任命为国史院编修官。这几年里，秦观与黄庭坚、张耒、晁补之等经常出入苏轼之门，议论时政，谈诗说文，可说是他们人生最为得志的一段时间。

然而，好景不长。元祐八年（公元1093年）九月，高太后病逝，哲宗亲政，朝中形势骤变：新党人物章惇、曾布等被起用，元祐大臣数十人被贬斥。苏轼主张温和式改革，政治观点稍稍偏向旧党，自然是被打击对象，由礼部尚书、翰林学士，被贬为定州（今河北定县）知州。而秦观因为与苏轼关系密切，也被列为旧党，出为杭州通判，道中又贬为监处州（今浙江丽水）酒税。

哲宗绍圣三年（公元1096年）春，新党又罗织罪名，削去秦观所有官职，从处州再贬到郴州（今湖南郴州）。秋天，他在贬途中经过衡州（今湖南衡阳），郡守孔平仲，字毅甫，曾在朝中任秘书丞、集贤校理，与秦观交往甚密。秦观路过该郡,自然受到了他的厚待。

这天,孔平仲在郡斋设便宴,与秦观叙旧。秦观拿出自己的一首《千秋岁》词对朋友说:"这是我今春在处州游府治南园时所作,当时心绪很乱,愁闷异常,词中多消沉之语。"

> 水边沙外。城郭春寒退。
> 花影乱,莺声碎。
> 飘零疏酒盏,离别宽衣带。
> 人不见,碧云暮合空相对。
>
> 忆昔西池会。鹓鹭同飞盖。
> 携手处,今谁在?
> 日边清梦断,镜里朱颜改。
> 春去也,飞红万点愁如海。

孔平仲捧读词篇,眼前立刻浮现了开头两句描写的美景:寒退春回,和煦的春风,摇曳着满树繁花,黄莺在花丛中欢快地歌唱,这是多么令人赏心悦目的大好春光!但再往下读,"飘零疏酒盏,离别宽衣带。人不见,碧云暮合空相对",孔平仲顿觉春光遽逝,深深体会到了秦观远谪处州,孑然一身,凄苦哀伤的心情。当他读到"日边清梦断,镜里朱颜改"一句时,禁不住惊呼道:"少游兄,你正当盛年,为何言语竟悲怆如此?"

"唉!"秦观叹息了一声说:"回想几年前,我们二十多人在汴京城外金明池聚会(即'西池会'),纵酒高歌,步韵联句,情景之盛,历历在目。谁料风云突变,党祸骤起,大家四散飘零,怎不令人悲痛万分?"

秦观停了一会儿,又凄楚地说:"我从京城被外放杭州,再贬处州,又谪郴州,两年多时间里,三迁其地,颠沛流离,蹉跎至此。早年志强气盛,颇想有一番作为,看来都将成为泡影,心中之愁苦,岂能倾诉净尽啊?!所谓'春去也,飞红万点愁如海!'"秦观说到这里,已泣不成声,几乎是痛苦呼号了。

孔平仲欲语无言,房内一片寂静。

停了好一会儿,孔平仲才打破了沉默:"少游兄,人生一世,此一时彼一时也。你已借一调小词,泄一腔忧愤,不必再耿耿于怀了。我也步兄词原韵,和一首词送你吧。"

孔平仲说着站起身来,略思片刻,一字一句吟诵道:

> 春风湖外。红杏花初退。
> 孤馆静,愁肠碎。
> 泪余痕在枕,别久香销带。

新睡起，小园戏蝶飞成对。

惆怅人谁会？随处聊倾盖。
情暂遣，心何在？
锦书消息断，玉漏花阴改。
迟日暮，仙山杳杳空云海。

孔平仲咏完，自己连连摇头摆手说："此词甚差，此词甚差！我本想宽慰一下你的心，结果反倒吟出'孤馆静，愁肠碎'和'泪余痕在枕，别久香销带'这类悲愁之句，而词的意蕴却比兄作浅多了。"

秦观在衡州住了几日，不得不再往郴州赶路。分手那天，孔平仲把他送至郊外，依依话别，再三叮嘱，多多保重。日落西山，孔平仲回到州府，就伤心地对知己者说："少游心愁过重，恐不久于人世了！"

却说秦观一人，孤苦伶仃，餐风露宿，往郴州赶去。一日黄昏，忽然下起大雨来，他急忙躲进荒山旁的一座古寺，避雨栖身。又冷又饥，夜不能寐，百感交集，他用颤抖的手，写下了《题郴阳道中一古寺壁二绝》：

门掩荒寒僧未归，萧萧庭菊二三枝。

行人到此无肠断,问尔黄花知不知。

哀歌巫女隔祠丛,饥鼠相追坏壁中。
北客念家浑不睡,荒山一夜雨吹风。

如果说,秦观在《千秋岁》词里发出"日边清梦断,镜里朱颜改"的哀叹,主要是对过去壮志年华一去不返的悲悼而已;那么这两首诗中表现的哀恸,却对过去的"日边清梦"已无暇顾及,而只是对内心和身外都充满了一种荒寒孤寂、年岁不保的恐惧了。

秦观到郴州后,又先后被贬横州(今广西横县)、雷州(今广东海康),越贬越远,可谓到了天涯海角。

他到郴州后所作的诗词,比以往更为凄惨悲凉。著名的《踏莎行》词:"雾失楼台,月迷津渡。桃源望断无寻处。可堪孤馆闭春寒,杜鹃声里斜阳暮。 驿寄梅花,鱼传尺素。砌成此恨无重数。郴江幸自绕郴山,为谁流下潇湘去。"便是最能体现他当时痛苦心情的代表作。

元符三年(公元 1100 年),宋徽宗赵佶即位,秦观在被贬八年后,终于得以复职北还。不幸的是,这年八月,当他至藤州(今广西藤县)时,在光华亭多饮了几杯,醉中醒来,跟跟跄跄地去泉边汲水,不意倒在泉边,脸上带着从苦难中解脱出来的微笑,再也没有睁开眼睛,卒年五十二岁。少游被贬处州时,曾在梦中吟出"醉卧古藤阴下,了不知南北"的词句(《好事近·梦中作》),如今,他竟真的如此悠然而去了。

话说秦观离开人世后,他与孔平仲唱和的《千秋岁》词,令许多文学家感伤不已。苏轼得到他俩的词作后,也用秦观词的原韵和了一首,其中"岛边天外。未老身先退。珠泪溅,丹衷碎"等句,凄婉哀痛,催人泪下。

宋徽宗崇宁三年(公元1104年),也就是秦观去世后的第四年,黄庭坚路过衡州,在知州孔平仲处见到秦观《千秋岁》词遗墨,感慨万千,也追其原韵,和词一首:

苑边花外。记得同朝退。
飞骑轧,鸣珂碎。
齐歌云绕扇,赵舞风回带。
严鼓断,杯盘狼藉犹相对。

洒泪谁能会?醉卧藤阴盖。
人已去,词空在。
兔园高宴悄,虎观英游改。
重感慨,波涛万顷珠沉海。

这首词，上片写词人和秦观一起在朝为官时的快乐情状，下片抒发他悼念故人的沉痛心情。一乐一悲，对比强烈，既表现了对朋友的深切哀恸，也传达了对人生无定的感慨和痛苦。

宋孝宗乾道四年（公元1168年），秦观已逝世六十多年了，范成大出任处州知府。为纪念秦观当年作《千秋岁》词的旧事，他接受朋友徐子礼的建议，特地在南园修建了一座亭子，取"花影乱，莺声碎"词意，名之为"莺花亭"。次年春天，亭子顺利落成，范成大由《千秋岁》词，想到秦观的一生，提笔写了六首绝句，请看下面两首：

文章光焰照金闺，岂是遭逢乏圣时。
纵有百身那可赎，琳琅空有万篇垂。

古藤阴下醉中休，谁与低眉唱此愁。
团扇他年书好句，平生知己识儋州。

范成大这两首诗，追悼秦观的卓越才华和不幸遭遇，同时也为他平生能得一知己苏轼而感到欣慰，情真意切，甚为感人。

秦观的词，艺术成就很高，被公认为是北宋以后词坛第一流的婉约派大家。陈师道《后山诗话》称他为"当代词手"。叶梦得《避暑录话》则说他"语工而入律,知乐者谓之作家歌,元丰年间盛行于淮楚"。他极善于把男女之间的悲欢离合之情,同个人的坎坷际遇自然地结合在一起,运用含蓄的手法、淡雅的语言,通过柔婉的乐律、幽冷的场景、鲜明新颖的形象抒发出来,达到情韵兼胜,回味无穷的境界。这方面甚为人们称道的名作,除前面所谈到的《满庭芳》(山抹微云)、《踏莎行》(雾失楼台)、《千秋岁》(水边沙外)等以外,《鹊桥仙》一首,也堪称千古绝唱:

纤云弄巧,飞星传恨,银汉迢迢暗度。
金风玉露一相逢,便胜却人间无数。

柔情似水,佳期如梦,忍顾鹊桥归路。
两情若是久长时,又岂在朝朝暮暮。

这首词,表面写的是牛郎织女一年一度鹊桥相会的神话故事,句句写天上,句句写双星,而又句句写人间,句句写人情。其写景、抒情、议论,水乳交融,虚实兼顾,起伏跌宕,韵味无穷,达到了极高的艺术水准。特别可贵的是,词的末句"两情若是久长时,又岂在朝朝暮暮",命意超绝,表达了一般凡夫俗子难以企及的高尚精神境界。正如明人沈际飞评说:"(世人咏)七夕,往往以双星会少离多为恨,而此词独谓情长不在朝暮,化腐朽为神奇!"

秦观是写"愁"的高手,其《千秋岁》结句"春去也,飞红万点愁如海",尤为人们称道。这不仅在于秦观因愁怨过于深广而死去,该句最生动形象地反映了他心中的痛苦,而且由于该句在艺术上确有超越他人的独到之处。

"愁"是人的一种抽象的心理情绪。怎样才能把这种抽象的情绪更为形象生动地表现出来呢?不少诗词家辛勤探索,孜孜以求,创造了多种表现形式:

有以山喻愁的,如杜甫的"忧端齐终南,澒洞不可掇"[2](《自京赴奉先县咏怀五百字》),赵嘏的"夕阳楼上山重叠,未抵闲愁一倍多"。有以水喻愁的,如李煜的"问君能有几多愁,恰似一江春水向东流"(《虞美人》),刘禹锡的"花红易衰似郎意,水流无限似侬愁"(《竹枝词九首》其二)。而"飞红万点愁如海"一句,将忧愁比作浩瀚的大海,直喻愁思的无边无际,既广且深,即比前人有所开拓。从全篇来讲,这一结句也异常精彩。近人夏闰庵(孙桐)便说:"此词以'愁如海'一语生色,全体皆振,乃所谓警句也。"

除了"飞红万点愁如海"这一千古传诵的名句外,秦观还有不少言愁佳句,如"困倚危楼,过尽飞鸿字字愁"(《减字木兰花》),"自在飞花轻似梦,无边丝雨细如愁"(《浣溪沙》),"谩道愁须媒酒,酒未醒、愁已先回"(《满庭芳》),"便做春江都是泪,流不尽,许多愁"(《江城子》),等等,无不言近意远,脍炙人口。

然而,就是这位写"愁"的高手,在临去世前不久读到一首《青玉案》词,连连赞叹其中"试问闲愁都几许?一川烟草,满城风絮,梅子黄时雨"几句,惊异作者具有如此高超的艺术技巧,写出这般描绘愁思的神奇妙语。[3]

贺方回寂寞愁梅雨

上述让秦观叹服不已的作者,就是北宋后期的另一位大词人贺铸。

贺铸,字方回,卫州(今河南汲县)人,宋仁宗皇祐四年(公元1052年),出生在一户门庭显赫的贵族世家。他是宋太祖赵匡胤之妻贺皇后的族孙,所娶之女亦出自宗室。

然而,贺铸对自己与皇室的亲缘关系,似乎并不在意,甚至多有回避。他时常对别人说,自己远祖本居越州山阴(今浙江绍兴),是唐代著名诗人贺知章的后裔,并因贺知章曾居庆湖,便自号庆湖遗老,有《庆湖遗老前集》、《庆湖遗老后集》传世。

贺铸面色青黑,剑眉倒竖,塌鼻暴眼,形貌奇丑。可是他自少读书,机敏灵巧,博闻强记,学问满腹,加上喜酒尚侠,个性耿直,能言善辩,好雌黄人物,所以人称"贺鬼头"。

《宋史·贺铸传》说他爱议论朝政,"可否不少假借,虽贵要权倾一时,少不中意,极口诋之无遗辞"。这表明他虽出身贵族,却不屑于官场周旋,更厌恶阿谀奉承之事,稍有不合己意者,不管是谁,不管何事,张口便说,并责之无遗。这样自然要得罪权贵,致使他一辈子仕途坎坷。

贺铸十七岁时便离家赴汴京,任右班殿直,后出监临成县酒税;元祐三年(公元1088年),赴和州(今安徽和县)任管界巡检;建中靖国元年(公元1101年)为太府寺主簿,继改任泗州(今江苏盱眙、泗洪地区)通判;其所任不是冷位闲职,就是位低事烦的苦差。

因此,尽管他六十六岁那年(重和元年,公元1118年),朝廷以太祖贺皇后族孙之恩,迁他为朝奉郎,赐五品朝服;但这时他对仕途已心灰意冷,在任仅一年便辞职,卜居苏、杭一带,以校笺古籍,编订旧稿,终老一生。宣和七年(公元1125年),贺铸卒于常州僧舍,时年七十三岁。

宋哲宗元符元年(公元1098年),贺铸因母亲辞世,去职回乡服丧。元符三年,他客游吴越,曾寓居苏州。在苏州盘门之南十余里,有一处佳景,名曰横塘。一个春末夏初的早晨,贺铸闲着没事,独乘小舟从城里到横塘野游。

当时,阴雨蒙蒙,梅子黄熟,临水驿亭,时有行人往来。贺铸环顾田野,只见茫茫雨雾中,萋萋春草,绿色一片;微风拂过,柳絮纷飞。忽然,黯淡的雨幕里,出现了一块鲜亮的红色,一个楚楚动人的女子,轻移芳步,婀娜走来。词人正待她跨过驿亭,一睹丽容,却不料那女子忽一拐弯,飘然远去,渐渐消失在细雨中。

词人触景生情,怅然若有所失,一种说不清道不明、剪不断理还乱的闲愁,涌上心头,张口吟出了《青玉案》词一首:

> 凌波不过横塘路。但目送,芳尘去。
> 锦瑟华年谁与度?
> 月桥花院,琐窗朱户,只有春知处。
>
> 飞云冉冉蘅皋暮。彩笔新题断肠句。
> 试问闲愁都几许?
> 一川烟草,满城风絮,梅子黄时雨。

词的首句化用曹植《洛神赋》"凌波微步,罗袜生尘"

之语，描写词人看见女郎如凌波美女，飘然而来，可到了横塘近处，又翩然而去，因而只能满怀遗憾，目送芳尘。接着借用李商隐名句"锦瑟无端五十弦，一弦一柱思华年"诗意，设问女郎美好青春，与谁共度？以下所写月桥花院，琐窗朱户，皆是外人难至的闺阁深居，年年除春光相伴外，无人陪同，多么清冷寂寞。可见词人不独目送芳尘，而且心随往之。

下片写词人一直痴立蘅皋[4]，流连徘徊，直到天色渐晚，暮霭降临。这一看来可笑的傻事，却写得异样风雅。随后词人自誉"彩笔"，说自己痴情难遣，写出了令人断肠的词句：我的心上人呀，你若问我此时有多少闲情愁思，就像那满地的青草，满城的柳絮，满天的梅雨，弥天盖地，无法尽情诉说啊！

这一结句，突破了以往只是或以山、或以水、或以海来喻愁的单喻手法，而是连下三喻，同时以草、絮、雨，多角度、多层次地比喻一个"愁"字，就使无迹可求，难以捉摸的感情，变得更加绘声绘色，具体生动了。它一箭双雕，既巧妙回答了"闲愁"多少的设问，又呈现另一意义，即我这样闲情暗恨，已充塞心胸，可偏又赶上这春末夏初的梅雨时节，草长絮飞，愁霖不止，越增我无限愁思。

这首词的主旨，向来颇有争论。也有的词家说，它并非实写贺铸在横塘的艳遇,而是采用古诗中常用的手法,以"美人"比作明君贤哲或自己所追求的某种理想,倾诉自己郁郁不得志的愁怀。《蓼园词选》即说:此词"言幽居肠断,不尽穷愁,惟见烟草、风絮、梅雨如雾,共此旦晚,无非写其境之郁勃岑寂耳"。这就是说,这首词虽写了相思之情,却并非是以爱情为主题的作品,它抒发的是作者一生怀才不遇,沉沦下僚,不被所重的悲哀。

贺铸这首词一出,当时就声名鹊起。周紫芝《竹坡诗话》说:"贺方回尝作《青玉案》词,有'梅子黄时雨'之句,人皆服其工,士大夫谓之'贺梅子'。"先著在《词洁》中说:"方回《青玉案》词工妙之至,无迹可寻,语句思路亦在目前,而千人万人不能凑泊。"仅因一首词得"贺梅子"别名,这一佳话足可见其词的艺术价值。

却说贺铸写出这首《青玉案》词不久,回乡服丧三年期满,于宋徽宗建中靖国元年(公元1101年)召为太府寺主簿,后改任泗州通判。泗州即现今的江苏盱眙、泗洪地区。他在赴泗州任时,路过太平州(今安徽当涂)。当时,黄庭坚正在该地任职,两位挚友相见,自然高兴异常。谈笑之间,互相展读诗卷,黄庭坚读到贺铸那首《青玉案》词,推崇备至,分外佩服,当即研墨铺纸,亲笔书录,挂于壁上。他曾万分感叹地说:"这样绝妙好词,只有贺铸能写出来。"

后来,黄庭坚移任鄂州(今湖北武昌),还把贺铸这首词挂在书房,常常品味玩赏。一天,他再次吟读《青玉案》词,想到当今之人,能作出这样的好词者,惟有秦少游和贺方回两人;尽管少游已仙逝于滕州,但有了方回这样的知音,也可聊以欣慰了。想到这里,黄庭坚提笔写了一首《寄贺方回》诗:

> 少游醉卧古藤下,谁与愁眉唱一杯。
> 解作江南断肠句,只今唯有贺方回。

宋徽宗崇宁二年(公元 1103 年),黄庭坚被再贬宜州(今广西宜山)。他的哥哥黄大临步贺铸原韵作《青玉案》词,为弟弟送行:

> 行人欲上来时路。破晓雾,轻寒去。
> 隔夜子规声暗度。
> 十分酒满,舞茵歌袖,沾夜无寻处。
>
> 故人近送旌旗暮。但听阳关第三句。
> 欲断离肠余几许?
> 满天星月,看人憔悴,烛泪垂如雨。

一路跋涉,黄庭坚于次年夏天顺利到达宜州。他想到兄长的送别词,也和贺铸《青玉案》一首,寄给黄大临,表达对兄长的感激和宽慰:

烟中一线来时路。极目送,归鸿去。
第四阳关云不度。
山鸪新啭,子规言语,正在人愁处。

忧能损性休朝暮。忆我当年醉时句。
渡水穿云心已许。
暮年光景,小轩南浦,同卷西山雨。

黄氏兄弟两人的赠答词,都步贺铸《青玉案》词韵,可见他们对贺铸词的喜爱。不过比较三人词作,一眼即可看出,贺铸的词不论在形象和意蕴上,都明显技高一筹,可谓鹤立鸡群,卓然挺拔,二黄需仰视也。

贺铸诗、词、文皆善,但从实际成就看,诗词长于文,而词又高于诗。他的词,刚柔兼济,风格多样,其中以描写恋情的丽密之作为多,如上引《青玉案》及《踏莎行》(杨柳回塘)、《石州慢》(薄雨收寒)等,都是辞美意深,饶有情致的婉约佳篇。

不过，贺铸的性格本来豪爽任侠，以雄放刚烈见称于士大夫之林，因而他的一些词也能越出恋情闺思的范围，着力抒写个人坎坷经历和某些社会现实，颇有豪放劲朗，慷慨悲壮的风格。这方面最有代表性的作品，便是那首抒发自己人生抱负和政治感慨的《六州歌头》：

少年侠气，交结五都雄。
肝胆洞，毛发耸。
立谈中，死生同，一诺千金重。
推翘勇，矜豪纵；轻盖拥，联飞鞚，斗城东。
轰饮酒垆，春色浮寒瓮，吸海垂虹。
闲呼鹰嗾犬，白羽摘雕弓，狡穴俄空。

乐匆匆，似黄粱梦，辞丹凤；明月共，漾孤篷。
官冗从，怀倥偬，落尘笼。
薄书丛，鹖弁如云众，供粗用，忽奇功。
笳鼓动，渔阳弄，思悲翁。
不请长缨，系取天骄种，剑吼西风。
恨登山临水，手寄七弦桐，目送归鸿。

这首自叙词，作于宋徽宗宣和七年（公元1125年），贺铸当时七十三岁，即他临去世的那一年，可说是词人一生的总结。它上片写词人少年时期，交结豪侠，重然诺，轻生死，意气飞扬，使酒任性，以骑射为乐，生活豪迈不羁。下片写当年的欢乐和豪情，一去不复返，仕途失意，担任卑微职务，忙于庸俗琐屑杂事，虽壮志凌云，却请缨无路，表现了以功业自许的志士牢落无成的悲哀。

此词通篇音调激昂，词情苍劲，反映了作者悲愤热烈的爱国情怀，南宋张孝祥、辛弃疾、刘过等都有续作，足可想见它对这些爱国词人的影响。近代夏敬观《手批东山词》称赞这首词："雄姿壮采，不可一世"，可谓深得此词精神。

贺铸兼工诗词，诗名虽为词名所掩，其实也有相当成就。胡仔《苕溪渔隐丛话》前集卷三十七说：贺铸曾自述学诗于前辈，得八句要诀："平淡不流于浅俗，奇古不邻于怪僻；题咏不窘于物象，叙事不病于声律；比兴深者通物理，用事工者如己出；格见于成篇，浑然不可镌；气出于言外，浩然不可屈。"这八句要诀，虽然说的是诗，其实也是他作词遵守的原则，至今仍可为我们作诗为文相借鉴。

贺铸在北宋词人中，虽然不及柳永、苏轼、周邦彦诸人有开拓之功，影响之大，却自具独特的奇姿异彩，足可与晏几道、秦观等相颉颃，是北宋词坛庞大阵营中唱压轴戏的主要演员。[5]

[1]"制科",中国古代朝廷设置的临时考试科目,始于汉代,沿至清朝。较重要的制科有贤良方正直言极谏科、才识兼茂明于体用科、博学宏词科、孝廉方正科、经济特科等,各朝代制举科目时有改动。制科录取者一般都优予官职。
[2]"忧端",指愁绪。"颓洞",浩大的样子。全句意思为:忧愁像长安南面的终南山一样,浩大沉重而不可收拾。
[3]主要参考资料:《宋史·秦观传》、《淮海居士长短句》、吴曾《能改斋词话》卷二、曾敏行《独醒杂志》卷五、范成大《石湖集》卷十。
[4]"蘅皋",多指近水的风景区。"蘅",杜蘅,一种香草;"皋",水泽。
[5]主要参考资料:《宋史·贺铸传》,《贺方回词》,吴曾《能改斋词话》卷一,《词苑萃编》卷四,夏承焘《唐宋词人年谱》,唐圭璋《宋词三百首笺注》。

【第 27 回】

陆放翁魂断沈园情
辛弃疾梦牵沙场兵

陆放翁魂断沈园情

宋高宗绍兴二十一年（公元 1151 年）的三月五日，越州山阴（今浙江绍兴）人在这一天和往常一样，都爱到城东南数里的禹庙去踏青游春。因为相传这天是大禹的生日，人们都愿借此机会，来纪念这位拯救炎黄子孙于滔天洪水之中的神话英雄人物。

这天清晨，南宋大诗人陆游也随着人潮，来到群山环抱，翠柏掩映的禹庙。他拜谒大禹像后，又游了禹陵、禹池、禹亭等多处景观，顺道走进了附近的沈家花园玩赏。

那沈家花园，碧池清涟，垂柳弄姿，假山堆秀，水榭迎风，格局精巧玲珑，景色幽雅迷人。陆游边走边游览，刚要踏进一卧波小亭，突然与亭中一妩媚娘子的目光相遇，两人竟异口同声地惊呼：

"你（你）……?！"

原来，陆游所遇到的娘子，正是几年前分手的妻子唐琬。

二十岁那年，陆游和才女唐琬喜结良缘，婚后伉俪两人感情水乳交融，恩爱异常。但万万想不到的是，陆游对妻子的一往情深，竟引起母亲的嫉妒。她责怪唐琬不勉励陆游潜心功名,而让丈夫沉溺于儿女私情,以封建时代子女必须无条件服从父母之命的特权,硬逼着儿子立书休妻。

陆游深爱妻子,不知多少次向母亲求情,但母亲就是固执己见,最后陆游没法,只得遵奉母命,写了休妻的文书。

可是,夫妻俩情深似海,哪忍割舍,陆游便瞒着母亲,阳奉阴违地在城里租了一所房子,把唐琬藏在那里,三天两日,仍偷偷去与爱妻相聚。

然而,这秘密的爱情生活并没维持多久,日子长了,终被母亲知晓。一日,陆母带着几个家仆婢女,怒气冲冲地直奔唐琬住所。陆游事先已得亲人密告,抄近路赶在前面带唐琬逃走。

经过这次突然袭击,母亲对陆游的监视更加严厉。这使陆游深深感到,他和唐琬再厮守一处,已是不可能的事了。无可奈何,陆游只得把爱妻送回娘家。两人诀别之时,相抱恸哭,肝肠寸断,悲痛欲绝。

谁料分别几年以后,两人竟于今日在沈园邂逅。

陆游看到唐琬身边有一官人,猜想是她改嫁的丈夫,为了避嫌便没有说话。倒是唐琬大大方方,将丈夫赵士程和陆游互相作了介绍。随后,她又和赵士程商量,要了一份菜肴和一坛黄封酒[1],邀陆游坐下来叙谈别后情况。

赵士程同唐琬成婚后,早听说陆游与唐琬间有过一段悲痛的恋情。他想，两人分别多年，猝然相遇，也属难得，便起身拱手施礼说："陆兄、爱妻，我到别处走走，你俩好好聊聊吧！"

唐琬捧过酒坛，打开黄绢封幂，默默为陆游斟酒。陆游看着唐琬伸出红润的纤手，为他殷勤把盏时眼含泪珠的动人表情，看着那注入杯中的滴滴白酒和围墙边碧绿的杨柳，不禁感慨万千，喟然长叹。

他想到夫妻耳鬓厮磨时的情意，想到几年来独自索居的孤寂，想到山盟虽在、锦书难托的痛苦，深切感到他和唐琬明明情深意笃，却不能相爱，明明不能相爱，却又割不断爱缕情丝。这痛苦，这怨恨，如万箭穿心，催人泪下。陆游百感交集，猛地站起身来，索笔在壁上写了一首《钗头凤》词：

红酥手，黄縢酒，满城春色宫墙柳。
东风恶，欢情薄。一怀愁绪，几年离索。
错，错，错！

春如旧，人空瘦，泪痕红浥鲛绡透。
桃花落，闲池阁。山盟虽在，锦书难托。
莫，莫，莫！

陆游写完最后三字,已是泪流满面。他回身看唐琬,只见唐琬也用那凄怆而又深情的目光凝视着自己,仿佛在说:事到如今,你我虽然情深似海,却只能空怀悲叹,正如这满园翠柳,虽有盈盈春色,但被关在院墙里,令人可望而不可即。

陆游已不忍再看唐琬的目光,深情地说了声:"保重!"就抛下唐琬,独自奔出了沈家花园。

望着陆游远去的背影,唐琬热泪滚滚,陆游词中倾吐的怅恨和哀怨,相思和悲伤,何尝不是她这几年的心境!而且,她那刻骨铭心的痛苦,只能深深埋藏在心底,人前人后都要强颜装欢。没想到今日同陆游相遇,竟这样离别,她再也抑制不住自己的感情,抽泣片刻,沉思良久,提笔依陆游词原韵,和了一首《钗头凤》:

> 世情薄,人情恶,雨送黄昏花易落。
> 晓风干,泪痕残。欲笺心事,独语斜阑。
> 难,难,难!
>
> 人成各,今非昨,病魂常似秋千索。
> 角声寒,夜阑珊。怕人寻问,咽泪装欢。
> 瞒,瞒,瞒!

比较而言，陆游的词是把眼前景、所见事融为一体，贯之以悔恨交加的心情，着力描绘出一幅凄怆酸楚的感情画面，因而以特有的声情著称后世。而唐琬的词则主要把自己所受的愁苦真实地写了出来，纯属自怨自泣、独言独语的情感倾诉，因而能以执著的感情和悲惨的身世感动古今。这两首词所采用的艺术手段虽然不同，但都切合各自的身份、性格和遭遇，可谓各造其极，俱臻佳境，合而读之，实有珠联璧合，相映生辉之妙。

却说唐琬题完词后，坐在那儿怔怔发呆，直到赵士程来唤她，才一起回家。不久，陆游便从别人处得知，唐琬从沈园回去后，终日茶饭不思，竟郁闷而死。

陆游闻之悲痛万分，更加深了对唐琬的感情。后来，他虽然在母亲的安排下，另娶王氏为妻，但与唐琬的昔日恩爱，仍然常萦心头。这种眷恋之情，至死不渝，越老越笃，以致两鬓如丝，耄暮垂年，他还常常独自到沈园徘徊，沉湎在往事的回忆中。

请看他六十八岁再游沈园时作的这首诗：

枫叶初丹槲叶黄，河阳愁鬓怯新霜。
林亭感旧空回首，泉路凭谁说断肠？
坏壁醉题尘漠漠，断云幽梦事茫茫，

年来妄念消除尽，回向禅龛一炷香。

　　陆游这次重游故地，沈园已三易其主，当年他和唐琬题在墙上的《钗头凤》词，已落上厚厚的尘灰。他感到秋色寂寞，园林萧瑟，人去台空，情犹绵绵，最后虽说近年已消除一切妄念，顿首于佛龛之前，但实际上，这似乎看穿一切的言辞背后，正蕴藏着诗人永远不能忘怀的怅恨。

　　宋宁宗庆元五年（公元1199年），陆游已七十五岁高龄，依然念念不忘沈园旧事，再一次来到园中。站在四十五年前俩人猝然相遇的亭前，他感触良多，悲痛难忍，又张口低吟了《沈园二首》：

　　　　城上斜阳画角哀，沈园无复旧池台。
　　　　伤心桥下春波绿，曾是惊鸿照影来。

　　　　梦断香消四十年，沈园柳老不吹绵。
　　　　此身行作稽山土，犹吊遗踪一泫然。

　　陆游这次游园凭吊遗踪，和四十五年前与唐琬猝然相逢的季节一样，都是明媚的春天，触景生情，仿佛又见唐琬倩影。但毕竟时过境迁，人亡物非，可是陆游对唐琬的怀念之心,却更加深切,以致说将来自己死了,也要化作稽山泥土,来此凭吊一番。

近人陈衍在《宋诗精华录》里,评这首诗及其所咏之事时说:"无此绝等伤心之事,亦无此绝等伤心之诗。就百年论,谁愿有此事?就千秋论,不可无此诗。"这确实道出了古往今来人们的共同心声。

宁宗开禧元年(公元1205年),陆游已八十一岁了,老态龙钟的他,虽已无力再步入沈园,亲自凭吊那逝去的爱情,但睡梦中仍然时刻神游沈园,于是有了他的《十二月二日夜梦游沈氏园亭两绝》:

路近城南已怕行,沈家园里更伤情。
香穿客袖梅花在,绿蘸寺桥春水生。

城南小陌又逢春,只见梅花不见人。
玉骨久成泉下土,墨痕犹锁壁间尘。

诗人梦中往城南沈园走去,但越接近沈园,脚步越加沉重,因为他怕睹物思人,园中的一切让他倍加伤心。可是为了寄托自己的哀思,他还是走进了沈家花园,只见那里梅花盛开,幽香拂袖,岸柳嫩绿,春池水涨,大地回春,万象更新,可他朝思暮想的佳人,却玉骨早朽,杳无踪影,至于当年题词壁上的墨迹,也已在风尘侵蚀下,斑驳陆离,只是依稀可辨了。

在这梦游沈园的两首绝句里,诗人虽然没有多少主观倾吐,但在那新与旧、荣与枯的鲜明对比中,陆游心底不可排遣的感情,显得尤为强烈和动人。

宋宁宗嘉定元年(公元1208年),陆游八十四岁,这时离他去世只有一年多了,但他对唐琬的怀念却更加执著,仿佛随着岁月的流逝,他内心的遗恨越加深重。

这年春天,他身体稍有好转,便拄着拐杖,一步一步地移到沈园,得《游春》诗一首:

沈家园里花如锦,半是当年识放翁。
也信美人终作土,不堪幽梦太匆匆。

陆游走进沈园,只见草木茂盛,多半是当年记识的旧物。他想到唐琬离世,倏然已五十余年,而自己也行将就木,以后难以再来凭吊遗踪,不禁感叹一生珍藏在沈园里的幽梦,如东流之水,匆匆永逝。

梦断沈园,魂归何处?

陆游这种至死不渝的爱情,真是千古之下,无人可比!

然而，陆游不仅以这几首爱情诗词著称于世，他更是个风格雄放的爱国诗人。近代大学者梁启超读了他的诗集后，深为他豪情激荡、慷慨悲壮的爱国征战诗篇所感动，曾写下这样的诗句：

诗界千年靡靡风，兵魂销尽国魂空。
集中什九从军乐，亘古男儿一放翁。

纵观中国诗史，屈原曾在《国殇》中，对那些勇猛顽强且誓死拼杀，为国捐躯而义无反顾的爱国将士，作了热情歌颂。此后千年以来的无数诗人，多把从军征战视为悲苦之事，因而歌咏"兵魂"、"国魂"的强劲诗风，几乎销声匿迹，流行诗坛的军旅诗创作，多是柔靡无力的低吟轻唱。打破这一局面，并取得突出成就的，正是伟大的陆游。他不仅多次驰骋沙场，转战南北，抱定为国捐躯的志向，而且写了大量军旅诗，纵情抒发自己乐于从军的豪情壮志。梁启超说他是千古以来真正的英雄（"亘古男儿一放翁"），一点也没言过其实。

陆游，字务观，号放翁，是越州山阴（今浙江绍兴）人，生于北宋末年（公元 1125 年），卒于宋宁宗嘉定三年（公元 1210 年）。他三岁时便逢"靖康之难"，在兵荒马乱中成长。他在《感兴》这首诗里说:"少小遇丧乱,妄意忧元元",可谓从小就洋溢着从戎抗金,恢复中原的爱国热情。到二十岁,他更是立志"上马击狂胡,下马草军书",寻求抗金杀敌的机会。

陆游二十九岁时,赴南宋首都临安(今杭州)参加考试,名列第一,但因位居权臣秦桧之孙秦埙之前,加上试卷"喜论恢复",于是受到秦桧的忌恨,竟在复试时将他除名。直到秦桧死后,孝宗即位,他才被起用,但多是位卑职微的州县小官,其中还有段时间,因力主北伐,被罢黜还乡。

宋孝宗乾道八年(公元1172年),主战派将领、四川宣抚使王炎,欣赏陆游的志向和才干,将他延至幕中襄理军务。这使陆游的生活发生了很大变化,他换上戎装,驰骋疆场,在当时边防前线南郑(今汉中地区)一带,参加防御金兵南侵的军事行动。

那时的军旅生活异常紧张艰苦:"铁衣上马蹴坚冰,有时三日不火食";但陆游却以苦为乐,豪情满怀:"投笔书生古来有,从军乐事世间无",显示了一个真将士的壮烈情怀。"飞霜掠面寒压指,一寸丹心唯报国",即是他这一时期生活和心情的传神写照。

然而,南宋君臣,偏安江左,醉生梦死,无意复国。从赵构南渡,到南宋覆亡,妥协投降始终是基本国策。这就决定了陆游光复国土的壮志宏愿，实际上根本无法实现。所以，陆游的诗歌，一面是高亢的抗金灭虏，收复河山的呐喊；一面又是报国无门，空怀激烈的悲叹。他于六十一岁时作的《书愤》一诗，可谓是他一生的总结：

> 早岁哪知世事艰？中原北望气如山。
> 楼船夜雪瓜洲渡，铁马秋风大散关。
> 塞上长城空自许，镜中衰鬓已先斑。
> 出师一表真名世，千载谁堪伯仲间。

这首诗前四句回顾往事，写陆游北望中原，发誓复国的壮烈情怀，以及他为实践自己壮志，在"瓜洲渡"和"大散关"亲临抗金前线，图略中原的英雄壮举。后四句反观现实，写诗人年过六旬，鬓发斑白，壮志未酬的痛苦。感叹朝野上下，无一人像写过《出师表》的诸葛亮一样，坚持北伐，复兴汉室。这首诗感情沉郁，气韵浑厚，前两联雄阔豪壮，后两联慷慨悲凉，爱国热情，可敬可叹。

一般人到了晚年，多易悲叹衰老，意志消沉；而陆游的晚年却可谓"烈士暮年，壮心不已"。他在七十八岁那年，为支持抗金北伐，曾入朝在秘书监里担任职务，至死不改抗金北伐的决心。他晚年写的许多诗歌，不但艺术上越来越精湛，而且始终洋溢着高亢的爱国精神。请看下面这首脍炙人口的《十一月四日风雨大作》：

> 僵卧孤村不自哀，尚思为国戍轮台。
> 夜阑卧听风吹雨，铁马冰河入梦来。

诗人虽然孤独地僻处荒村，但并不为自己的遭际而哀伤，他心中所想的就是报效国家，哪怕到僻远的新疆轮台去戍边也在所不辞。他一边想，一边迷迷糊糊地睡去，窗外的狂风暴雨声，竟变成无数战马跨越冰河的马蹄声，进入他的梦乡了。这首诗写得很有气势，充分表现了陆游那老当益壮的精神风貌：他虽然身体已经衰老，但燃烧在心中的爱国烈火，却放射着炽热的光芒。

宁宗嘉定二年（公元 1209 年），腊月将近，八十五岁的陆游一病不起。孩子们给他洗沐、按摩，他时而昏睡，时而清醒，总是觉得挂在床头的利剑铿然作响，为自己未能实现恢复中原的壮志，死不瞑目。临终前，他用颤抖的手写下《示儿》诗一绝：

> 死去原知万事空，但悲不见九州同。
> 王师北定中原日，家祭无忘告乃翁。

死去原知萬事空，但悲不見九州同。王師北定中原日，家祭無忘告乃翁。　陸游示兒

人一死去，万事皆空。但陆游"死前恨不见中原"，含恨九泉之下仍盼望光复大业，并嘱咐儿孙，一定别忘了在家祭时告诉他收复中原的时日。

诗人在一息尚存之际，用最后一点气息，留下了对国家和民族如此一往情深、让人撕肝裂肺的悲歌，确可感天地，泣鬼神！这首小诗，直抒胸臆，感情真挚，毫无雕饰，明白如话；稍知中国古典诗词者，无不诵读，而每一诵读，心灵无不受到强烈震撼。这是一首千古不朽的悲壮而动人的诗歌杰作。

陆游的诗不仅质量高，而且数量多。他从十八岁开始作诗，到八十五岁绝笔，"六十年间万首诗"，仅流传至今的作品就高达九千三百多首。实际上，他的创作数量远远不止于这些，他四十二岁以前的作品，大多散失了，今存者不过"百之一"，但仅凭今天仍可见到的作品，他的创作数量也比素以高产者而著称的苏轼多两倍，比白居易多三倍，堪称中国古代创作数量最多的大诗人。[2]

辛弃疾梦牵沙场兵

宋宁宗嘉泰三年（公元1203年），七十九岁的陆游从临安返回家乡后，闲居在绍兴（今浙江绍兴）西面的一个名叫三山的小镇上。这年夏天的一个晌午,陆游正在附近的一个山坡上采草药。忽然,一个人迈步走上前来,拱手施礼说:"请问是陆老务观先生吗?"

陆游转过头来,只见眼前这人体魄魁梧,虽已六十多岁,但身板硬朗,气宇轩昂,好生喜欢,便爽朗地答道:"在下正是老朽陆务观,请问足下尊姓大名?"

来者通报了自己的姓名,陆游一听,赶忙站起身来,高兴得一把抓住对方的双手,连连抖动着说:"啊,原来是你!久闻大名,如雷贯耳,敬佩之至,无缘谋面,今日相会,幸甚,幸甚!"

这位让陆游敬佩之至的汉子,不是别人,正是当时名震朝野的杰出爱国英雄和著名文学家辛弃疾。他刚刚被任命为绍兴府知府兼浙东安抚史,到任不久,便特地来拜望早已仰慕的陆游。这天,两人谈论天下大事,共叙北伐之志,直到月亮高高挂起,辛弃疾才告辞回府。

辛弃疾,字幼安,号稼轩,历城(今山东济南)人,与李清照是同乡。他于宋高宗绍兴十年(公元1140年),出生在一个世代仕宦家庭。他出生时,宋朝遭逢"靖康之难"已十三年,中原地区尽被金人占领。辛弃疾因父亲早亡,幼年就与祖父辛赞一起生活。金军南侵时,辛赞因家室所累,未能南迁,曾出仕于金,在谯县(今安徽亳州)任县令。辛弃疾随祖父在任所读书,并受业于亳州著名学者刘瞻。

刘瞻擅长诗词，曾在金朝任史馆编修，名气很大，门生众多，其中最优秀者有辛弃疾和党怀英，两人才华相当，并称"辛党"。后来，党怀英成为金朝的达官显贵，而辛弃疾却走上了坚决抗金的道路。

当时，中原大好河山沦陷金人之手，而偏安临安（今浙江杭州）的南宋小朝廷，却贪生怕死，苟且偷安，岁岁向金人纳贡称臣，根本无心北伐。

辛弃疾的祖父辛赞是个有骨气的人，虽然身陷金人之手，但志在复国。每逢闲暇，他便带着孙子"登高望远，指画山河"，注意培养孙子的抗金志向，因此辛弃疾从小就在心里种下了与金王朝不共戴天的仇恨。为了实现自己抗金复国的抱负，辛弃疾少年时一面发愤读书，增长知识；一面刻苦习武，锻炼身体，终于使自己年纪轻轻就成了一个有勇有谋、文武双全的人。

绍兴三十一年（公元1161年），金主完颜亮率六十万大军，再次攻打江南。北方沦陷地区的人民，纷纷聚众起义，拿起武器与金军斗争。这时，辛赞已去世，二十二岁的辛弃疾回到老家历城（济南），聚众两千余人，投入耿京领导的农民起义队伍，在军中掌书记，协助耿京指挥二十多万人马，奋勇抗金。

那时，郓州（今山东郓城）有个叫义端的和尚，好论兵法，辛弃疾介绍他在起义军里做了个将领。谁知一天黄昏，他乘辛弃疾巡哨之机，摸到辛弃疾的营帐，偷走了放在床头的耿京的大印，投奔金军而去。

辛弃疾回到营帐，发现东西翻得大乱，耿京大印丢失，从门卒口中得知义端刚才来过，知道大事不好，立即上报。耿京闻之怒火冲天，要斩辛弃疾。辛弃疾请求追杀义端，夺回大印，然后伏刑。没想到他顺小路策马急追，真的于第二天一早赶上了义端，大战几十回合，一剑砍下了义端的头。

耿京赏识辛弃疾的勇气和才干，派他南下临安，与南宋联络，以便和朝廷正规军配合，共同抗击金兵。绍兴三十二年正月，辛弃疾在建康（今江苏南京）见到了宋高宗赵构。二月，他完成任务北归，走到半途上，得到叛徒张安国杀死耿京、投降金军的消息。

辛弃疾听了，悲愤交加，失声痛哭，然后抹了一把眼泪，急问张安国现在何处。得知金人已派张安国到济州（今山东巨野）任知州后，他二话不说，招领五十名精壮骑兵，扬鞭催马，直奔济州。他率兵出其不意地袭入金兵大营，将张安国生擒出寨。金营五万大军，居然无可奈何，眼睁睁地看着他们疾驰而去。随后，辛弃疾一行长驱渡淮，押解张安国到临安斩首。

辛弃疾这时只有二十三岁，他的这一壮举，震惊了宋、金两朝,轰动一时。从此,辛弃疾便留在南宋,直至宋宁宗开禧三年(公元1207年)去世,也没有回过山东。

然而,南归之后,辛弃疾的人生道路并不平坦。

最初,南宋朝廷只让辛弃疾在江阴签判、建康府通判、司农主簿任上,做些无关紧要的职务。但他怀着一颗赤子之心,不管位卑言微,向宋孝宗赵昚提交了著名的《美芹十论》。论文的前三篇分析宋、金两国形势,认为金国外强中干,是完全可以打败的;后七篇对如何加强南宋的政治、经济、军事力量及调整对金斗争策略等,提出了具体规划和措施。过了几年,他又作《九论》,进一步论证和阐发《十论》的思想。

《十论》和《九论》,驳斥了弥漫于朝廷的失败主义情绪,显示了辛弃疾非凡的政治眼光和军事才能,同时也表现了作者写作论说文的高超水平。

可是,不管辛弃疾的看法如何正确,不管他有多大才干,他的进取意见和计谋从未得到采纳,自然更谈不上同情和支持了。英雄无用武之地,他心中积郁了越来越多的苦闷。一次,他登上建康胜景之一赏心亭游览,极目远眺,感慨万千,当即咏了一首《水龙吟》:

> 楚天千里清秋,水随天去秋无际。
> 遥岑远目,献愁供恨,玉簪螺髻。

落日楼头，断鸿声里，江南游子。
把吴钩看了，栏杆拍遍，无人会、登临意。

休说鲈鱼堪脍。尽西风、季鹰归未？
求田问舍，怕应羞见，刘郎才气。
可惜流年，忧愁风雨，树犹如此！
倩何人唤取，红巾翠袖，揾英雄泪！

这首词是辛弃疾的代表作之一。上半片写登临所见的山水景物，在词人眼里，那辽阔的天空、无边的大江、遥远的山峰，仿佛都在向作者献愁供恨。此情此景，使词人感到自己这个远离故乡的江南游子，虽有吴钩（吴地所造的一种宝刀）在手，却不能前往战场杀敌，他激动地拍打栏杆，以遣发心中的不平之气，慨叹自己恢复中原的抱负没有知音。

下半片引用晋朝张翰（字季鹰）和三国时许汜的历史故事，表明自己一心以国事为重，绝不愧对先哲的决心。然而，时光流逝，国事飘摇，北伐无期，词人的宿愿无法实现，忧愁万分又有谁来替他擦一擦英雄的伤心之泪呢？

这首词，以慷慨激昂、壮烈悲凉的基调，将一个壮志难酬的爱国英雄的心境，刻画得淋漓尽致，具有相当强烈的感人力量。

把吳鉤看了
欄杆拍遍
無人會
登臨意。。。。。。

辛亥疾水龍吟
詩意念孫作

乾道八年（公元1172年），辛弃疾调任滁州（今安徽滁州）知府；因治州有方，政绩显著，又迁任江西提点刑狱；随后又相继升任湖北、湖南、江西安抚使。当时，安抚使的权力很大，上马管军，下马管政，是地方的最高长官。辛弃疾每到一处，都尽力把那里治理得秩序井然，很受各地百姓拥护。

可是，辛弃疾自己总是感到很遗憾，那就是他这几年官虽当得不小，但任所都是后方，远离抗金前线，不仅没法同敌人兵戎相见，有时还要平定后方的农民暴动。这种遗憾的心情，在他的不少词章中都有表现。下面这首《菩萨蛮》，可谓这种情绪的代表作：

郁孤台下清江水，中间多少行人泪。
西北望长安，可怜无数山。

青山遮不住，毕竟东流去。
江晚正愁余，山深闻鹧鸪。

郁孤台在今天江西南部赣州附近。当时辛弃疾正在江西任安抚使，他登上郁孤台，想到四十年前金兵曾打到过江西，多少性命断送在金兵的刀枪之下，不禁感慨万千。他放眼向西北方向望去，想看到失陷在敌人手中的古都长安，但层层青山遮住了视线，哪里能看得见？他听着鹧鸪的叫声，看着夜幕降临下的江水，感到心中的愁闷无法排遣。这首词感情深挚，意境苍凉，以眼前景道心上事，用极高明的比兴手法，写极深沉的爱国情思，达到了言近意远、辞简意丰的艺术境界。

由于辛弃疾始终是坚定的主战派，主和派官僚早已把他看成眼中钉和肉中刺。他们于淳熙八年（公元1181年），以"用钱如泥沙，杀人如草芥"的罪名，将他削职为民。这位具有杰出才干，理繁治剧如履平地的封疆大吏，退隐时只有四十二岁。

好在他性格豪爽，并不留恋官位，离职后便在风景优美的信州（今江西上饶）一带湖边，建了一所庭园，取名"稼轩"，自号"稼轩居士"，表示要像庄稼人那样生活。

可是，他怎样也不能忘怀复国大志，一种莫名的寂寞感，常常难以排遣，使他痛苦不堪。请看下面这首《丑奴儿》：

> 少年不识愁滋味，爱上层楼。
> 爱上层楼。为赋新词强说愁。
>
> 而今识尽愁滋味，欲说还休。

欲说还休。却道天凉好个秋。

　　词的上半片，侧重写自己少年时代，涉世不深，乐观自信，对"愁"字缺乏切身体验，因而爱上高楼，抒情咏怀，有时还勉强说些"愁闷"之词。下半片，作者处处注意同上半片对比，表现自己随着年岁增长，处世阅历渐深，对"愁"字有了真切体验，却反倒不愿说了。因为他胸中的忧愁，不只是个人的离情别绪，而是忧国伤时、报国无门之愁，但在当时主和派把持朝政的情况下，这种忧愁正是忌讳所在，所以词人只好"欲说还休"，转而言说天气。最后一句，"天凉好个秋"，表面看似轻脱，实质深沉含蓄，因为在中国文化里，"愁"与"秋"向来联系紧密，吴文英《唐多令》里，便有"何处合成愁，离人心上秋"的名句。辛弃疾善于抒情达意，由此可见一斑。

　　淳熙十五年（公元 1188 年），辛弃疾退隐已是第七个年头了。就在这年冬天，一个大雪纷飞的夜晚，他正卧病在床休息。忽然，被誉为"人中之龙，文中之虎"的著名思想家、文学家陈亮，从浙江永康赶到江西上饶，专程前来登门拜访。

　　辛弃疾和陈亮都是当时的民族英雄，也是志同道合的好友。为了抗金救国，他们或英勇征战，或奔走上书，忧民爱国精神为世人称道。但是,由于奸臣当道,他们的爱国行动屡遭打击:辛弃疾被罢官去职,陈亮被诬陷下狱。两人这次相见,正是陈亮刚出狱之后,自然十分难得。

陈亮虽在狱中吃尽了苦头,但见了辛弃疾仍精神抖擞,谈笑风生。辛弃疾见他这样,心如刀绞一般,鼻子一酸,禁不住流下了眼泪。他颤抖地说:

"贤弟,你有推倒一世之勇,开拓万古之心,可是你怀才不遇,又遭冤狱,你的笑声里饱含着悲愤与痛苦啊!"

陈亮岔开话题说:"噢,你的剑呢?我为你舞一回剑如何?"

辛弃疾从床头的墙上取下宝剑。陈亮接过剑,刷地一声拔剑出鞘,一道寒光掠过昏暗的灯影,如闪电刺破乌云,立刻打破了室内沉闷的气氛。

陈亮左劈右刺,下扫上挑,轻若飞燕,稳如泰山,柔胜游龙,矫赛猛虎。霎时间,斗室之内如电闪雷鸣,狂风四起,令人目不暇接,心荡神摇。

"好!好威风的剑!真是英雄本色,光彩照人!"陈亮收势还未站定,辛弃疾便大声喝彩。他接过剑来,凝视着寒光逼人的剑说:"剑啊剑,我已多年委屈你了!可今天你终于遇到了知己!"

感慨至此,辛弃疾想起陈亮一首甚为人们传诵的《念奴娇》词，禁不住高声吟诵起来：

> 危楼远望，叹此意、今古几人曾会？
> 鬼设神施，浑认作、天限南疆北界。
> 一水横陈，莲岗三面，做出争雄势。
> 六朝何事，只成门户私计？
>
> 因笑王谢诸人，登高怀远，也学英雄涕。
> 凭却长江，管不到、河洛腥膻无际。
> 正好长驱，不须反顾，寻取中流誓。
> 小儿破贼，势成宁问强对！

这是一首借古论今之作。词人借议论东晋时期南朝划江自守的做法，反对宋朝统治者不思进取，以长江天险为界，龟缩一隅，苟且偷安的政策；要求像东晋名将祖逖那样，中流誓师，及时北伐，长驱千里，扫清河洛，收复故土。这首词，深沉激昂，辞采飞扬，充分表现了词人卓越不凡的见识和强烈的爱国精神。

陈亮这次来访，一住就是十日，两人志同道合，浩气凌云，纵论世事，常常通宵达旦。陈亮走后，辛弃疾一直郁郁不乐，沉浸在故友重逢的回忆中，无奈之下，只好借酒浇愁。

一次喝得兴起,捧剑凝思,感慨万千,提笔写下了传诵千古的《破阵子》:

> 醉里挑灯看剑,梦回吹角连营。
> 八百里分麾下炙,五十弦翻塞外声。
> 沙场秋点兵。
>
> 马作的卢飞快,弓如霹雳弦惊。
> 了却君王天下事,赢得生前身后名。
> 可怜白发生。

这首词,回顾了辛弃疾五十多个春秋的战斗经历。词的前九句为一意,极写军容之盛和意气之豪,写建功立业的雄心壮志;末句"可怜白发生"为另一意,写眼下伤心失意,苍凉凄苦。两者对比,前者慷慨激昂,气势磅礴;后者悲观失望,消沉哀叹。这种艺术内容和气韵上的大起大落,如电闪雷鸣突然转入死一般寂静,正是辛弃疾感情经受巨大冲突,理想与现实尖锐对立的反映。

由于辛弃疾始终将个人抱负和国家大业紧密相连,加上他传奇般的经历,文武双全的才能,耿直磊落的情操,他的词常常具有以英雄自许,以英雄许人的豪情,也带有英雄无用武之地的伤感。所以，豪放中带着沉郁，是辛词的主要格调。如著名词篇《水龙吟》，既写了他登高北眺，收复中原的壮怀；又表现了无人理会，悲愤难抒，只好"唤取，红巾翠袖，揾英雄泪"的惆怅。《菩萨蛮》既写了"青山遮不住，毕竟东流去"，抗金潮流不可阻挡的坚定信念；又用暗示手法说"江晚正愁余，山深闻鹧鸪"，流露了事业未成，壮志难酬的心情。

辛弃疾的词除了豪放沉郁的一面外，也有属于婉约的作品。《青玉案·元夕》写作者在热闹非凡的元宵灯市中，追求一个孤高、淡泊的意中人："众里寻他千百度。蓦然回首，那人却在灯火阑珊处。"写得婉转含蓄，意味深长。

辛弃疾之所以能成为南宋词坛上最杰出的代表，他的作品集《稼轩词》从内容到形式，之所以那样既别开生面、个性鲜明，又丰富多彩、摇曳多姿，一个重要的原因是他善于将各家之长熔于一炉，在艺术上达到炉火纯青的程度。

自淳熙八年（公元1181年）被削职为民以来，除了一度短暂的福建之任外，辛弃疾在江西上饶及铅山，闲居达二十年之久。直到嘉泰三年（公元1203年），韩侂胄做了宰相，想借抗金巩固自己的地位，才起用了六十四岁的辛弃疾，让他当了绍兴府知府兼浙东安抚使。辛弃疾赞成韩侂胄北伐，到临安提出具体的抗敌计划后，被派到正对江北和两淮战场的镇江当知府。当辛弃疾离开绍兴到临安领旨北伐时，陆游特意写篇长诗为他送行。其中有句诗说："但令小试出绪余，青史英豪可雄跨。"这就是讲，只要给辛弃疾发挥才干的机会，他一定可以成为空前的民族英雄。

辛弃疾当时虽已年迈，但斗志昂扬，在《永遇乐》这首词里，他高唱豪歌："天下英雄谁敌手？曹刘，生子当如孙仲谋"，"凭谁问，廉颇老矣，尚能饭否？"可惜的是，韩侂胄并不是一个具有雄才大略的人，他急于贪功，加上用人不当，因而出师不久，即遭惨败。当时辛弃疾也因与韩侂胄意见不合，早被借故撤职了。

宋宁宗开禧三年（公元1207年），辛弃疾在得知南宋北伐大军失败后，痛心疾首，五内如焚，不久就病逝了。临终前，他曾大呼："杀贼！"表现了对祖国至死不渝的热爱和忠诚。他所留下的六百多首光辉词篇，是他这种精神的真实写照，也是中国词史上一份珍贵的遗产。[3]

[1]"黄封酒"，即黄縢酒，是一种官家酿造的上等酒，因用黄纸或黄绢封坛口，故得此名。
[2] 主要参考资料：《宋史·陆游传》、《古今词统》卷十、陈鹄《耆旧续闻》、夏承焘与吴熊和《陆放翁词编年笺注》、朱东润《陆游传》与

《陆游选集》。
[3] 主要参考资料:《宋史·辛弃疾传》、《宋史·陈亮传》、《古今词话》上卷、邓广铭《稼轩词编年笺注》与《辛稼轩年谱》。

【第 28 回】

范成大使金记壮行
姜白石咏梅得佳姬

范成大使金记壮行

南宋著名诗人中，除陆游和辛弃疾之外，另一反对降金、坚持主战的劲节之士，便是颇为当时和后世推崇的范成大。

范成大一生最光彩的一页，是宋孝宗乾道六年（公元1170年），代表南宋出使金国。他这次出使，不仅大义凛然，全节而归；而且写出许多脍炙人口的诗篇，以及使金日记《揽辔录》，深为朝野称颂。

且说宋孝宗赵眘，早在做太子时，就主张北伐抗金，收复中原。他对抗金名将岳飞十分敬重，而对权臣秦桧则深恶痛绝。因此，隆兴元年（公元1163年）他即位登基后，立即为岳飞平冤昭雪，并起用主战将领张浚统帅兵马，积极准备北伐。

乾道六年六月，他决定遣臣使金，索取北宋诸帝的陵寝地；同时要求改变南宋初年秦桧和金朝签订的"绍兴和议"，宋朝不再向金国称臣，不再跪接金国文书。

这日早朝，孝宗提出遣使问题，听取众臣意见。左相陈俊卿极力反对，言辞凿凿："现在不是庆贺新年、生辰、娶嫁之时，若违反常例，无端派遣使臣，金帝完颜雍会说我朝无故挑衅，势必引起祸端。"

一些胆小怕事者也随之纷纷出班，向孝宗陈说遣使弊端。

孝宗对这种态度极为不满，便转问拟派出使的起居舍人范成大："遣使之事，朝野上下议论甚多，部分朝臣也是闻之色变，视为危途。朕知你禀性刚正，忠义爱国，拟派你为使，不知贤卿以为如何？"

范成大回禀道："确实，眼下不是正常出使之时，况且这次是索取先帝陵寝之地，加上又要更改受书旧礼，金主定以为我朝无事寻衅。故此，使臣定然凶多吉少，不被杀害，也可能被扣留。然为国家计，臣赴汤蹈火，在所不辞，就请陛下速速下诏吧！"

孝宗听了深为感动，也大为高兴，命他以资政大学士的头衔，出使金国。

范成大沿大运河北上，路经北宋故都汴京（今河南开封），登上横跨汴河的天汉桥，南望朱雀门，北望宣德楼，当年的御道，宽阔笔直，直通远方。汴京百姓听说宋朝的使者来了，都跑来欢迎，不少故都父老失声痛哭，询问"大宋王师，何时才能回来"。

此情此景，使范成大深为感动，晚上在驿馆里怎么也睡不着，挥毫写了一首《州桥》诗，忠实地描绘了白天动人的场面：

> 州桥南北是天街，父老年年等驾回。
> 忍泪失声询使者，几时真有王师来？

诗的起句看似平淡，但当年的宋朝父老读到它时，都会感到分量异常沉重，因为诗人笔下的这条街，不是寻常的街道，而是象征北宋朝廷、象征遗民心目中故国的"天街"。接着作者选取街头遇到的一个最感人的场景，即百姓忍泪失声地询问：究竟几时才真有王师到来？这句问话，既写了"父老年年等驾回"的迫切心情，又暗藏着对南宋朝廷的诘问。

范成大继续北行，到了邯郸（今河北邯郸），在古赵国的西边，拜谒了一代名臣蔺相如墓。当年，秦昭王诡称愿割十五城之地，换取举世罕见的和氏璧。蔺相如奉命出使秦国，在秦廷上大义凛然，怒斥秦王奸计，不辱使命，完璧归赵。范成大想到自己这次出使金国，使命和蔺相如一样，身负重任，朝野关注，便写下诗篇《蔺相如墓》，立下这样的誓言：

> 玉节经行虏障深，马头酾酒奠疏林。
> 兹行璧重身如叶，天日应临慕蔺心。

他把这次使命看得像稀世珍宝和氏璧一样，而视自己的身家性命如树叶一般，表现了视死如归、完成使命的决心。

经过长途跋涉，范成大终于到达了金国都城燕山（今北京）。他住在城外的客馆里，不顾旅途劳顿，思考着即将朝见金帝完颜雍时，可能发生的每种情况、每个细节。

原来，金国朝仪朝纲，法度森严，规定使臣在朝上不许交递私人书奏。范成大临行前，孝宗皇帝因为遣使索地改礼遭到一些朝臣的反对，便妥协了一下，决定在国书里只写索地，而将改礼之事交由范成大自己去设法交涉。

范成大早在路上就想好计策，已密草奏疏，准备上朝递交国书后，突然呈递自己奏疏。他明知这样做，违反金国朝仪朝纲，风险很大，但为了圆满完成使命，也顾不得那么多了。

正当范成大仔细思考时，忽然听到有两人在窗外窃窃议论：

"这里住的是宋朝使者范成大吗？"

"怎么啦？"

"听说朝中不少大臣对他这次来金非常愤怒，劝皇上把他扣下来。还听说皇太子扬言要把他杀了。"

"呀，这么严重！那范大人明日上朝，恐怕性命难保……"

范成大闻言，如五雷轰顶。

他稍微冷静下来，想到临行前，孝宗皇帝的重托，想到一路上的见闻，深感自己责任重大，只有张扬国威，拼死报国，才能对得起列祖列宗、故国父老。决心一定，死的恐惧一扫而空，爱国热情在胸中激荡，他提笔写下一首《会同馆》诗，以表心志：

万里孤臣致命秋，此身何止一沤浮！
提携汉节同生死，休问羝羊解乳不。

当年，西汉使节苏武，出使匈奴被扣。匈奴威逼诱降，毫无效果，就把他放逐到荒无人烟的北海（今俄罗斯贝加尔湖）地区，让他放牧一群羝羊（公羊），说什么时候公羊产奶了，什么时候就让他回来。苏武不屈不挠在北海坚持十九年，直到后来匈奴与汉朝和好，才被遣回汉。

范成大在这首诗中，以苏武自比，把生命看作"沤浮"（水泡），表示不管公羊能不能产奶，自己誓死都要像苏武那样，与汉节共存亡。

第二天早晨，范成大上殿，只见门外两旁刀斧手林立，宝剑出鞘，寒光逼人；走到殿前，又见两边文武大臣，横眉竖眼，满脸怒容。但范成大不卑不亢，行礼如仪，呈递国书后，又突然从袖中取出一份奏疏，大声说道：

"臣此次奉使来金，一是请还河南陵寝之地，已尽见于国书；二是请求更改受书之礼。金国与我宋朝，并非君臣，我皇在接待金国使者时，不当向使者行跪拜礼。臣特奉上这份奏疏，请金主以两朝大局为重，慎思准奏……"

"放肆！岂有此理！"金世宗完颜雍没等范成大把话说完，便勃然大怒。

完颜雍转身训斥负责外交的大臣："宋朝使者，竟在我大金朝廷呈递私人草奏，败坏朝纲，成何体统？还不快把他轰出去！"

气氛顿时紧张万分，大殿里死一般寂静。

范成大面不改色，没等外务大臣动作，便上前一步，慷慨陈词说："我乃大宋使臣，奉君之命，意在必成，若不受书，臣撞死于殿前，绝不退堂！"

完颜雍气得咬牙切齿，目光像利剑一样直刺范成大，似乎在明白告诉他，我可以立即要你掉脑袋。但范成大毫不畏惧，也以锐利的目光直视对方。

这样僵持了好一会儿，完颜雍终于转头对遣伴使（迎送使者的官员）说："明日去客馆取奏。"说罢转身便退朝了。

第二天一大早，金国遣伴使就来到客馆，取走了奏书。金太子企图杀害范成大，也被一些大臣劝阻而作罢。

范成大终于以超人的胆识和智慧，不辱使命，全节而归。

范成大这次出使,每到一地,遇见一事,都用一首七言绝句,记下自己的见闻和感想,共得诗七十二首,自成一卷。这些诗,不仅表现了范成大的爱国思想和高尚精神,而且也充分体现了他清丽精雅、切直劲峭的诗风,是范成大诗集中的上乘佳作。

范成大,字致能,号石湖居士,平江吴郡(今江苏苏州)人,生于宋钦宗靖康元年(公元1126年)。他家在当地是有名的仕宦大户,父亲范雩是宣和五年进士,宋高宗绍兴年间的秘书郎;母亲蔡氏,是北宋著名书法家蔡襄的孙女。这样的家庭环境,使范成大幼年便受到良好的教育。

他遍览经史,善为诗文,十七岁时,曾应诏赴朝廷献赋颂。但第二年,父母相继病故,维持家庭的重担,过早地落到了他身上。他在家抚养弟妹,直到两个妹妹出嫁之后,才重操学业,专意科举。

绍兴二十四年(公元1154年),范成大中举进士,出任徽州(今安徽黄山、江西婺源地区)司户参军;六七年后,入朝当秘书省正字、礼部员外郎、起居舍人等职。正是在此任上,他奉命出使金国,成功而归。

却说范成大使金回朝后,深得孝宗赵昚的器重和信任,曾派他赴静江(今广西桂林)任广西经略安抚使,后改任成都知府,兼任四川制置使。淳熙四年(公元1177年),他升任礼部尚书，次年任参知政事（副宰相），两个月后被谏官以"私憾"罪弹劾，罢职回归故里。

两年后，朝廷重新起用范成大，任命他为明州（今浙江宁波）知州兼沿海制置使，后改升建康（今江苏南京）府知府兼行宫留守。五十八岁时，他因病辞归，隐居石湖，直至绍熙四年（公元1193年）逝世，享年六十八岁。

范成大是个关心国事，勤于政务，同情人民疾苦的士大夫。他在任朝官期间，曾多次上疏孝宗，劝其要节省人力、国力，珍惜时间，整顿军纪，慎用刑罚，打击贪吏，以强兵复国为大志。在任地方官时，他也是尽其所能，铲除弊端，整顿军备，救灾赈济，兴修水利，为减轻百姓负担，解除兵士疾苦做了许多工作。

与此相应，他的忧国恤民的一贯思想，在诗歌创作中也有充分表现。如《缫丝行》、《催租行》、《采菱户》、《围田叹》等，都对民生疾苦寄予了深切的同情。请看下面这两首诗：

静夜家家闭户眠，满城风雨骤寒天。
号呼卖卜谁家子，想欠明朝籴米钱。

饭箩驱出敢偷闲，雪胫冰须惯忍寒。

>岂是不能扃户坐，忍寒犹可忍饥难。

这两首诗都作于淳熙十二年（公元1185年）冬。当时，范成大已退职回家闲居，虽然过着宦显者优游舒适的生活，但对下层人民的凄惨状况仍深感不安。第一首《坐夜有感》，悲叹贫苦市民卖子度日；第二首《雪中闻墙外鬻鱼菜者求售之声甚苦有感》，同情雪中卖菜者的悲苦境遇，说他们哪里是不能关门（扃户）在家避寒呢，而实在是忍得了寒冷而忍不了饥饿啊，表达了他关心民生疾苦的进步思想。

范成大晚年归隐石湖期间，还创作了反映农村田园生活的《四时田园杂兴》六十首，取得相当高的艺术成就。这组七言绝句，对农家生活环境、气候季节、风土民俗、耕织收获，以及农民的苦难与欢乐等，都作了真切生动的展现。请看其中二首：

>蝴蝶双双入菜花，日长无客到田家。
>鸡飞过篱犬吠窦，知有行商来买茶。

>村巷冬年见俗情，邻翁讲礼拜紫荆。
>长衫布缕如霜雪，云是家机自织成。

这组诗，吸取《诗经·七月》以来的农事诗，陶渊明以来的田园诗，以及唐代一些农家词、山农谣的长处，加上他自己的细致观察和独特体验，写得充满泥土芳香和血汗气息。

钱锺书先生在《宋诗选注》里称赞说："《四时田园杂兴》不但是他（范成大）的最传诵、最有影响的诗篇，也算得中国古代田园诗的集大成。"

绍熙二年（公元1191年）冬，一个大雪纷飞的下午，六十五岁高龄的范成大靠在床上午间小憩，忽听门外有人高呼："范公，想煞我也，快开门！"范成大心里嘀咕："这冰天雪地的，会是谁来？"[1]

姜白石咏梅得佳姬

来者乃是南宋著名词人姜夔。

姜夔，字尧章，生于宋高宗绍兴二十五年（公元1155年），饶州鄱阳（今江西鄱阳）人。他幼年时，父亲任汉阳（今属湖北武汉）县令，因此举家从鄱阳迁到汉阳。二十多岁，他外出漫游，下扬州、旅江淮，来往于湘、鄂、浙、皖等地。遍览江山胜景，培养了一种高旷飘逸的情怀。

三十多岁时，他在长沙结识了诗人萧德藻，萧很赏识他的文才，便把侄女嫁给他。随后，姜夔依附萧德藻寓居吴兴，与弁山白石洞为邻，因深爱其美景，便自号"白石道人"，所以后世也叫他"姜白石"。

萧德藻在当时颇有名气，诗风古硬顿挫而有深致，如其咏梅诗："湘妃危立瘦蛟背，海月冷挂珊瑚枝。丑怪惊人能妩媚，断魂只有晓寒知"[2]，深为诗家赞赏。杨万里在《诚斋集》里，多处将他与陆游、范成大、尤袤并举，称为"四诗翁"。

经萧德藻的引见介绍，姜白石拜会了官位既高、文名也盛的杨万里和范成大，受到他俩的推崇，因此名重一时。姜白石自此同不少知名文人墨客结成翰墨友谊，经常往来于湖州、杭州、苏州、金陵、合肥等地。

却说姜夔这次到苏州石湖拜访范成大，进门时满身雪花，手脸冻得通红，范成大见状，十分感激他不辞艰难，雪中相访。当晚两人饮酒叙旧，说诗论词，时过半夜，才就寝休息。

第二天早晨，雪仍在疏疏密密地下着，范成大看着外面一片碎琼乱玉的银装世界，对姜夔说："白石贤弟，我这宅园南边，有一座梅园，景致十分幽雅，咱们一起去踏雪赏梅可好？"姜白石欣然答应。

两人来到梅园漫步，只见一株株梅树，蓓蕾初绽，幽香缕缕，粉妆玉砌，晶莹耀眼。此情此景，使范成大忘掉了年迈、寒冷，诗兴大发，佳词丽句，脱口而出，犹如天授神助。

姜夔受到感染，即景赋《玉梅令》词一首：

> 疏疏雪片。散入溪南苑。
> 春寒锁、旧家亭馆。
> 有玉梅几树，背立怨东风，
> 高花未吐，暗香已远。
>
> 公来领略，梅花能劝。
> 花长好、愿公更健。
> 便揉春为酒，翦雪作新诗，
> 拼一日、绕花千转。

"白石贤弟出语不凡，尤其是结尾几句，平易中见机巧，清淡中出醇厚，初读新鲜，再读有味。"范成大称赞说。

"范公过奖，晚生惭愧。不过是些陈言熟语，岂值范公厚爱。"

"贤弟，难得今天好雪佳梅，你擅填词，精音律，喜谱曲，就再为老夫填首新词，作支新曲如何？"

姜夔沉吟一会说："范公之命，自当遵从。只是率尔成章，恐有负公望，乞先辈容晚生明日交卷吧！"

晚上，范成大的石湖别墅一片静谧，人们都早早安歇了。

姜夔站在卧室窗前，毫无睡意。他望着外面夜幕中的冰雪世界，只见清冷的月光，把屋宇、树木、大地只勾出了淡淡的影子；微风摇曳梅枝，悄悄送来阵阵冷香。

姜夔心里一惊，思绪蓦然展开，挥毫写下了《暗香》这首词：

> 旧时月色。算几番照我，梅边吹笛？
> 唤起玉人，不管清寒与攀摘。
> 何逊而今渐老，都忘却、春风词笔。
> 但怪得、竹外疏花，香冷入瑶席。
>
> 江国。正寂寂。叹寄与路遥，夜雪初积。
> 翠尊易泣。红萼无言耿相忆。
> 长记曾携手处，千树压、西湖寒碧。
> 又片片、吹尽也，几时见得？

书完之后，姜夔吟咏两遍，觉得意犹未尽，又提笔写了一首《疏影》：

> 苔枝缀玉。有翠禽小小，枝上同宿。
> 客里相逢，篱角黄昏，无言自倚修竹。

昭君不惯胡沙远，但暗忆、江南江北。
想佩环、月夜归来，化作此花幽独。

犹记深宫旧事，那人正睡里，飞近蛾绿。
莫似春风，不管盈盈，早与安排金屋。
还教一片随波去，又却怨、玉龙哀曲。
等恁时、重觅幽香，已入小窗横幅。

  姜夔这两首词的题目，来源于宋初诗人林逋《山园小梅》中的"疏影横斜水清浅，暗香浮动月黄昏"两句。林逋隐居西湖边的孤山，以梅为妻，以鹤为子，爱梅至深，故能写出如此精妙绝伦的诗句。姜夔也爱梅成癖，他的《白石道人歌曲》存词一百零八首，咏梅词竟占六分之一，达十七首之多。在他的咏梅词中，尤以《暗香》、《疏影》两首最为著名，历来被公认为是姜词的代表作。

  稍后于姜夔的南宋末年著名词人张炎，对这两首词评价极高，他在《词源》中说："词之咏梅，惟姜白石《暗香》、《疏影》二曲，前无古人，后无来者，自立新意，真成绝唱。"

  不过，这两首词究竟表达了什么内容，千年以来一直众说纷纭。清代文学家张惠言在《词选》里认为：它们是伤悼

北宋亡国旧事，哀叹徽宗和钦宗二帝北狩之作。近代词人郑文焯在校注《白石道人歌曲》时，进一步补充说："此盖伤心二帝蒙尘，诸妃相从北辕，沦落胡地，故以昭君托喻，发言哀绝。"当代词学家夏承焘在《白石道人词考》里则认为：这两首词是作者为怀念十年前在合肥遇到的一位情侣而作，由于应范成大之请，只是"偶然流露其感情"，而没有那么句句坐实。

其实，因为词人没有明言自己的寄托，读者理解完全可以不同，不论见仁见智，只要言之成理，持之有故，都可自成一说。求其平稳，我们不妨将词意理解得笼统一些，指出这两首词含有感慨今昔、追怀旧游就行了，不一定非要将其感慨落实到徽钦北狩、宋室南渡上，也不一定非要把旧游与合肥女子联系起来，倘若说得太实，反而陷于穿凿。

却说姜夔作完《暗香》、《疏影》两首词后，兴致仍浓，于是又拿出玉箫，一边吹奏，一边为新词谱写乐曲。写下"仙吕宫"宫调名，哀婉深切的箫声便飘荡开来，他完全沉浸在自己创造的音乐世界中了……

第二天一早，范成大读了姜夔的两首新词及其乐曲，赞不绝口。他立即让家中的一个名叫小红的歌姬，出来演唱，姜夔一时兴起，便在一旁吹箫伴奏。范成大微闭双眼，入神聆听，如痴似醉，情不自禁地不断点头，随腔打着拍子。

"妙！妙！妙不可言！"乐曲刚终，范成大就喝起彩来："'此曲只应天上有，人间能得几回闻'，杜甫在《赠花卿》里咏的这两句诗，老夫今日得以亲身体验也！有如此耳福，幸哉！幸哉！"

"范公谬奖了，主要是小红姑娘唱得好，若非她那动人歌喉，拙词必将大大减色矣！"姜夔一边说，一边深情地看着小红，流露了明显的爱慕之意。

小红闻言，脸上早升起两片红晕。她向姜夔投去深深一瞥，只见眼前这位文士，三十多岁，眉清目秀，气宇轩昂，顿生倾慕之心，张口说道：

"奴婢有幸，蒙先生错爱，感激不尽！先生不仅词写得绝佳，而且曲配得恰到好处。'仙吕宫'声情清新，缠绵邈远，正好把梅花暗香疏影的风采，表现得淋漓传神。词情和曲调，有如鬼斧神工，裁云缝月，天然妙合，精彩绝伦。奴婢依谱唱曲，只怕不能尽传先生词意，望先生多予赐教！"

姜夔没想到小红对他的词意和曲调理解得如此深切，忙对范成大说："范公真是文澜学海，连家中歌姬都这般通晓诗词，妙善音律。能与这样的佳人为伴，真是生平一大快事。"

范成大生性慷慨，在一边见两人彼此钟情，当下便顺水推舟，笑着对姜夔说：

"老夫见你俩，一个精工词曲，一个妙善吟唱，恰似高山流水，情胜知己，难得相遇，就让小红跟贤弟去吧！"

姜夔在石湖住了一个多月，除夕前告别范成大，携小红回湖州，路过今天江苏吴兴垂虹桥时，写下了《过垂虹》诗一首：

自作新词韵最娇，小红低唱我吹箫。
曲终过尽松陵路，回首烟波十四桥。

从此以后，姜夔常常带着小红到处游览，每作新词新曲，他自己吹箫，小红歌唱，终日过着这种爱情与艺术交织的甜蜜生活，成为文坛上的一段佳话。

宁宗庆元三年（公元1197年），这时宋室南渡已七十年，不少原来宫廷乐曲都处于濒临消亡的境地。他有感于此，向朝廷上《大乐议》、《琴瑟考古图》，建议整理国乐。然而，因其才高遭人嫉妒，没有受到应有的重视。两年后，他又上《圣宋铙歌鼓吹》十二章，宁宗皇帝特别下令让他直接参加礼部进士考试，不幸也没有考上。

从此，他傲啸仕宦，以布衣身份游于公卿之间，以狷洁清高，词艺超群，很受人敬重。他一生从未涉足官场，自称是个"白头居士"，可说是个纯粹的文学家。他的作品所以不傍他人门户，具有自己独特的气韵，和他这种身世和个性很有关系。

姜夔性格洒脱磊落,人品高雅倜傥,陈郁在《藏一话腴》里说他"襟怀洒落,如晋宋间人",由此可想见他的风貌神采。他近于隐逸,又能风流自赏,不像柳永那样,常感落魄不遇,哀怨不已。他虽然也寄情声色,却从不像周邦彦那样,过于纵情于肉欲的享乐。他自己有诗云:"道人野性如天马,欲摆青丝出帝闲",这可说是他一生最好的写照。

姜夔是个爱好广泛、多才多艺的人,他不仅工于填词,精通音乐,还善于金石、书法,诗也写得相当不错,同时又是小品文的高手。但这些都被他的词名所掩,不大为人注意。

他的词,继承周邦彦的格律词风,潇洒飘逸,意度高远,不仅能自创清空高妙的格调,而且能亲自谱曲演奏,为词家中绝无仅有的一位。他所写的词,都详载乐谱,由此后人才大略知道宋词的音调和唱法。

姜夔在词史上的地位很高,被誉为"如盛唐之李杜"、"文中之昌黎"(《词林纪事》)。戈载在《宋七家词选》中评论说:"白石之词,清气盘空,如野云孤飞,去留无迹。其高远峭拔之致,前无古人,后无来者,真词中之圣也。"南宋词坛的不少著名词人如史达祖、吴文英、张炎等,都受到他很深的影响。

姜夔虽然文名很响,却终生沉沦,尤其是晚年,朋辈凋零，生活凄苦。他于宁宗嘉定十四年（公元1221年）逝于杭州，享年六十六岁。他去世后，因家里贫穷，竟不能殡殓，幸赖友人张罗，才得以安葬于钱塘江畔。一代著名词人死后竟这样凄惨，实在令人哀叹！[3]

[1] 主要参考资料：《宋史·范成大传》，《宋史·孝宗本纪》，周必大《范公神道碑》，《宋人轶事汇编》，周汝昌《范成大诗选》。
[2] 这首诗是萧德藻《古梅二绝》之一，其第二首为："百千年藓著枯树，一两点春供老枝。绝壁笛声那得到，直愁斜日冻蜂知。"
[3] 主要参考资料：《本事词》、冯煦《六十一家词选例言》、夏承焘《姜白石词编年笺校》。

【第 29 回】

关汉卿称雄元杂剧
王实甫夺魁西厢记

关汉卿称雄元杂剧

正当宋、金两国对峙时期,位于中国北部的蒙古族,迅速发展起来。成吉思汗在灭金以前,已经征服了西辽、西夏及南俄罗斯地区;灭宋以后,又建立了横跨欧亚两洲的大帝国。元朝京城大都(今北京),自然成了欧亚两洲的政治和文化中心。当时使节纷至,商旅云集,使大都成了一个极为繁荣的都市。

在这样一个繁华的大都市里,自然需要大量的文化娱乐,以满足人们的需要。于是,戏剧这种适合于市民生活的新的文艺形式,便在大都如雨后春笋般地蓬勃发展起来。

当时的戏剧,人们称为"杂剧"。它是在前代歌舞剧和说唱艺术的基础上,逐步演变而来。最初,元杂剧兴起于中国北方,随着蒙古帝国灭亡南宋王朝,统一全国而传到南方,并逐渐成为当时最流行的文艺样式。

元朝的大都城里,"勾栏瓦舍"[1],星罗棋布;梨园弟子,数不胜数。每天都有许多身份不同的观众,在那里看演出;也吸引了大量书会才人和潦倒不遇的文士,投身杂剧创作行列。如今见于书面记载的元代剧作,就有五百余种;有姓名可考的杂剧作家，达八十多人。在这些剧作家中，最杰出、最伟大的一位，就是关汉卿。

关汉卿，号已斋叟，大都（今北京）人。由于中国传统士大夫对戏剧一向不重视，有关他的生平记载很少，我们只能从一些片断材料中，推知他约生于金朝末年（公元1234年左右），卒于元成宗大德初年（公元1300年左右）。

关汉卿家累代行医，父母对子女的教育非常严格。从他所编的剧本中一再提到《周易》、《诗经》、《春秋》、《论语》、《大学》、《中庸》、《孟子》、《礼记》等经书，并多有独到评论上；从他的许多戏剧都取材历史，相当精彩地描绘了历史事件和历史人物上，可知他是一位知识广博的饱学之士。按照传统的正常发展，他可能通过科举，在仕途上谋个一官半职，走千百年来中国知识分子认为最光宗耀祖的老路。

可惜的是，他生不逢时。元朝统治者不仅在较长一段时间里废除了科举，而且十分轻视儒生。他们按职业把人分为十个等级：一官、二吏、三僧、四道、五医、六工、七匠、八娼、九儒、十丐。由于科举仕进这条道路走不通，加上儒生地位特别低，甚至排在娼妓之后，年轻的关汉卿曾经非常苦闷。他流连于勾栏瓦舍之中，与歌伎舞伶打得火热，以消愁解闷。没想到久而久之，耳濡目染，他竟不知不觉、自然而然地爱上了戏剧，并终生端起了戏剧这饭碗。

对关汉卿来说，走上戏剧之路是再适合不过的了。

他长得相貌堂堂，一表人才，不仅擅长写诗撰文、填词作曲，而且能吹、能弹、能唱、能舞。他生性开朗，朋友极广，又富有幽默感，喜欢说笑话，往往一开口就让人捧腹。这样一位多才多艺、风流倜傥的才子，其性格、其特长，步入戏剧界，正是如鱼得水，找到了最好的用武之地。

不了解他的人，看到他整天和歌伎舞伶混在一起，以为他是个轻薄无聊的浪荡文人；了解他的，却无不喜爱他热情幽默、率直大胆的性格，无不佩服他的艺术天才。正因为这样，他无形中成了当时戏剧界的首领。贾仲明在《录鬼簿·续编》中即说他："驱梨园领袖，总编修师首，捻杂剧班头。"

他曾作过一首名为《不伏老》的散曲，是对自己性情和志趣的传神写照：

我是个普天下郎君领袖，盖世界浪子班头。愿朱颜不改常依旧，花中消遣，酒内忘忧。分茶攧竹，打马藏阄，通五音六律滑熟，甚闲愁到我心头！伴的是银筝女，银台前，理银筝，笑倚银屏；伴的是玉天仙，携玉手，并玉肩，同登玉楼；伴的是金钗客，歌金缕，捧金樽，满泛金瓯。你道我老也，暂休！占排场风月功名首，更玲珑又剔透。我是个锦阵花营都帅头，曾玩府游州。

……

　　我是个蒸不烂、煮不熟、捶不扁、炒不爆、响当当一粒铜豌豆。恁子弟每，谁教你钻入他锄不断、斫不下、解不开、顿不脱、慢腾腾千层锦套头。我玩的是梁园月，饮的是东京酒；赏的是洛阳花，攀的是章台柳。我也会围棋、会蹴踘、会打围、会插科、会歌舞、会吹弹、会嚥作、会吟诗、会双陆。你便是落了我牙、歪了我嘴、瘸了我腿、折了我手，天赐与我这几般儿歹症候，尚兀自不肯休。则除是阎王亲自唤，神鬼自来勾，三魂归地府，七魄丧冥幽。天哪！那其间才不向烟花路儿上走！

这篇放浪不羁的奇文，刻画的是一幅放浪不羁的形象。有的文学史家认为，这是一篇"狎妓"的自供状。其实，这里尽管不排除风月之嫌，但我们切不可把当时的"伎"简单等同于今天的"妓"。当时之伎，更主要的是表演艺术工作者，与今天之妓，两者在概念和性质上完全不同。

关汉卿与歌伎舞伶们交往，更多是职业与爱好的吸引，是艺术上共同追求的需要。当然，出入青楼或勾栏，声名难免遭污，并难免为权贵和世俗所不屑。所以他才自比是个"蒸不烂、煮不熟、捶不扁、炒不爆、响当当一粒铜豌豆"，表面看来是难以理解的倔强和叛逆，但实际上所表现的是他对不公世道的愤懑和抗争。

在这首散曲里,作者描写了自己多方面的才能、倔强的性格、生活的境遇,以及作为一个平民艺术家的伟大抱负——永远和烟花艺伎与书会才人一起,坚定地走戏剧这条路,不怕任何困难阻挠,奋战不息,粉身碎骨,至死方休。

《不伏老》这一元代散曲中的杰出名篇,以极其俏皮诙谐、佯狂玩世的文字,来表现堂堂正正的思想和抱负,充满了自负、自强、自嘲、自乐的情调,可谓神韵独具,妙趣横生,活脱脱地显示出一位伟大戏剧家的艺术神采和精神风貌。

关汉卿长期在下层市民中生活,极大地丰富了他的社会阅历,也使他能洞察人生百态。他在同人民的接触中,了解到许多黑暗的事情:元世祖手下的权臣阿合马,只要看到谁家的妻女长得漂亮,就硬逼着别人把妻女送到他家。他霸占别人的妻女,仅有姓名可数的就达一百三十余人。有些蒙古族官僚,不懂汉语,审案定罪时,根本不管案情怎样,只看谁给的钱多,就判谁无罪,造成了大量冤假错案,致使许多人无辜丧生……

这一件件触目惊心的惨案,使关汉卿震惊、不平、愤怒。他有意识地日夜写作,以杂剧为利剑,刺破那暗无天日的社会。他的作品,题材广泛,形象毕肖,宛如元代社会的众生图像，反映了当时真实的社会状况，与一般文人学士凭空臆想的"案头剧"，是大不相同的。

关汉卿的代表作是《感天动地窦娥冤》，它不仅是中国古典戏剧里最优秀的剧目之一，也是世界闻名的一部杰出的悲剧作品。

全剧的主人公窦娥是一个年轻的寡妇。她三岁丧母，随父亲生活。父亲窦天章是个穷书生，为了还债和换取进京赶考的路费，在窦娥七岁时，把她卖给蔡婆婆做童养媳。窦娥成年结婚后，丈夫不幸早死，婆媳俩相依为命，过着清苦的日子。

在逆境中，地痞张驴儿父子借口曾救过蔡婆婆的命，硬搬进蔡家来居住，并逼迫婆媳俩嫁给他们。窦娥坚决不从，张驴儿就在羊肚汤里下毒药，想毒死蔡婆婆，以便霸占窦娥。

谁知张驴儿的父亲不知汤中有毒，误食身亡。张驴儿便乘机诬陷窦娥毒死他父亲，想威胁窦娥成亲。窦娥执意不肯，张驴儿就去官府告刁状。

楚州太守桃杌，是个见钱眼开、草菅人命的昏官。他信奉"人是贱虫，不打不招"的信条，把窦娥打得死去活来，接着又打蔡婆婆。窦娥为使婆婆免遭毒打，屈招认罪，被判死刑。

在解赴刑场的路上，窦娥满腔悲愤，倾泻而出，连天地

都骂了:

> 有日月朝暮悬,有鬼神掌着生死权。天地也只合把清浊分辨,可怎生糊突了盗跖颜渊?为善的受贫穷更命短,造恶的享富贵又寿延。天地也做得个怕硬欺软,却原来也这般顺水推船。地也,你不分好歹何为地?天也,你错勘贤愚枉为天!哎,只落得两泪涟涟。

在封建时代,一般人都不能随便说天地的坏话。但是,窦娥为自己"负屈衔冤",却对天地大加责斥。她的血泪控诉,引起人们对封建社会的现实秩序和传统观念深切怀疑,使窦娥形象的悲剧意义升华到一个新的高度。

然而,更为精彩的是,关汉卿还让窦娥在临刑前发下三桩誓愿:一、刀过头落,鲜血半点不落地,都飞溅到悬挂的一丈二尺长的白绸子上;二、当时正是炎热三伏天,要"天降三尺瑞雪"以掩盖尸体;三、让楚州地区接连大旱三年。

这些誓愿,在现实中本来是不可能实现的,但在戏剧里,它们都奇迹般地一一实现了。这说明窦娥的冤屈太大了,连老天和大地都气得发怒失常了。

作者描写窦娥誓愿的实现,接着又安排她的冤魂出场,让她向考中进士、到楚州来肃政访廉的父亲窦天章告状,使

冤案最终得到平反昭雪。这些大胆的想象和浪漫主义手法的运用，进一步深化了戏剧主题，也使全剧更加富有感染力。

《窦娥冤》提出了封建社会里"官吏们无心正法，使百姓有口难言"这个具有普遍意义的问题，猛烈抨击了当时的黑暗社会现实，歌颂了窦娥对邪恶势力至死不屈的反抗精神。誓愿实现、鬼魂告状、冤案昭雪等浪漫主义的描写，表现了关汉卿的高度艺术才华和强烈的爱憎情感，也表现了人民群众申冤复仇的愿望和真理不可战胜的力量。

关汉卿一生创作了六十多部杂剧，其数量之多，成就之高，几百年来一直无人可与他比肩。除《感天动地窦娥冤》以外，《闺怨佳人拜月亭》、《包待制智斩鲁斋郎》、《包待制三勘蝴蝶梦》、《赵盼儿风月救风尘》、《望江亭中秋切鲙》、《关大王独赴单刀会》等，都属传统戏曲的经典作品。这些作品无论在艺术构思、戏剧冲突、人物塑造、语言运用等方面，都为后世提供了宝贵的艺术经验。许多作品经过改编，一直在舞台上演出，可见其杂剧的强大生命力。

《闺怨佳人拜月亭》叙述金朝与蒙古战乱时，王瑞兰与其母逃亡失散，与书生蒋世隆相遇，两人患难中建立了深厚的感情，结为夫妻。可是，瑞兰父亲在旅店遇见他俩，因嫌门户不当，竟逼瑞兰随己回家，强行拆散了这对恩爱夫妻。瑞兰到家，日夜思念世隆，焚香拜月，倾诉怨怀。后来世隆考中状元,两人才得以重聚。剧作对蒙古贵族发动战争,进行了血泪控诉,同时对王瑞兰父亲嫌贫爱富的行为作了无情的鞭笞,表达了封建社会妇女追求自由和美好生活的愿望。

《包待制智斩鲁斋郎》写权豪势要鲁斋郎,见到银匠李四的妻子如花似玉,便强夺回家,还威胁李四说:"你不拣那大衙门里告我去!"后来,他又看见张珪的妻子长得标致,竟逼着张珪自己将妻子送到他家成亲。张珪在朝中担任"都孔目"的官职,是朝廷文书档案的总管,地位已经不低了,尚且做出这种"妻嫁人,夫做媒"的耻辱事,一般平民百姓受到欺压,就可想而知了。为惩除这个罪大恶极的权贵,刚正不阿的包公冒着"欺君"的危险,把鲁斋郎的名字写成"鲁齐郎",才获准将他公开斩首。

《包待制三勘蝴蝶梦》写皇亲葛彪骑马撞倒穷百姓王老儿,反怪王老儿撞他的马头,竟蛮横无理地将王老儿打死。王老儿的三个儿子,无处讲理,愤而打死葛彪。三人被扭送官府,受刑不算,还要偿命。最后还是包公用偷梁换柱之计,以偷马贼赵顽驴代替三人受刑,保护了为父报仇、惩治权豪的王氏兄弟。作品对打死人"只当房檐上揭片瓦相似"的葛彪,表示了极大的愤慨,歌颂了包公扬善惩恶,拯救无辜的清官形象。

《赵盼儿风月救风尘》、《望江亭中秋切鲙》是两部喜剧。

《救风尘》写有钱有势的恶棍周舍,用虚情假意赢得了宋引章的爱情,然后无情地折磨她。饱经风霜,世情练达的赵盼儿,针对周舍贪财好色的特点,设下圈套,骗取他的休书,将宋引章救出火坑。《望江亭》写权贵杨衙内用奸计夺走白士中的妻子谭记儿,又向皇帝请得势剑金牌,前来陷害白士中。谭记儿得讯,假扮渔妇,以酒色愚弄杨衙内,并盗走了势剑金牌,使这个声势显赫的权豪势要变成了俯首帖耳的阶下囚。

赵盼儿和谭记儿都是卑微的普通妇女,在现实生活中,她们不大可能击败周舍、杨衙内这样的对手。但关汉卿却在剧中赋予她们以勇敢和智慧,让她们战胜了贪淫和残暴的恶势力,这表现了关汉卿积极乐观的战斗精神,更表现了他对下层人民的同情和赞扬,对邪恶势力的憎恨和鞭笞。

《关大王独赴单刀会》写鲁肃为索取荆州,约关羽过江谈判。关羽明知江边之会"不是待客筵席,而是个杀人的战场",照样单刀赴会。在酒宴上,关羽拒绝让出城池,喝退伏兵,挟持鲁肃,安然返回荆州。此剧借着对古代英雄的歌颂,激励了当时被压迫者的反抗斗志,它刻画的是历史人物,却跳动着强烈的时代脉搏。

关汉卿杂剧的锋芒所向,上至皇亲国戚、权贵官僚,下至土豪地主、流氓恶棍,都作了入木三分、淋漓尽致的刻画和揭露；而对于被压迫人民，关汉卿则深切地同情他们，赞扬他们的美好品质，歌颂他们的反抗精神。尤其是下层妇女形象，如《窦娥冤》中的窦娥、《救风尘》中的赵盼儿、《望江亭》中的谭记儿、《拜月亭》中的王瑞兰、《四春园》中的王闰香、《调风月》中的燕燕等，她们虽然出身卑贱、社会地位低下，但都有正直善良的品格和机智勇敢的精神。

此外，关汉卿的杂剧中还塑造了一些清正廉洁的官吏形象，像包公、窦天章、钱大尹等，都是秉公执法、除害安良、伸张正义、为民做主的清官。他们的所作所为，体现了人民群众对一种公正社会的向往，表现了作家的正义感。

关汉卿的优秀剧作都有很高的艺术造诣，不仅情节紧张，戏剧性强，而且人物富有个性，形象鲜明生动，戏剧语言既流畅自然，又蕴藉丰厚，达到相当高的艺术境界。王国维在《宋元戏曲史》中称赞他说："一空倚傍，自铸伟词，而其言曲尽人情，字字本色，故当为元人第一"，实非过誉之词。

关汉卿是中国十三世纪时的一位民间戏剧家，也是一位以戏剧为武器，向当时黑暗现实发动猛烈冲击的杰出斗士。他的作品是一座丰富多彩的艺术宝库，不仅一直为中国人民所喜爱，而且早在一百多年前，《窦娥冤》等杰作就被翻译介绍到欧洲，受到西方人的极高赞誉。

1958年，关汉卿还被世界和平理事会提名为"世界文化名人"。他的伟大剧作，已成为中国和世界人民共同的宝贵精神财富。[2]

王实甫夺魁西厢记

  宝玉道："妹妹！要论你，我是不怕的，你看了，好歹别告诉人。真是好文章！你要看了，连饭也不想吃呢！"一面说，一面递过去。黛玉把花具放下，接书来瞧，从头看去，越看越爱看，不顿饭时，已看好几出了。但觉词句警人，余香满口。

  一看就知道，这是《红楼梦》第二十三回里的一段文字。一本书，能让贾宝玉和林黛玉看得津津有味、爱不释手，已很不容易了；能让很有艺术欣赏水平，眼光颇为挑剔的林黛玉发出"词句警人，余香满口"的赞叹（实际上这也代表了曹雪芹的看法），自然更为难得。这是一本什么书呢？
  这书正是元代著名杂剧作家王实甫的代表作《西厢记》。
  王实甫，名德信，实甫是他的字。关于他的生卒年，由于缺乏史料记载，人们知道得很粗略。他大约和关汉卿是同时代人，主要创作活动在元成宗元贞至大德年间（公元

1259—1307年）。

《北宫词记》收录一首王实甫的散曲，名为《退隐》，其中写道："想着那红尘黄阁昔年羞，到如今白发青衫此地游"，"退一步乾坤大，饶一着万事休。怕虎狼恶图谋，遇事休开口，逢人只点头。见香饵莫吞钩，高抄起经纶大手"。由此推知，他早年曾做过官，但仕途坎坷，中晚年时退隐。

据说王实甫做官时，清正廉洁，怜惜百姓，很受人民爱戴。但是，当时官场很黑暗，蒙古贵族及贪官污吏，强占别人财产，夺人妻子儿女，犹如家常便饭。像王实甫这样的清官，自然要受到排斥和打击，他自己后来也心灰意懒，便辞官回家了。

王实甫是大都人，弃官回家后，就整天在京城的勾栏瓦舍中，与书会才人为伍，和倡优歌伎作伴。传说他和关汉卿、杨显之、郑光祖等杂剧作家，来往密切，关系很好，大家对他写的剧作，也颇为佩服。

元末明初人贾仲明曾作《凌波仙》，说他"作词章，风韵美，士林中，等辈伏低；新杂剧，旧传奇，《西厢记》，天下夺魁"。可见他很有艺术天分，在当时的杂剧作家中也很有名气，享有较高的声誉。

王实甫所作的杂剧，有名目可考的共十三种，但完整流传下来的仅有《崔莺莺待月西厢记》、《吕蒙正风雪破窑记》

和《四大王歌舞丽春堂》三种。

《破窑记》写拥有万贯家产的刘月娥，抛绣球招夫婿，击中了穷书生吕蒙正。刘员外嫌贫爱富，企图毁约，但刘月娥执意不从，于是她放弃富家生活，跟随吕蒙正住进破窑度日。后来，刘员外又设计激发吕蒙正进京应试，刘月娥苦等十年，终于盼到吕蒙正考取状元，衣锦还乡。

吕蒙正荣归故里时，有意瞒着妻子说："不曾得官。"刘月娥说："但得个身安乐还家重完聚，问什么官不官便待怎的。"她在奉父命抛球择婿时，也祈祷说："绣球儿，你寻一个心慈善，性温良，有志气，好文章。这一生事都在你这绣球上，夫妻相待，贫和富有何妨。"这里虽有依靠"天意"的意思，但侧重的是人品、才学和夫妻感情。

作者塑造出刘月娥这个形象，表现了不讲门第贵贱，不重功名利禄，看重家庭团圆，讲究夫妻感情的思想，与《西厢记》的进步婚姻观念是相一致的。

《丽春堂》写金代右丞相完颜乐善在朝廷里和右副统军使李圭明争暗斗，被贬济南府，过着闲散而寂寞的日子。后来因"草寇"作乱，乐善又被召回朝，官复原职，李圭也来负荆请罪，两人释却前怨。其中第三折表现乐善对人生升沉无定的感叹，以及由此引起的悲哀，写得真实细腻而富有感染力：

> 闲对着绿树青山,消遣我烦心倦目。潜入那水国渔乡,早跳出龙潭虎窟。披着领箬笠蓑衣,提防他斜风细雨。长则是琴一张、酒一壶。自饮自斟,自歌自舞。

这是乐善被贬济南时的生活感受。他走出官场尔虞我诈的是非中心,面对绿树青山的大自然美景,心情完全得到了放松。"潜入那水国渔乡,早跳出龙潭虎窟",正是对乐善从昔日朝廷重臣到眼前闲散隐者巨大变化的有力概括。这个剧本在一定程度上暴露了官场上互相倾轧的黑暗,揭露了封建王朝内部的污浊和腐朽。

然而,这两部作品和《西厢记》比较起来,却大为逊色。

《西厢记》的故事,并非王实甫凭空独创。它的最早来源,是唐代著名文人元稹写的短篇小说《莺莺传》(又名《会真记》)。王实甫早年读这部作品时,欣赏故事的文词优美,却对情节安排颇有非议。他同情莺莺的不幸,怨恨张生求取功名后,忘情负义,抛弃莺莺的行为。他特别反感的是,张生离弃莺莺后,竟在朋友面前骂莺莺是"害人精",而作者却抱着赞赏文人风流韵事的态度,把他说成是能够改正错误的人。王实甫不满意如此描写这个故事,数次产生过改写的念头。

事隔多年，王实甫辞官回家后，在歌榭里听唱了金人董解元改编的《西厢记诸宫调》。这部民间说唱作品，摈弃了元稹《莺莺传》中的封建思想，主要人物性格有了很大变化。张生从一个轻薄忘情的负心汉，变成了一个情有独钟，敢于反抗礼教的多情种。崔母从一个性格软弱的老太婆，变成破坏崔张爱情的障碍。这样，崔张的爱情追求，就有了强烈的反对封建礼教和封建婚姻制度的积极意义。这一思想倾向与王实甫进步的婚姻观点一拍即合，它又一次激发了王实甫的创作冲动。

于是，王实甫广泛收集有关崔张爱情的各类有关作品，如秦观、毛滂的《调笑令》诗词，赵令畤的《商调蝶恋花》词，《绿窗新话》中收录的《张公子遇崔莺莺》小说，南戏《崔莺莺西厢记》等。经过反复推敲比较，他决定在董解元《西厢记诸宫调》的基础上，进行再创作，把崔张故事写成杂剧《崔莺莺待月西厢记》（简称《西厢记》）。

王实甫的《西厢记》和董解元的《西厢记》，情节大体相同，但在许多方面，前者比后者有进一步的创造和提高。王实甫充分发挥了戏剧艺术的长处，使矛盾冲突更加激烈，心理描写更为细致，语言更为优美精练。由于王实甫的艺术天才和精心创作，本来一个老而又老的传说故事，经他的点化而妙手回春，焕发出了夺目的光辉，使《西厢记》成为中国古典戏剧中最富艺术魅力的作品之一。

《西厢记》的内容梗概是这样的:

唐代已故相国的夫人郑氏,带着女儿崔莺莺和婢女红娘,护送相国的灵柩回故乡安葬。途经蒲关时,因兵乱阻隔,无法继续赶路,她们暂住在普救寺里。青年书生张生进京赶考,也路过蒲关,在普救寺里与莺莺邂逅相遇,一见倾心。

于是,张生再也没有心思去追求功名富贵了,他在寺里借了一间西厢房住下,寻找机会接近莺莺。一个风清月明的夜晚,莺莺到花园烧香,张生躲在墙脚边高声吟诗,向莺莺表达倾慕之情:

> 月色溶溶夜,花阴寂寂春。
> 如何临皓魄,不见月中人。

没想到莺莺闻声也立即和诗一首,向张生诉说了自己的寂寞和爱慕之情:

> 兰闺久寂寞,无事度芳春。
> 料得行吟者,应怜长叹人。

可是,由于封建礼教的沉重束缚,老夫人的严格防范,

这对有情人虽然心中燃烧着炽烈的爱情之火,却根本无法相互接近。

正在这时,武将孙飞虎兵围普救寺,硬逼莺莺为妻,否则就要烧毁寺院。老夫人当众表示,无论是谁,只要能退兵解围,就把莺莺嫁给他。张生巧用缓兵之计,一面佯告孙飞虎,三日后定交出莺莺,一面写信向镇守蒲关的好友杜确将军求救,终于击溃贼兵,解了寺院之围。

这对崔、张两位年轻人来说,可谓天大喜讯,他们终于可以名正言顺地喜结良缘了。不料,老夫人反悔食言,以相国之家三辈不招白衣女婿为由,让张生和莺莺两人以兄妹相称,企图赖去婚事。

受此打击,张生气得一病不起,莺莺也痛不欲生。他俩的不幸遭际,引起了红娘的同情。她替张生传递诗信,帮助莺莺挣脱礼教枷锁,促成两人多次偷偷约会,并私下结为夫妻。

不久事情败露,老夫人非常恼火。红娘从中打抱不平说,责任全在老夫人,是由于她悔约才酿成这样的后果。无奈之下,老夫人只得同意婚事,却又责令张生上京赶考,只有求得功名回来,才能成亲。经过一段痛苦的离别,张生终于考中状元,衣锦而归,有情人终成眷属。

《西厢记》热情歌颂了青年男女美好而真挚的爱情,歌颂了他们追求婚姻自主、反对封建礼教和封建婚姻制度的叛逆精神；多方面地暴露了以老夫人为代表的封建礼教的势利虚伪、冷酷无情的特征。作品还赋予身份低下、地位卑微的红娘许多美好品质，对她的热情善良、聪明机智、乐于助人、敢于抗争的精神作了充分表现和肯定。

王实甫在把莺莺和张生的故事改写成杂剧的过程中，不仅精雕细刻了一组人物形象，使他们个个性格鲜明，栩栩如生，而且在每个人物形象上都倾注了自己所有的爱和恨，所以读来特别感人。

《西厢记》在艺术上也有极高成就，它情节曲折，波澜起伏，悬念丛生，引人入胜。

全剧主要有两条矛盾冲突线：一是以老夫人为一方，与莺莺、张生和红娘为另一方的矛盾；这是维护封建礼教和封建婚姻制度的势力，与追求爱情自主和婚姻自由的叛逆者之间的矛盾，双方壁垒分明，冲突尖锐。二是莺莺、红娘、张生三人之间的矛盾；这一矛盾主要是由于他们的不同处境，引起的一些猜疑和误会构成。这两组矛盾错综交织，互相发展，使整个剧情一波未平，一波又起，常给人以山重水复、柳暗花明之感，获得了强烈的戏剧效果。

更值得称道的是，《西厢记》曲词典雅华美，妩媚绮丽，形成了"文而不文，俗而不俗"（《中原音韵》语），大雅大俗的语言风格。

作者常常能结合剧情，写景抒情，紧密交融，构成浓郁而悠长的诗境。如"玉宇无尘，银河泻影，月色横空，花阴满庭"，寥寥十六字，就极其优美地勾画出了张生等待莺莺烧香时，静谧而空寂的环境。"花落水流红，闲愁万种，无语怨东风"，这沁人肺腑的词句，把一个深闺少女的苦闷表现得多么委婉而贴切！特别是"碧云天，黄花地，西风紧，北雁南飞。晓来谁染霜林醉？总是离人泪"，用秋天常见景物，构成萧瑟而凄苦的气氛，把主人公缠绵悱恻，心碎肠断的离情别绪，传达得淋漓尽致，确可谓"神来之笔"。

传说王实甫写《西厢记》时，整个身心都沉浸到作品里去了，终日茶饭不香，睡觉难眠。创作紧张阶段，他常常夜以继日，通宵达旦地写，对一词一句，都仔细琢磨，认真推敲，以致全稿还没写完，人就先累趴下了。但是他只要一醒过来，即使坐不住，躺在床上也要坚持写，最后竟大吐一口鲜血，手握着笔而死去了。所以有人说，"长亭送别"以下的第五本，系关汉卿续写完的。

这个传说虽不一定就是事实，却反映了人们对《西厢记》的高度推崇，这部杂剧优美的文辞和淳厚的诗意，可以说完全是王实甫呕心沥血的结果。

正因为《西厢记》文辞优美，诗意淳厚，所以数百年来，它一直享有诗剧的美称。很多人得到它如获至宝，百看不厌，以至能熟背它的全部曲词。许多才华横溢的文人学士，读到它那曲尽音韵之妙、节奏之美的词句，也是甘拜下风，佩服之至。明人何良俊在《四友斋丛说》中称赞："王实甫才情富丽，真辞家之雄。"大思想家李贽在《焚书·杂说》中更是赞誉《西厢记》"如化工之于物，其工巧自不可思议"。

尽管《西厢记》在流传中曾多次受到封建卫道者的诋毁以至查禁，但广大人民和具有进步思想的文人学士，一直将它视为珍品，不断地传抄、刻印、购买和阅读它。现存《西厢记》明清两代的刊本，竟然多达百余种，并且大部分都有评点、注释或考证，不少还附有精美的插图，由此可见《西厢记》流传之广和人民对它的喜爱程度。有些文人赞誉《西厢记》为"杂剧第一"、"北曲之冠"，是不无道理的。[3]

[1] 元代时，城市里娱乐场所集中的地方叫"瓦舍"或"瓦肆"，其中表演杂剧、曲艺、杂技的场所叫"勾栏"。
[2] 主要参考资料：钟嗣成与贾仲明《录鬼簿》，王国维《宋元戏曲史》，《关汉卿研究论文集》，吴晓铃等编校《关汉卿戏曲集》。
[3] 主要参考资料：《中原音韵》、钟嗣成与贾仲明《录鬼簿》、都穆《南濠诗话》、王国维《宋元戏曲史》、王季思《西厢记校注》、孙楷第《元曲家考略》。

【第 30 回】

白仁甫讴歌痴情女
马致远巧绘断肠人

白仁甫讴歌痴情女

说到元杂剧，人们总要谈到"元曲四大家"。早在元代时，周德清的《中原音韵》，就曾将关汉卿、郑光祖、白仁甫、马致远相提并论，认为他们的剧作领一代风骚。明代何良俊在《四友斋丛说》里，更是直接指出："元人乐府称马东篱、郑德辉、关汉卿、白仁甫为四大家。"从此以后，"元曲四大家"为历史公认，昭垂后世。

白仁甫在"元曲四大家"中，虽排名较后，但实际成就却不亚于其他几位。明代王世贞在《曲藻》序里，就说他与关汉卿、王实甫一样，"富有才情，兼善声律，以故遂擅一代之长"。王国维在《宋元戏曲史》里，特意对"四大家"的排列作了辨析，认为"元代曲家，自明以来，称关、马、郑、白，然以其年代及造诣论之，宁称关、白、郑、马为妥也。"他还称赞白仁甫的剧作"高华雄浑，情深文明"，"不失为第一流"。

白仁甫名白朴，仁甫是他的字，后来，他还改字太素，号兰谷。他家祖籍隩州（今山西河曲），由于父亲白华在金都任官，举家迁至金都南京（今河南开封）。金哀宗正大三年（公元1226年），他便出生在开封。金亡后，他曾寓居真定（今河北正定），所以钟嗣成在撰《录鬼簿》的"白朴小传"时，把他误认为是真定人。

白朴的家庭，世代为郡中望族。他父亲白华是金贞祐三年（公元1215年）进士，开始任应奉翰林文字，后升任枢密院判官、右司郎中等职，不仅地位显贵，而且颇有诗名，著有《寓斋集》传世。他的伯父白贲，也是进士出身，所著诗集《茅亭诗》，甚为文友推重。

当时文坛名士如赵秉文、李治、刘祁等，都与白家诗文往来，交往密切。金元之际的大诗人元好问，更与白华友情深厚、堪称至交，当世人即将他们两家的友谊，比作唐代元稹和白居易的关系，有"再世元白"之誉。

白朴虽然出生在令人羡慕的家庭，却处于一个动乱不安的时代。

金哀宗天兴元年（公元1232年），白朴才七岁，蒙古军队大举围攻金都南京（今河南开封）。他父亲白华随金哀宗出奔外逃，白朴与母亲则留在城中。没想到次年正月，金朝守将崔立叛变，将南京城拱手让给蒙古军，同时还掳掠不少金朝王公大臣的妻女送至蒙古军营，白朴的母亲张氏也遭此噩运。童年失母，这给他幼小的心灵留下了难以弥合的创伤。

不幸中万幸的是，当时元好问也在城内，见好友白华家中遇难，便将其子女接到自己家里，担负起抚养他们的责任。元好问因与蒙古军主将张柔有亲戚关系，不仅自己在这次变故中未受伤害，也使白朴及其姐姐安渡难关。

随后，元好问又带着白朴姐弟和自己一家，北渡黄河，流落山东聊城冠氏县，在那儿住了约四年光景。这当儿，元好问像对待自己孩子一样，精心照料白朴姐弟，亲自教他们诵诗习文。当地一度流行瘟疫，白朴不幸被传染。元好问日夜守护床边，送汤喂药，六天六夜没睡觉，直到白朴脱离了危险，元好问才躺下安眠。

四年后，白朴十一岁，元好问得知他父亲白华已流徙真定（今河北正定）寓居，便从冠氏县赶去看望，同时将白朴姐弟送还。白华见到老友和子女，泪流满面，感激万分，曾有答谢诗句说："顾我真成丧家狗，赖君曾护落巢儿。"

白朴自幼聪慧，善于默记，加上有一代大学者兼诗人元好问悉心指教，少年便打下了坚实的学识根基。归家定居真定后，有十五六年时间，生活比较安定，白朴在父亲的严格要求下，一直在滹沱河畔闭门读书，以"学问博览，擅长诗文"饮誉当地。

元好问逝世前的十来年里，经常来到白家，询问白朴的学业，他对白朴的才华非常赞赏，曾赠诗说："元白通家旧，诸郎汝独贤。"

元世祖（忽必烈）中统年间（公元1261—1263年），当时的右丞相史天泽与白家是世交，十分看重白朴的才华，便推荐他到朝中做官。尽管史天泽执掌朝政，地位显赫，但白朴照样敢冒犯，坚决推辞不就。后来，监察御史师巨源又举荐他从政，他也断然辞谢，并终身不仕。

白朴这种不与元朝统治者合作的态度，绝非偶然。本来，他生于官族，家学渊源，如果不是战乱和金国覆亡，很可能仕途通达，高官厚禄。可是，动荡不安的岁月，幼年丧母的打击，父亲白华后来隐居遁世，恩师元好问金亡不出、专心著述，等等，这种种因素都促使他拒绝踏上仕进之途，不为元朝统治者效力。

于是，白朴和一些生不逢时，无法施展抱负的文人士大夫一样，一方面"放浪形骸"、"玩世滑稽"，纵情于山川名胜之间，沉溺于诗酒声色之中；一方面又怀古伤时，郁闷不乐，在诗词中感叹历史兴亡，寄托自己国破家亡的哀思。请看他的诗词代表作之一《沁园春·金陵凤凰台眺望》第二首：

> 我望山形，虎踞龙盘，壮哉建康。
> 忆黄旗紫盖，中兴东晋；
> 雕栏玉砌，下逮南唐。

步步金莲，朝朝琼树，宫殿吴时花草香。
今何日，尚寺留萧姓，人做梅妆。

长江不管兴亡。漫流尽英雄泪万行。
问乌衣旧宅，谁家作主？
白头老子，今日还乡。
吊古愁浓，题诗人去，寂寞高楼无凤凰。
斜阳外，正渔舟唱晚，一片鸣榔。

这首词，上片由登临眺望，写古都建康的雄姿壮貌，以及昔日累代兴盛繁华的景象；下片感叹江山易主，英雄流泪，表达了极为深沉的感慨，显示了一种凝重古朴的风格。

白朴收在《天籁集》中的一百余首词，除了这类怀古的篇章外，多为闲适、咏物之作，其主题与不少元代作家一样，倾慕浪迹山林的隐逸生活，表现了消极避世的生活态度。但他的词语言工整，音律和谐，写景咏物善于创造意境，词风接近宋代豪放派，在元代词家中，是相当优秀的一位。

然而，白朴更杰出的成就，是在戏剧创作方面。他一共写了十六部杂剧，流传下来的有《裴少俊墙头马上》、《唐明皇秋夜梧桐雨》和《董秀英花月东墙记》三种，其中《东墙记》是不是白朴原作，学术界尚有争论。

《墙头马上》是白朴杂剧中最出色的作品。它描写了这样一个故事：青年公子裴少俊，奉父命由长安到洛阳选购奇花异草，骑马路过洛阳总管李世杰的花园边，与李家的女儿李千金一见钟情，两人以诗赠答，当晚私约花园。谁知正当两人偷偷约会时，被李家乳母撞见，于是两人又私奔长安，偷偷地在裴家花园里同居七年，生了一子一女。后来，私情被少俊的父亲裴尚书发现，他棒打鸳鸯，强行拆散了这对恩爱夫妻。最后，裴少俊高中进士，与李千金正式完婚，夫妻俩又重新团圆。

该剧最精彩的情节是第三折里"井底引银瓶"一场。李千金与裴少俊在裴家后花园共同生活之事败露后，裴尚书为拆散这对"自主婚姻"，故作刁难，要李千金把玉簪磨成细针、用发丝拴住银瓶从井中汲水。如簪折瓶坠，就将他们夫妻拆散，把李千金赶出家门。李千金为了捍卫婚姻，忍辱屈从，小心谨慎，明知不可为而勉力为之，结果仍然簪折瓶坠。她悲愤万分，一吐胸中冤屈：

似陷人坑千丈穴，胜滚浪千堆雪；恰才石头上损玉簪，又叫我水底捞明月。
……
果然人生最苦是离别。方信道花发风筛，月满云遮；

谁更敢倒凤颠鸾，撩蜂剔蝎，打草惊蛇。坏了咱墙头上传情简帖，拆开咱柳阴中莺燕蜂蝶。儿也咨嗟，女又拦截。既瓶坠簪折，咱义断恩绝！

这一系列唱词，字字血泪，动人心弦，淋漓尽致地表现了李千金这个叛逆女性的内心悲恸和刚强个性。最后，当夫妻终得团圆时，李千金也用其人之道还治其人之身，以卓文君和司马相如私奔的故事，好好奚落了裴尚书一番，产生了强烈的戏剧效果。

这部剧作和关汉卿的《拜月亭》、王实甫的《西厢记》、郑光祖的《倩女离魂》一起，被合称为元杂剧的四大爱情剧。它通过一对青年男女的爱情故事，极力宣扬男女自由结合的合理性，表现了一种要求婚姻自主的思想倾向。

剧中女主人公李千金形象，富有独特的光彩。她不同于其他杂剧里的大家闺秀，较少封建礼教束缚，性格泼辣，天真痴情，敢说敢做，大胆否定了父母之命、媒妁之言的封建婚姻传统，把青年男女互相爱悦、自由结合看成"天赐"的权利。这种离经叛道的思想，闪烁着进步婚姻观念的光辉。剧本第四折末的下场诗，可以看作全剧的主旨："从来女大不中留，马上墙头亦好逑。只要姻缘天配合，何必区区结彩楼。"

白朴的另一杂剧名作《梧桐雨》，写唐明皇李隆基和杨贵妃的爱情故事。开始写李隆基自以为天下太平，宠幸杨贵妃，朝歌暮舞，日欢夜宴，导致安禄山起兵造反。安史之乱发生后，李隆基仓皇出逃，由长安奔西蜀。至马嵬驿，大军不前，众将士兵谏，要求诛杀杨贵妃。明皇无奈，只得命杨玉环在佛堂中自缢而亡。安史之乱平定后，李隆基返回长安，悬贵妃像于西宫，朝夕相对。一天夜晚，他梦见杨贵妃设宴，他刚赴席，梨园弟子正要演出，忽然被窗外一阵打在梧桐叶上的雨声惊醒，不禁倍感惆怅。

《梧桐雨》以李杨二人爱情为主线，反映了安史之乱这一重大历史事件和唐王朝由盛而衰的转折过程。作品的思想颇为复杂，它既颂扬李杨二人生死不渝的爱情，同情他们最后的爱情悲剧；又批评了李隆基沉湎酒色、荒淫误国的失误。作品虽然描绘的是历史事件，但明显蒙上了金朝亡国的时代色彩。

这部剧作，结构疏密有致，情节紧凑跌宕，词语华美隽雅，充满了浓郁的抒情气氛。正是如此，前人对此剧评价甚高，清代李调元在《雨村曲话》里即说："元人咏马嵬事无虑数十家，白仁甫《梧桐雨》剧为最。"

白朴晚年，主要游居于今天江浙一带。元成宗大德十年（公元1306年）秋，他曾再游扬州，作《水龙吟》词，这时他已是八十一岁的迟暮老人了。此后，因缺乏史料记载，他的行踪便不可考，卒于何时何处也无从知晓。[1]

马致远巧绘断肠人

跻身于"元曲四大家"之中的马致远，不仅是一位"姓名香贯满梨园"的著名杂剧作家，同时又是元代写作散曲最杰出的人物，被认为是元代的"曲状元"。

马致远，号东篱，大都（今北京）人。他的具体生卒年代已不可考，约生于公元1250年，卒于公元1324年，年辈略晚于白仁甫、关汉卿。他早期在大都约生活了二十多年。当时，元朝建立不久，曾废除科举数十年，断绝了文人学子的仕进之路。广大知识分子沉沦于社会底层，但读书求功名的观念，仍然牢固地盘踞在他们心头。

好在元代统治者逐步认识到，要维护和巩固自己的政权，不能不利用汉族知识分子，所以元世祖忽必烈号令"遵用汉法"，准备恢复科举。这一计划虽遭到部分蒙古权豪势要的反对，当时没有推行。但忽必烈注意兴建学校，要求各地广举贤才，又将那些走投无路的知识分子科举仕进的心头之火，点燃了起来。

正是在这种时代背景下,马致远年轻时热衷功名,迷恋仕进之路,他自己曾说过:"且念鲰生自年幼,写诗曾献上龙楼。"然而,他的仕途并不顺利,直到元世祖至元二十二年(公元1285年)以后,才担任了浙江省务提举这一不太重要的地方官。

在元代,从中央到地方的行政大权,都由蒙古人和色目人掌握,汉人只能担任副职协助工作,处处得看上层官僚脸色行事。当时的上层官僚,不少凶狠残暴,贪婪昏聩,只知无情地榨取老百姓的血汗,根本不问民众的死活。

马致远步入官场后,在宦海波涛中颠簸沉浮,深切体验到了社会的黑暗和政治的腐败,终于在五十岁左右,看透世事,走出官场,漂泊江湖,过起"幽栖"的生活。他晚年曾自号"东篱",即表示要效法陶渊明归隐田园的志向。

他的散曲《南吕·四块玉·恬退》,将这种心态刻画得细致入微:

绿鬓衰,朱颜改,羞把尘容画麟台。
故园风景依然在,三顷田,五亩宅,归去来。

翠竹边,青松侧,竹影松声两茅斋。
太平幸得闲身在,三径修,五柳栽,归去来。

身处黑暗时代，既无力反抗，又找不到出路，苦闷彷徨之余，只好像陶渊明那样，归隐山林，满足于"三顷田，五亩宅"的淡雅生活。在这个自得其乐的天地里，静掩柴扉，旁观世态，无宦海风波之险，有野花村酒之乐。马致远的晚年，基本上就是这样度过的。这首散曲语言简洁而意蕴悠长，仿佛一个老人的长吁短叹，透过表面的超脱旷达，可明显感到其内在的幽怨和苦闷。

马致远早年就开始创作杂剧，他共写有十四个剧本，但流传下来仅有《破幽梦孤雁汉宫秋》、《半夜雷轰荐福碑》、《江州司马青衫泪》、《吕洞宾三醉岳阳楼》、《马丹阳三度任风子》、《西华山陈抟高卧》、《开坛阐教黄粱梦》七种。据《录鬼簿》载，其中《黄粱梦》是和民间艺人花李郎、李时中等人合编的作品。

《汉宫秋》是马致远的杂剧代表作。它所描写的王昭君出塞和亲的故事，历史上确有其事，《汉书》和《后汉书》都有记载，历代不少作家都曾以其作为创作题材。元代以前描写王昭君的作品，流露的几乎都是同一情感，即同情她红颜薄命，慨叹她离国出塞。

马致远突破前人作品的窠臼，也并不拘泥于史实细节，而是在广泛流传的民间传说的基础上，结合元代民族压迫比较严酷的社会现实，对这一题材进行了大胆的再创造。

全剧以汉元帝与王昭君的爱情故事为主线，通过表现匈奴大军压境，昭君忍痛与元帝离别，挺身自愿请行，以息兵祸的曲折过程，歌颂了王昭君的爱国情感和爱国行为，抨击了汉朝文武大臣在侵略威胁面前怯懦无能。

请看其中第二折的几个唱段：

兴废从来有，干戈不肯休。可不食君禄，命悬君手。太平时、卖你宰相功劳，有事处、把俺佳人递流。你们干请了皇家俸，着甚的分破帝王忧？那壁厢锁树的怕弯着手，这壁厢攀栏的怕擷破了头。

……

当日个谁展英雄手，能枭项羽头，把江山属俺炎刘？……恁也丹墀里头，枉被金章紫绶；恁也朱门里头，都宠着歌衫舞袖。恐怕边关透漏，殃及家人奔骤。似箭穿着雁口，没个人敢咳嗽……我呵，空掌着文武三千队，中原四百州，只待要割鸿沟。陡恁的千军易得，一将难求。

你有甚事疾忙奏，俺无那鼎镬边滚热油。我道你文臣安社稷，武将定戈矛。你只会文武班头，山呼万岁，舞蹈扬尘，道那声诚惶顿首。

这是作者通过剧中人物汉元帝之口，对卑躬屈膝、奴颜媚外的官员发出的强烈谴责。这在元初那个时代，自然颇多弦外之音。实际上，该剧就是借历史上的兴亡聚散，抒作者胸臆，让人民解颐，带有明显的借古讽今的意味。

《汉宫秋》艺术上也很有特色，全剧结构紧凑，词曲优美，具有浓郁的抒情色彩，取得了较高的成就。元杂剧研究泰斗王国维在《宋元戏曲史》里说它："写情则沁人心脾，写景则在人耳目，述事则如其出口。"这一评价并非言过其实。

马致远在小令创作方面，成就也十分突出。

小令是兴盛于元代的一种诗歌形式。它是在民歌小调和说唱艺术的基础上发展起来的。从写法上看，它很像词，长短不均，句式不如诗那么规整，用语也比较朴素直率，还可以在正字之外加衬字，因而比诗词更加灵活，更加适合使用口语。

蒙古族是善于骑射、爱好通俗歌舞的"马上民族"。比起格律严谨、典雅精工的诗词来，小令的艺术风格，自然更合乎他们的口味。于是，在统治阶级的提倡下，小令在元朝得到了空前的发展。

马致远的小令创作，不论在数量上或质量上，都被列为"元代之冠"。他现存小令一百余首，其中有不少佳作名篇。影响最大、最为人称道的，便是仅二十八字的《天净沙·

秋思》：

> 枯藤老树昏鸦，
> 小桥流水人家，
> 古道西风瘦马。
> 夕阳西下，断肠人在天涯。

这首小令以极其凝练的笔法，勾画了秋天黄昏时分萧瑟苍凉的景色，表现了天涯游子的凄苦情怀。小令的开头三句，不用一个动词，每句都由三个名词性词组排列组成，像电影中特写镜头一样，在我们眼前展示了一幅幅富有象征意义的画面：

"枯藤老树昏鸦"——枯朽的藤、苍老的树，一派悲苍景象，毫无生机。一只昏鸦飞来，落在枯藤老树之上。乌鸦虽是活物，却没有给画面带来生气，反而更给它增添了萧瑟的气氛，因为乌鸦向来被认为是与死亡相联系的不祥之鸟，更何况是只"昏鸦"呢！

"小桥流水人家"——山溪里流着清澈的山泉，溪上横架着一个独木小桥，旁边散落着几户人家。这是一幅多么清静而又富有情趣的水乡村居图！这一组景物一反前调，于苍凉中透露出生活的暖意，于静谧中显示出快乐的生机。

夕陽西下斷腸人在天涯寫罷馬致遠秋思詩意

"古道西风瘦马"——在荒芜的古道上，在萧瑟的西风中，一个孤独的旅人，骑着一匹瘦马，匆匆忙忙地赶路。我们虽然不了解这位旅人的身世，也无法看到他的面部表情，但马前的修饰词"瘦"字，已足以传达出这样的信息：马都走瘦了，可见他长途跋涉，疲乏劳累；马走瘦了没法换[2]，说明他生活困顿，凄苦落魄。

在这里，首句通过描写一片衰败的秋景，渲染出一种黯然神伤的气氛，含蓄地烘托出了旅人的哀愁。因为由枯藤老树，旅人必然感到深秋岁暮；由昏鸦归巢，自然会联想到自己不能回家，在这种情景下，怎能不发出漂泊无定，颠沛流离的感慨呢！

第二句通过描写小桥流水的幽雅环境和安居其间的人家，反衬出旅人的奔波不定，以及由此而引起的羁旅之苦。如果说，第一句是"以哀景来写哀愁"的话，那么，第二句则是"以乐景来写哀愁"。它们句句写的是景，又字字写的是"思"，达到了以景写情、情景交融的极高境界。

末两句更进一层，一方面把整个悲凉凄苦的景色笼罩在日暮西山，夜色将临的背景中（"夕阳西下"）；一方面让旅人发出"断肠人在天涯"的哀叹，一下点明了旅人悲愁的原因，是全篇的点睛之笔。如果说前三句写景字字如珠玉，那么，最后两句则是一根彩线，把它们串成了一个完美的艺术整体。

　　这首小令,语言音节和谐,画面色彩鲜明,既有诗的深远意境,又有画的丰满形象,写得却又如信笔所至,自然流畅,艺术上确有独到之处,显示了作者的高度艺术才能。马致远的同时代人周德清,在著名的《中原音韵》中,称誉这首小令是"秋思之祖"。近代文学家吴梅在《顾曲麈谈》里,更说它"直空古今"。《秋思》在后代文学中的地位和影响,由此可见一斑。

　　"万花丛里马神仙,百世集中说致远,四方海内皆羡谈。战文场,曲状元,姓名香贯满梨园。"这是元末明初戏曲家贾仲明在一首散曲中对马致远的评价,颇能反映马致远多方面的艺术才华和取得的杰出成就。[3]

[1] 主要参考资料:白朴《天籁集》,钟嗣成与贾仲明《录鬼簿》,《金史·白华传》,《雨村曲话》,王国维《宋元戏曲史》,孙楷第《元曲家考略》,臧晋叔《元曲选》。
[2] 马是古人旅行时重要交通工具,一般马跑累了或瘦了,都要换马。
[3] 主要参考资料:钟嗣成与贾仲明《录鬼簿》、臧懋循《元曲选》、马致远《东篱乐府》、孙楷第《元曲家考略》。

【第 31 回】

包公戏洗雪黎民恨
琵琶记泣诉五娘悲

包公戏洗雪黎民恨

在繁荣兴盛的元代杂剧中，包公戏占有重要的地位。所谓"包公戏"，是对各类以包公为主人公，描写他刚正清明、主持正义、不畏强暴、除害安良的戏剧的总称。

元杂剧中的包公戏相当普遍，仅流传下来的剧本就有十多种，如关汉卿的《包待制智斩鲁斋郎》、《包待制三勘蝴蝶梦》，郑廷玉的《包待制智勘后庭花》，李行甫的《包待制智赚灰栏记》，曾瑞卿的《王月英元夜留鞋记》，无名氏的《神奴儿大闹开封府》、《包龙图智赚合同文字》等，都是包公戏中的著名作品。然而，在众多的包公戏中，包公形象塑造得最丰满、艺术成就最高的剧作，却不能不说是《包待制陈州粜米》。

包公姓包名拯，是中国历史上实有其人的著名清官。根据《宋史·包拯传》记载，他生于公元999年，卒于公元1062年，庐州（今安徽合肥）人。他在宋仁宗时考取进士，多年常任高级官职，曾任开封府尹、枢密副使、天章阁待制、龙图阁大学士等，所以人们又称他"包待制"、"包龙图"。

包公刚毅公正，疾恶如仇，权贵贪官，无不惧怕。他关心百姓，扶持善良，人民群众，倍加拥戴，以至他的英名家喻户晓，妇孺皆知。包公的事迹在民间流传的过程中，人民群众按照自己的愿望，以口头或艺术的形式，对其不断加以补充、丰富和创造，使包公形象成了封建社会里人民群众理想中为民除害、铁面无私的清官典型。《陈州粜米》在对包公形象的塑造中，即发挥了重要的作用。

《陈州粜米》的戏剧情节简单而活泼。它写陈州一带大旱三年，粮食颗粒不收。朝廷召集群臣商议，要派一个得力官员赶赴陈州，开官仓卖粮，以救济灾民。当朝权豪刘衙内，看到这是一个发横财的好机会，便保举他的儿子刘得中和女婿杨金吾，前去担任这个要职。

这两个家伙，带着皇帝赐予的杀人不偿命的紫金锤来到陈州，按照刘衙内的叮嘱，残酷剥削和欺压饥民。他们提高米价，米里掺土，小斗量米，大秤收银，克扣百姓，中饱私囊。

如此明目张胆地贪赃枉法，引起了广大灾民的万分愤慨，但迫于他们的权势，大家都忍气吞声，不敢言语。

有个名叫张撇古的老农，实在咽不下这口气，站出来与他们论理，痛斥他们的卑劣行径，被小衙内刘得中用紫金锤打死。张撇古至死不屈，临断气前嘱咐儿子小撇古，一定要到包公那里去告状，为自己和陈州百姓申冤报仇。

小撇古赶到京城，果然找到了包公。听了他的哭诉申冤，包公打消了辞官的念头，不顾刘衙内的威逼利诱，毅然接受皇上的旨令，带着势剑金牌，赶赴陈州，为民除害。

包公一路风尘仆仆，星夜兼程，不吃沿途州府为他这位钦差安排的盛宴，只喝稀粥充饥。一跨入陈州地界，他便乔装成乡下老头，步行进城，明察暗访，细心调查小衙内的罪行。

小衙内从他父亲那里得知包公要来查访，恐慌万分，连忙到接官厅去迎接。可是，他非但没有恭恭敬敬地迎接到包公，反而把乔装成老农的钦差大臣吊了起来。包公为了便于掌握罪证，忍辱负重，不露声色。

后来，在刘、杨二犯赃证俱获之后，为免夜长梦多，使刘衙内有时机为他们开脱罪责，包公又当机立断，先将杨金吾斩首，接着让小撇古用紫金锤打死小衙内。包公的机智和果断，终于战胜了权豪势要，为穷苦百姓申了冤、报了仇。

《陈州粜米》具有十分积极进步的思想主题。它淋漓尽致地刻画了刘衙内父子残忍贪婪、欺压百姓的劣行，相当深刻地揭露和鞭挞了权豪赃官剥削压榨人民群众的罪恶。它通过塑造敢于向官府挑战，具有反抗精神的张撇古形象，在一定程度上反映了人民群众反压迫、反剥削的斗争。尤其突出

的是，它从多方面歌颂了人民群众的理想清官——包公这一光辉的形象，深切表达了人民群众要求惩办贪官污吏、伸张正义的强烈愿望。

作品在塑造包公形象时，没有把他作为神来美化，没有简单地渲染他"料事如神"的本领，而是从生活出发，把他写成了一个有血有肉的人。剧本一方面着重揭示了他刚正不阿，敢于和贪赃枉法之徒斗争到底的品格，另一方面也写出了他与权豪结仇作对时的顾虑。如第二折里，当包公与刘衙内父子进行直接冲突之前，作品首先展示了他的内心矛盾：

有一个楚屈原在江上死，有一个关龙逢在刀下休，有一个纣比干曾将心剖，有一个未央宫屈斩了韩侯。那张良若不疾归去，那范蠡呵若不是暗奔走，这两个都落不得完全尸首。我是个漏网鱼，怎敢再吞钩？不如及早归山去，我则怕为官不到头，枉了也干求。

包公的这番感慨，举说了历史上许多刚毅忠臣惨遭迫害的事例，但这并不表示他软弱，而恰恰真实地表现了他面对权豪时可能产生的心理活动。

当他迈出朝廷议事堂，听到小撒古再次向他申冤时，对刘衙内一类的仇恨，对受害百姓的同情，不禁油然而生，于是他毅然放弃辞官念头，决心"与那陈州百姓分忧"。

第三折写他微服察访时，扮作一个普通老汉，为平日与小衙内鬼混在一起的撒泼妓女王粉莲牵驴，了解到许多重要的案情材料，极富喜剧色彩，生动地表现了包公机智、幽默的一面。

正是这一系列描写，使包公成为既是一个不避艰险、为民除害的威严清官，又是一个可亲可敬、活泼诙谐的老人。这正是作品塑造包公形象的成功之处，也是它高于其他包公戏的秘密所在。

《陈州粜米》写的虽然是宋朝的事，反映的却是当时生活。剧中塑造的刘衙内和小衙内这两个反面人物形象，相当有力地揭露了元代的黑暗政治。请看小衙内上场时的自我介绍：

> 俺是刘衙内的孩儿，叫做刘得中，这个是我妹夫杨金吾，俺两个全仗俺父亲的虎威，拿粗夹细，揣歪捏怪，帮闲钻懒，放刁撒泼，哪一个不知我的名儿。见了人家好玩器好古董，不论金银宝贝，但是值钱的，我和俺父亲的性儿一般，就白拿白要，白抢白夺，若不与我呵，就踢就打……一交别番倒，踩上几脚，拣着好东西揣着就跑。随他在那衙门内兴词告状，我若怕他，我就是癞虾蟆养的。

这是一幅凶恶、骄横、无耻的封建特权者的自画像，是元代贪官污吏的典型象征。元代是中国历史上民族和阶级压迫较为严酷的时代。蒙古贵族、色目军人及投靠他们的汉族权贵，享有许多特权，横行霸道、鱼肉人民，构成了一个触目惊心的"权豪势要"阶层。广大人民群众不仅要受到封建法律所规定的经济剥削和政治压迫，还要受到"权豪势要"及其爪牙的种种额外欺榨，无时无刻不担心飞来横祸。

据《纲鉴易知录》记载，元成宗大德四年（公元1300年）三月，朝廷曾遣使巡行天下，"罢赃官万八千四百七十二人，审冤狱五千一百七十六事"。元代赃官和冤狱多到何种程度，由这一统计数字可见一斑。剧作对刘衙内和小衙内罪恶的揭露，实际上是直指当时权豪势要的，具有相当普遍的社会意义。

《陈州粜米》的戏剧语言也很精彩。它的唱词和对白，很少使用文人诗词中的丽辞雅句，而是在人民群众的口头语言上加以提炼，所以生动活泼，幽默风趣，极富表现力。请看张撇古的这段曲词：

哎，你个萝卜精，头上青，坐着个爱钞的寿官厅，面糊盆里专磨镜，哎，还道你清，清赛玉壶冰。

头一句用"青"谐"清"的音,以萝卜头上青,内里不青,来讽刺贪官污吏嘴上讲清正廉洁,实际上无恶不作的特征。第三句"面糊盆里专磨镜",这个歇后语运用也十分巧妙:面糊盆里磨镜子,当然越磨越糊涂,比喻贪官把持的地方没法讲理,有力地表现了这个有胆量、有骨气的老农民,对寡廉鲜耻的小衙内的蔑视和愤慨。

除了人物形象塑造和戏剧语言成就异常突出外,《陈州粜米》结构严谨、情节曲折,全剧波澜起伏,富有戏剧性,也是值得称道的。

然而,这样一部中国古典优秀戏剧,却不知出自何人手笔。它大概是民间艺人的集体创作,而整理加工的文人又不愿公开自己的姓名,或者在传抄过程中遗漏了姓名所造成。作者姓甚名谁都不知道,作品的写定时间自然也无从考证,只能确定它产生于元代而已。我们在欣赏这部戏剧名著时,这实在是一点小小的遗憾。[1]

琵琶记泣诉五娘悲

元代杂剧,本兴起于北方,后随着政治势力的扩展,也横扫了南方剧坛。不过,杂剧的音乐曲调、唱词说白、精神气质等，都更适合爽直刚毅的北方人表演；一旦操之于南方人之手，总觉得别别扭扭，味儿不足。这情形，就像今天江浙和广东一带的南方人唱京剧，总没有北方人唱得字正腔圆、气韵深厚一样。

因此到了元末，随着元朝统治的摇摇欲坠，杂剧主导全国剧坛的势头也渐渐衰微了。这时，那早已在暗中酝酿，既吸收了元杂剧的长处，又有南方地域特色的戏剧，便取代杂剧而蓬勃兴起了。这种戏剧，就是发端于北宋和南宋之际，而于元明时期大放异彩的南戏。

当时，社会上有五部南戏作品最为有名，它们是《琵琶记》、《拜月亭》、《荆钗记》、《杀狗记》和《白兔记》。明朝的许多戏班，都把这五个戏列在戏单的前面，供人点唱。如哪个戏班不能演出这五部戏，就会被看作角色不完全的末流班次。由此可见这几出戏在当时的广泛影响。

在这五部南戏作品中，被列为首位的就是高明创作的《琵琶记》。

高明，字则成，号菜根道人，温州瑞安（今浙江瑞安）人，约生于公元1305年，卒于公元1371年。他出身于书香门第，长辈和兄弟均能诗擅文。他的祖父、父亲都因国家沦亡之痛，而避居山林做了隐士。他自幼聪明，曾拜名儒黄潽为师，攻读经书，学习诗文。

元朝末年，蒙古族统治者恢复了科举制度。他便于元顺帝至正五年（公元1345年）赴京参加进士考试。一举考中后，曾在处州、杭州等地做官。他为官精明练达，审理多起冤狱，被誉为神明。他还清正廉洁，不屈权势，关心民间疾苦，因而受到人民的爱戴。他在处州期满离任时，老百姓曾为他立碑纪念。

至正八年（公元1348年），方国珍叛变，高明被派到讨伐部队里任都事（掌管缮写章疏、行遣文书的官职）。在那里，他遇见了平生好友，后来成为明朝开国功臣的刘基。当时，对于叛乱部队，高明主张招抚，但总领部队的蒙古统帅主张进剿，因意见不合，高明"避不治文书"。

方国珍投降元朝后，那位蒙古统帅很赏识高明的见识和才华，极力留他在自己府中做事。但这时的高明已看破世事，坚决要回老家去过隐居生活。谁知当政者看他有才，硬把他从家乡拉回来，先后又当了几年江南行台掾和福建行省都事。

后来，天下大乱，群雄并起。他便以避乱为名，悄悄退隐在明州（今浙江宁波）城东十里的栎社镇，恬淡自守，以词曲自娱。正是在这里，他写下了不朽名著《琵琶记》。

明朝洪武元年（公元1368年），朱元璋扫平群雄，推翻元朝，建立了大明帝国。高明的好友刘基和同学宋濂，都在朝廷身任要职，他们都请高明出来做事。明太祖朱元璋也慕其大名,遣使征召,让他入京主持编修《元史》。但他以年迈为由,坚决推辞,佯狂不出,终于没有去。

过了几年,他去世不久,朱元璋读到《琵琶记》,大为赞赏,曾说:"四书五经,就像平常的布帛菽粟一样,家家都有;高明的《琵琶记》却如山珍海味一般,是富贵人家不可没有的。"

《琵琶记》写的是东汉大文豪蔡邕的故事。它是在民间长期流传的戏文《赵贞女蔡二郎》的基础上,进行再创作而成的。

在民间流传的戏文里,蔡邕(字伯喈)被描写成一个受谴责的反面人物。他上京应举,贪图富贵,背亲弃妇,休妻再娶;而他的结发妻子赵五娘则在家吃糠咽菜,侍奉公婆。后来公婆双亡,她沿途乞讨,上京寻夫,又遭拒认,最后以"马踩赵五娘,雷轰蔡伯喈"结束。这一戏文,比较典型地反映了封建文人一旦飞黄腾达,往往就弃妻再娶的现象,具有明显的进步思想倾向。

高明的《琵琶记》,在内容上对民间戏文作了很大变动,主要是把原来弃亲背妇、贪图富贵的蔡伯喈,写成了时刻怀念父母、不忘发妻的正面人物。全剧的大意如下:

蔡伯喈与赵五娘结婚才两个月,父亲硬逼他上京赶考。他本想不慕功名,在家孝敬父母,但父母之命难违,只得上京应试。中状元后，牛丞相见他英俊有才，强以女儿许配。他辞婚、辞官均不成，终被牛丞相招为女婿。

时值荒年，公婆染病，五娘在家侍奉汤药，历尽艰辛。她求得赈米，供养二老，自己却暗吞糟糠。年迈双亲盼子不归，连气加饿，双双去世。五娘剪发出卖，才葬了公婆。

蔡伯喈与牛小姐结婚后，虽相敬如宾，彼此恩爱，但总是苦思双亲和五娘，终日郁闷不乐。牛小姐多次追问原因，才得知实情。

五娘葬了公婆后，以琵琶卖唱，一路行乞，寻夫至京。经过千曲百折，五娘终得进入相府，在画馆与伯喈相会。最后在牛小姐的同意下，夫妻重圆，并一同还乡扫墓。

赵五娘是剧中塑造得最成功、最动人的艺术形象。她的不幸遭遇，反映了封建社会里许多妇女所受的深重苦难，体现了中国劳动妇女贤惠善良、吃苦耐劳、坚韧不拔的传统美德和克己待人的自我奉献精神。

蔡伯喈被迫屈从权势，弃家不顾，生活于富贵之中，内心却充满痛苦。他希望忠孝两全，结果却忠孝两不全。作为封建社会里的一个书生，剧本对他那种软弱动摇的知识分子的特性，刻画得细腻深刻，相当感人。此外，古道热肠、扶危济困的张大公，知书达理、贤惠美丽的牛小姐，以及蔡公、蔡婆等，也都写得有血有肉，各具性格，情态逼真，栩栩如生。

高明闭门三年，呕心沥血，终于
完成南戏名著《琵琶记》。念孙

作为一部戏剧，《琵琶记》在艺术结构上的成就也十分突出。它的剧情主要沿着两条线索发展：一条是蔡伯喈求取功名的经历，一条是赵五娘在灾荒中的遭遇。这两条线索互相对比映照，彼此交错发展，把社会上层的豪华生活和下层百姓的深重苦难，尖锐对立地展现出来，收到了极强的艺术效果。

作品一面描写蔡伯喈如何陷入功名富贵罗网，越来越不能摆脱；一面表现赵五娘如何担起沉重的生活担子，越来越陷入困境。一方面是蔡伯喈喜庆良宵，洞房花烛夜；一方面是赵五娘救济粮被抢，欲跳井自尽。一方面是相国府里欢歌笑语，中秋赏月；一方面是赵五娘麻裙包土，埋葬公婆……这种种强烈的对比，既暴露了社会的贫富悬殊和苦乐不均，又突出了赵五娘的大苦大难，加强了整个作品的悲剧感染力。

《琵琶记》在语言运用上，也比同时代的南戏及传奇作品成熟得多。它不论是曲是白，都比较接近口语，又文采斐然，同时意蕴丰厚，颇多弦外之音。"糟糠自厌"是著名的一段戏，请看赵五娘吃糠时的两段唱词：

滴溜溜，难穷尽的珠泪；乱纷纷，难宽解的愁绪；骨崖崖，难扶持的病身；战兢兢，难捱过的时和岁。这糠，我待不吃你呵，教奴怎忍饥？我待吃你呵，教奴怎生吃？思量起来，不如奴先死，图得不知他亲死时。思之，虚飘飘命怎期；难捱，实丕丕灾共危。

……

糠和米，本是相依倚，谁人簸扬作两处飞？一贱与一贵，好似奴家与夫婿，终无见期。丈夫，你便是米呵，米在他方没寻处。奴家恰便似糠呵，怎的把糠来救得人饥馁？

在这里，作者首先写赵五娘不得不吃糠充饥的困难，接着写吃糠难以下咽，由此想到糠和米的关系；以糠和米本为一体，后分作贵贱两物，来比喻她和丈夫离散及不同处境，既通俗形象，又富有哲理。作品在写到不同社会阶层的人物时，语言风格也互相差异。如蔡伯喈、牛小姐的语言比较典雅，赵五娘、张大公及蔡公、蔡婆的语言比较朴实，不仅与人物性格和环境相配称，而且对写活人物发挥了很好的作用。

据说高明在写《琵琶记》的时候，态度非常严肃，呕心沥血，字斟句酌。他当时在政界和文坛都有不少朋友，每日来访的人很多。为了安心写作，避免打扰，他特意养了一条恶狗，拒绝一切访客。他独自躲在小楼里写作，写了三年才完稿，因思索时常用脚拍打木板，以致木板都穿透了。

《琵琶记》共四十二出，有三百零三段唱词。为了使每段唱词不仅意蕴动人,而且声律优美,高明每写完一出,都要请一个弹琵琶的艺人,来家中花园的石亭里反复试唱,他反复修改。艺人弹唱时,高明总是一边聚精会神地听,一边用手指在一石桌上打拍子。不知有多少次,他听得入神了,手指击桌打拍子,都弄破流出血来,也毫无知觉。每一首曲子都这样唱了又唱、改了又改,久而久之,那石桌面竟被拍打得麻麻点点,以致朋友们都戏称它"麻子桌"。《琵琶记》能取得那样高的成就,与高明这种认真刻苦的创作态度紧密相关。

《琵琶记》写出后,家传户诵,经久不衰,上自王公贵族,下到贫民百姓,无不交口称赞。自它以后,文人雅士及附庸风雅的富豪子弟们,纷纷起而写作戏文,以至蔚然成风,南戏也成了全国最风行的剧种。他们在写作时,多以《琵琶记》为范本,因而《琵琶记》又获得了"南曲之宗"的美称,对后世戏剧创作产生了深远的影响,同时也一举奠定了南戏在全国的地位。[2]

---

[1] 主要参考资料:《宋史·包拯传》、臧懋循《元曲选》、谭正璧《话本与古剧》。
[2] 主要参考资料:《古本戏曲丛刊初集》、《南词叙录》、《艺苑卮言》、王国维《宋元戏曲史》、钱南扬《元本琵琶记校注》。

【第 32 回】

元好问悲恸吟丧乱

杨维桢持节作妇谣

元好问悲恸吟丧乱

"国家不幸诗家幸,赋到沧桑句便工。"这是清代著名诗人赵翼谈论金元时期大文学家元好问的两句诗。这两句诗,可以说很好地概括了元好问诗歌创作的特点,即国破家亡的灾难,丰富了诗人的人生阅历,使他吟咏战乱现实和人民疾苦的诗篇,具有极高的思想和艺术价值。

元好问,字裕之,号遗山,太原秀容(今山西忻县)人。他于金章宗明昌元年(公元1190年),出生在一户书香门第人家。父亲元德明虽屡举不第,但以诗知名,是唐代诗人元结的后裔。元好问自幼聪明,八岁就能吟诗填词,后在名师郝天挺的指导下,潜心经史百家,刻苦学诗作文,具备了较高的文化修养。

元好问少年时适逢金代盛世,对金朝的中兴抱有幻想。他致力研究经世治国之道,曾自负"动可以周万物而济天下,静可以崇高节而抗浮云"。

可是,正当元好问长至二十二岁,准备为金朝效力时,蒙古成吉思汗率军大举攻金。金宣宗贞祐二年(公元1214年),蒙古军攻克秀容城,元好问的兄弟被杀,他自己躲避到邻县荒山之中，才幸免于难。

后蒙古兵退，他居家闭门读书，于金宣宗兴定五年（公元1221年）中进士，两年后，中博学宏词科，充国史院编修，随后历任镇平、内乡、南阳等地县令。金哀宗正大八年（公元1231年），他受诏入金都汴京（今河南开封）任尚书省掾，后迁至尚书省左司员外郎。

这时，元好问四十岁刚出头，仕途顺达，年富力强，正是蒸蒸日上之时。然而，第二年（天兴元年，公元1232年）蒙古军便势如破竹，打到了汴京城下，金哀宗弃城南逃，留下西面元帅崔立坚守汴京。

谁知次年正月，崔立竟杀了宰相，发动政变，并以与蒙古军议和为名，搜刮金银财宝，将王公大臣的妻儿送入蒙古军营。一批趋炎附势者，当时扬言崔立此举免除了京城战火之灾，救了百万生灵，应该树立功德碑。

崔立同党翟奕以尚书省命令，召翰林学士王若虚写碑文，王若虚竭力逊辞，终未就范。翟奕仍不甘心，又召其他翰林学士及文墨好手入尚书省，崔立亲自出马，语带威胁地说："你们写碑文，就记述我反叛罪行好了！"

刀架在脖子上，非写不可，众人无法，最后商定：碑文不著一字褒贬评价，只是客观叙述事情经过；由刘祁、刘郁兄弟起草，元好问修改定稿。碑文写好后，正在刻碑期间，蒙古军进城，不久崔立被爱国将领李伯渊所杀，这块功德碑终究没有树立起来。

为叛将崔立写功德碑，谁都知道这是趋附逆贼，无不深以为耻。元好问和刘祁，后来都撰文否认写过碑文，所以功德碑文究竟出自谁的手笔，至今仍是一个历史悬案。[1]但元好问和刘祁为此事，不论在当时或后世，都颇受众人讥议，元好问因名气很大，所以受责难也更多。

这事几乎像一个不治之症，使元好问痛苦了整个后半生。请看他在金朝灭亡后不久写的一首诗：

九死余生气息存，萧条门巷似荒村。
春雷漫说惊坯户，皎日何曾入覆盆？
济水有情添别泪，吴云无梦寄归魂。
百年世事兼身事，樽酒何人与细论？

这首名为《秋夜》的诗作，约作于天兴三年（公元1234年）深秋。当时，金朝覆灭，元好问和满朝文武大臣，成了蒙古军的俘虏，被羁管在聊城（今山东聊城）。元好问想到蒙古军入汴京城时，大肆烧杀抢掠，七八天里从各城门出葬者，高达数十万人，而因贫穷不能安葬者，更是不知其数。国贼反叛，生灵涂炭，罪该万死，他岂能心甘情愿，不顾名节，为逆贼歌功颂德？可是，谁又能知道他当时的处境，这百年的世事与身世，又能向谁剖白清楚？正是在这种心情下，他借着昏暗的灯光，以这首诗记下了当时的痛苦和思绪。

元好问经常为自己生逢乱世而感叹，更为功德碑一事饮恨终身。他在《学东坡移居》诗里写道："置锥良有余，终身志惩创"，表示用锥子来刺戳自己都不过分，应该终生铭记教训。

直到元宪宗七年（公元1257年），元好问临死前仍然耿耿于怀，特意嘱咐亲友说：余死之日，不愿有碑志，只在墓前立三尺石，书"诗人元遗山之墓"七字，就足够了。言语之间，透露着悔恨和悲苦之情。

实际上，元好问并不是那种趋炎附势、不讲名节的人。金亡之后，他一直隐居不仕，对元朝统治者始终抱着不合作的态度，便是有力的明证。清代著名诗人赵翼在《瓯北诗话》中便说：元遗山"虽崔立功德碑一事，不免为人訾议"，但他"金亡不仕，是可谓完节矣！"。

赵翼甚至认为，正因为元好问心中有这种隐痛，所以他的诗歌才"沉挚悲凉，自成格调。唐以来律诗之可歌可泣者，少陵十数联外，绝无嗣响，遗山则往往有之"。这就是说，唐代以来的律诗，除杜甫的杰作外，元好问的作品就可雄视古今了。这一评价相当高，但大体来说，元好问当之

九死餘生氣息存蕭索門巷似荒村

元好問秋夜

无愧。

元好问生当金、元易代之际,激烈的阶级矛盾和民族矛盾,频繁的战争灾难和社会动乱,使他深深体察了民生疾苦和社会黑暗。他所创作的深广反映国破家亡严酷现实的"丧乱诗",和杜甫的许多诗作一样,具有鲜明的时代特征,被后代诗家誉为"诗史"。

请看这首《岐阳三首》之二:

百二关河草不横,十年戎马暗秦京。
岐阳西望无来信,陇水东流闻哭声。
野蔓有情萦战骨,残阳何意照空城。
从谁细向苍苍问,争遣蚩尤作五兵。

金哀宗正大八年(公元1231年),元军攻陷岐阳(今陕西凤翔一带),这首诗即为岐阳失陷而作。诗篇开头感叹金朝军队无横草之功,致使元军十年之间就打到秦朝时的京都。沦陷后的岐阳,消息断绝,黎民东逃,凄惨万分,连陇水都泣不成声。"野蔓有情萦战骨,残阳何意照空城",这两句极写岐阳失陷后的惨状:野草藤蔓仿佛有情一般,也来缠绕掩埋尸骨;而哀哀残阳,却不得不来映照荒寂的空城!最后诗人向苍天发问,谴责战争,表达了深深的哀痛之情。

类似这样真实描绘金元之际战乱灾祸的诗篇，在元好问现存的一千三百多首诗中，占有相当的比重。其名句有"高原水出山河改，战地风来草木腥。精卫有冤填瀚海，包胥无泪哭秦庭。"（《壬辰十二月车驾东狩后即事》）"道旁僵卧满累囚，过去旃车似水流。红粉哭随回鹘马，为谁一步一回头。"（《癸巳五月三日北渡》）……这些诗句，用白描的手法，生动表现了蒙古兵肆意蹂躏大好河山，俘虏中原百姓，劫持大量财物，以及由此而造成的凄凉景象，字字句句浸透了血泪，在悲怆中蕴藏着愤怒。

元好问的"丧乱诗"之所以受到人们称颂，除了具有深刻的思想性以外，还因为它具有很强的艺术性。诗人善于在纷繁的生活素材中，选取最富于表现历史本质的事件，以具体形象的细节入诗，没有故弄笔墨的痕迹，却有逼真自然的妙处。既是重大历史事件的实录，又有感人肺腑的艺术魅力，堪称金、元时期最杰出的诗篇。

元好问的一生，经历非常丰富，有闲居、仕宦的年头，也有流亡、沦为遗民的岁月。他的诗也是题材广泛，各体皆备，不同时期具有不同的风貌。

除了反映民生疾苦的"丧乱诗"之外，元好问青年时期写的《论诗绝句》三十首，纵论前代诗家，汪洋恣肆，真知灼见，俯拾即是，展露了他的非凡才华。中年时期所作的许多咏怀、酬赠之作,寄托深远,寓意曲折,表达了他的胸怀抱负和真挚情感。晚年所写的山水、游记之作,描绘自然景物,细腻静谧,情趣盎然,如"寒波淡淡起,白鸟悠悠下"(《颖亭留别》),"山云吞吐翠微中,淡绿深青一万重"(《台山杂咏》),便是脍炙人口的名句。

元好问的词和诗一样,也足以为金元之冠,与宋代词家相比毫不逊色。他的词今存三百七十余首,多为精美之作,请看下面这首《鹧鸪天》:

只近浮名不近情。且看不饮更何成。
三杯渐觉纷华远,一斗都浇块垒平。

醒复醉,醉还醒。灵均憔悴可怜生。
《离骚》读杀浑无味,好个诗家阮步兵。

这首词约作于金朝灭亡前后,当时,元好问作为孤臣孽子,栖迟零落,满腹悲愤,无以发泄,不得不借酒浇愁,在醉乡中求得片刻排解。

全词以求名与饮酒立意,纵笔抒写,跌宕有致:羡慕浮名而不饮酒为一层,远离纷华而浇块垒为一层,悲悯屈原(灵均)而赞赏阮籍(阮步兵)为一层,既层层对比,又层层转进，词人的悲愤之情也随之越见深沉。词作把国破家亡的巨大悲痛，寄托于酒，期望像魏晋时期的大诗人阮籍那样，酣饮恣肆，沉醉酒乡，以逃避尘世苦恼。这首词寓情于酒，蕴藉丰厚，诵读再三，越见其悲痛和愤怒，不愧为中国古代诗词中的佳作之一。

元好问不仅以自己作品的辉煌成就，为金代诗词在中国文学史上争得了地位，他还为金代文化的保存和传播，作出了重要贡献。

元好问晚年一直致力搜集金代史料，保存金代文化。他所编纂的《中州集》十卷，是一部金代诗词总集，选录了金代作家二百五十一人的主要作品，基本反映了金代诗词的全貌。他不仅选录诗词，而且对每个作家都写了小传，或详细记载诗人的生平活动，或转述其名句并加以评点，有时还在小传中附载有关别人的事迹，有时则穿插论述某些历史事件，这些都可以看出他"以诗存史"的深刻用意。整个金代诗词及许多史料得以保存，元好问编选的《中州集》功不可没。[2]

杨维桢持节作妇谣

如果说，元好问是元初诗坛的领袖，那么，元末诗坛执牛耳者,则不能不推以"铁崖体"而名重一时的杨维桢。

杨维桢,字廉夫,号铁崖,生于元成宗元贞二年(公元1296年),浙江会稽(今浙江绍兴)人。他自少聪明绝顶,多才多艺,二十多岁时,诗词文赋、书法声乐,便闻名乡镇。泰定四年(公元1327年),他三十一岁,考中进士,任天台尹,官至江西等处儒学提举。他为官当政期间,办事干练,通情达理,上下都得好评。

然而,不久元末兵乱,各地纷纷起义,他避祸钱塘(今杭州),隐居不出。当时,盐贩出身的起义军首领张士诚,是各路义军中最有实力者,他占据高邮、常熟、湖州、松江等地,自称诚王,国号周,年号天佑。他知道杨维桢是位高士,屡次派人带厚礼招请,但杨均辞谢不往。

为在乱世中保全自己,杨维桢又迁居松江,在那里修筑了一座豪华的挂颊楼,整天和一批文人在里面"笔墨纵横,铅粉狼藉",沉溺于声色,生活相当浪漫。

一次,他与友人在一起喝酒,席间竟要一名缠足歌伎,脱下三寸金莲,将酒杯放在鞋子里,让大家传饮,还美其名曰"金莲杯"。仅此一事,可见杨维桢放纵到何等地步。当时,他还写了不少竹枝词、艳体诗,影响很大。请看这首吟咏西湖的竹枝词:

劝郎莫上南高峰，劝侬莫上北高峰。
南高峰云北高雨，云雨相催愁杀侬。

杭州西湖西面，有南、北两座高峰，双峰对峙，峰顶薄雾缭绕，远望如峰插云端。这首诗，既写出了这种自然美景，又隐含男女相欢情思。明人李东阳在《麓堂诗话》里，称赞它言浅意远，蕴藉含蓄，趣味盎然，令人遐想。这种歌咏湖山之胜、人情之美的竹枝词，杨维桢首倡之后，随之唱和者，竟不下数百家，以致不久就专门出了一本《西湖竹枝集》，在当时非常轰动。

然而，杨维桢之所以取得一代诗坛盟主的地位，主要成就还在于创作了不少号为"铁崖体"的古乐府诗。元代后期诗坛，趋向委琐靡弱的诗风，杨维桢揭弊而起，提倡质朴清新的古乐府，并突破古人，创作了一些佳作。他的《龙王嫁女辞》，较为典型地体现了"铁崖体"古乐府的风格：

小龙啼春大龙恼，海田雨落成沙炮。
天吴擘山成海道，鳞车鱼马纷来到。
鸣鞘声隐珮锵琅，琼姬玉女桃花妆。
贝宫美人笄十八，新嫁南山白石郎。
西来态盈庆春婿，结子蟠桃不论岁。

秋深寄字湖龙姑，兰香庙下一双鱼。

这首诗织入美丽的民间神话传说，把海潮奔腾描写成龙王挟车嫁女，想象纷沓，造语瑰奇，虽写神怪，但活泼诙谐，富有世俗情感，具有自己的独特风貌。明人胡应麟在其名著《诗薮》里，以"耽嗜瑰奇，沉沦绮藻"八个字，概括铁崖诗的特征，可说一语中的。

杨维桢还写了一些反映民生疾苦和世态炎凉的诗作，如《盐商行》、《贫妇谣》、《食糠谣》等，具有较强的现实意义。他的《海乡竹枝词》："潮来潮退白洋河，白洋女儿把锄耙。苦海熬干是何日？免得侬来爬雪沙"，把盐亭工人凄苦的生活，表现得简洁有力，悲怆感人。

朱元璋推翻元朝，建立明朝，初期很想广罗人才，励精图治。他于洪武二年（公元 1369 年），派翰林学士詹同，日夜兼程，直奔松江，去拜访前朝遗老杨维桢。詹同也是著名诗人，他的诗歌与宋濂的文章，当时都名重朝野。杨维桢听说他来访，便在挂颒楼设家宴款待。

杨维桢一生爱好声乐歌伎，明代文学家贝琼的《铁崖先生传》即说他："出必从歌童舞女，为礼法人士所疾。"这时他虽然已年届古稀，家中仍有四个能歌善舞的侍女，分别名为竹枝、柳枝、桃花、杏花。每次宴客，酒过三巡，四女便出场弹唱,他自己则吹铁笛伴奏。

杨维桢还时常带着她们随意漫游,所到之处,豪门巨室抢着迎接,以附庸风雅和斗富猎艳。当时有人作诗讽刺说:"竹枝柳枝桃杏花,吹弹歌舞拨琵琶。可怜一解杨夫子,变作江南散乐家。"

这天翰林贵宾詹同光临,酒酣耳热之时,自然少不了四位佳丽出来助兴。一曲终了,詹同不禁感叹道:

"先生这挂颊楼临江耸立,如飞天外,金碧辉煌,可同群星争光。这妙龄侍儿,花容月貌,霓裳羽衣,堪与仙女媲美。生活在如此仙境,那尘世荣华,何足眷恋?"

杨维桢听出他话中有音,笑着应道:"学士这话,不知是赞赏还是揶揄?世人都说我一生沉溺音乐,好蓄歌伎,爱作《香奁八题》一类艳体诗,都以为我是好色的登徒子[3]。其实,我的诗虽有娟丽艳冶之作,不过是空中语耳,何致坠入恶道!"

詹同哈哈大笑,反唇相讥:"先生真善于狡辩,好像你所处仙境,难与俗人明白。不过在歌伎鞋中置酒传饮,美其名曰'金莲杯',也不算坠入恶道吗?我一时有感,得诗一首,愿献上请先生指教。"

说完詹同索笔,即席写了一首诗,题为《饮杨廉夫挂颊楼,时余奉命征贤松江,故有此作》:

> 飞楼高出世尘表，万丈文光照紫微。
> 洞仙曾与铁为笛，天女或裁霞作衣。
> 酒酣尚欲招鹤舞，诗狂未可骑鲸归。
> 休唤小琼歌白雪，自有紫箫吹落辉。

这首诗，前两联描写挂颊楼的雄姿和华美，以及杨维桢天仙般的浪漫生活；后两联借用"鹤舞"、"骑鲸"的典故[4]，劝杨维桢不要在家隐居不出，而应出山干一番事业，使自己的晚年生活增添光辉。

却说詹同题完诗后，见杨维桢坐在一边，并未起身来看，便特意摇头晃脑地大声吟诵了一遍，随后问道："晚辈这首诗如何，乞望指教。"

"老朽早已洗耳恭听，不过只听明白'招鹤舞'、'骑鲸归'，其余全不解其意。"

詹同闻言一惊，心想杨铁崖真是精明，自己还未正式说明来意，他已早把话堵死。但招贤重任在身，詹同只得把话挑明了：

"实话相告，当今天子明太祖，早知先生是前朝文学大家，胸有文澜学海，渴望相会，特命晚辈带厚礼，前来召先生进京修礼乐书，盼先生早日启程。"

"老朽早知学士来意。既然学士已把话挑明，我也有一首诗，请学士转呈皇上。"杨维桢说罢，提笔挥毫，顷刻书成《不赴召有述》诗：

皇帝书征老秀才，秀才懒下读书台。
商山本为储君出，黄石终期孺子来。
太守枉于堂下拜，使臣空向日边回。
老夫一管春秋笔，留向胸中取次裁。

杨维桢搁笔，笑着说道："汉时商山四皓，隐居而出山，只为辅佐幼主惠帝刘盈，并非图功名利禄；秦朝末年，黄石公在下邳（今江苏睢宁北）授兵法给张良，也不愿去同享荣华富贵，并在济北谷城山下悄然化为石头。如今并非乱世之秋，当朝太祖已度过艰难创业阶段，建立了基业。老朽无功，岂能受新朝之惠，大人又何必迫我奔命仕途，不得安享晚年呢？"

朱元璋听了詹同回朝后的禀报，越发感到杨维桢高深莫测，决意请他出山。于是第二年，他又几次下诏，命松江府催促杨维桢进京。杨维桢被催烦了，对松江府吏说："我就像一个女人，昔日年轻貌美，理妆嫁人，谁料夫妻缘薄，丈夫先逝，寡妇自当守节。三姑八姨劝我再嫁，我都婉言辞谢，如今我已不只是珠老花黄，而是年近八十，快要入土的老妇，

岂有再盛装嫁人之理?"

杨维桢一时说得兴起,感慨良多,觉得意犹未尽,便写了一首《老客妇谣》作答:

> 老客妇,老客妇,行年七十又一九。
> 少年嫁夫甚分明,夫死犹存旧箕帚。
> 南山阿妹北山姨,劝我再嫁我力辞。
> 涉江采莲,上山采蘼;采莲采蘼,可以疗饥。
> 夜来道过娼门首,娼门萧然惊老丑。
> 老丑自有能养身,万两黄金在纤手。
> 上天织得云绵章,绣成愿补舜衣裳。
> 舜衣裳,为妾佩,古意扬清光。
> 辨妾不是邯郸娼。

这首诗的大意是说:少年嫁夫,丈夫夭折,妇人立志守节,凭着自己的双手,自食其力,犹如有万两黄金在手。那些享尽荣华富贵,过着醉生梦死生活的邯郸娼,惊异和嘲笑她"老丑",可是她自己觉得,同那些邯郸娼相比,她的人生境界更高,生活更有光彩。这首诗以老妇守节,绝不再嫁作比喻,表达了作者一臣不侍二主,誓不出仕的志向。

杨维桢的诗歌,如王世贞在《艺苑卮言》中所说,向来以"奇崛"见称。实际上，从这首《老客妇谣》可以看出，他那奇崛的诗风，正是由他内在的桀骜不驯的性格决定的。他的诗所以能振奋一时耳目，使"铁崖体"在当时被竞相仿效，关键在于他的诗歌中跳动着这种桀骜不驯的精神，以及由此带来的反传统而重抒情、讲别趣而学古出新的特点。

杨维桢曾自称："吾铁门称能诗者，南北几百余人。"这话并没有夸大其词。当时"铁崖体"确实风行一世，其中佼佼者如杨基、张宪、宋禧、贝琼等人，都各有诗集传世。不过，不少后学者只得其皮毛，而失其精神，不是在过分崇奇尚怪方面落入歧途，就是在造古语、袭古体、用古韵上自缚手脚，造成艰涩难懂，佶屈聱牙的弊端。

值得一辩的是，多年来，文学史家抓住"铁崖体"流行过程中出现的上述毛病，以及杨维桢蔑视礼法、好作艳体诗的异端行为，多贬低杨维桢在文学史上的地位，甚至认为他是不值一提的作家。其实，他不论在当时或后代，都产生了很大影响。

与他同时的一代大家宋濂，在《杨君墓志铭》里说他"声光殷殷，摩戛霄汉，吴越诸生多归之，殆犹山之宗岱，河之走海"。清代名盛一时的钱谦益在《列朝诗集》里，更是称赞他"学问渊博，才力横轶，掉鞅词坛，牢笼当代"。杨维桢在中国文学史上，是凌跞一代、震荡后世的大诗人，不仅首开明代前后七子复古运动之先河，而且启迪了晚明浪漫主义文学潮流，岂容小视？[5]

[1] 参见《元诗纪事》卷三十、《瓯北诗话》卷八、《金史·王若虚传》。
[2] 主要参考资料：《金诗纪事》卷九、《元诗纪事》卷三十、施国祁《元遗山诗集笺注》、缪钺《元遗山年谱汇纂》。
[3] "登徒子"，登徒，姓；子，古代男子的称呼。因宋玉曾作《登徒子好色赋》，后世便以"登徒子"作为好色者的代称。
[4] "鹤舞"、"骑鲸"，相传春秋时，晋国师旷精通音律，他弹琴时，仙鹤云集，长鸣而舞，后人多以"鹤舞"为仙人隐逸代称。西汉扬雄曾作《羽猎赋》，其中有"乘巨鳞，骑鲸鱼"句，后"骑鲸"也多用于文人隐逸或游仙之事。
[5] 主要参考资料：《明史·杨维桢传》、《元诗纪事》卷十六、瞿佑《归田诗话》、顾嗣立《元诗选·初集》。

【第33回】

罗贯中演义三国史
施耐庵浓墨水浒传

罗贯中演义三国史

人们在谈到唐代以来的中国文学时，总爱用"唐诗"、"宋词"、"元曲"、"明清小说"这几个词，来简洁地描述其特点和成就。这几个高度凝练的词，确实较为准确地概括了从唐朝到清朝一千多年间中国文学发展的特色：唐朝，是诗歌鼎盛的年代；宋朝，是词兴盛的时期；元朝，是戏曲称雄的岁月；而明朝和清朝，则是小说繁荣的时代。

明清小说的繁荣，是以长篇历史章回小说《三国演义》首开先河的。它的作者是大小说家罗贯中。

关于罗贯中的生平事迹，由于缺乏史料记载，我们知道得很少。现在能够确定的，只知他姓罗，名本，字贯中，号湖海散人，是元末明初人（鲁迅在《中国小说史略》里，考证他的生活年代约为公元1330年至1400年），祖籍为山西太原，但长期生活在浙江杭州。他性格孤傲，不喜交往，与人寡合。

罗贯中曾卷入元末农民大起义的斗争漩涡，在当时起义领袖之一张士诚手下出谋划策，颇有些雄才大略，发挥的作用也不小。后来，张士诚兵败，朱元璋扫平群雄，建立明朝，他就结束了政治生涯，隐居不出，专心致力于文学创作。

罗贯中一生著述甚丰，作品很多，有《三国志通俗演义》、《隋唐两朝志传》、《残唐五代演义》、《三遂平妖传》等长篇小说；还有《赵太祖龙虎风云会》、《忠正孝子连环谏》、《三平章死哭蜚虎子》杂剧三种。不过，他影响最大、成就最高的作品，却是七十五万字、一百二十回的中国古典小说经典名著《三国演义》。

《三国演义》以三国时期魏、蜀、吴三个政治集团之间的斗争和兴衰为主线，描写了从东汉末期到西晋初期百年左右的历史演变。它是根据晋朝史学家陈寿撰写的历史书《三国志》（包括后人作的注释），参考宋代以来说唱文学和民间传说中流行的三国故事，经过作者精心再创作而成的。

常常有人说，《三国演义》是"七分实事，三分虚构"，这话说得很好。因为该书描写的主要人物，如曹操、刘备、孙权、诸葛亮、张飞、关羽等，都是历史上实有其人；所描写的主要事件，像黄巾起义、董卓之乱、官渡之战、赤壁之战等，也在历史上实有其事；作品所勾勒的整个历史过程，从汉末群雄并起，天下大乱，到魏、蜀、吴三国鼎立，经过近半个世纪的复杂斗争，最后被司马氏的晋政权所统一，这也符合历史事实。正由于全书的基本轮廓和基本线索，以及主要人物的主要活动等，与《三国志》等史籍记载相一致，所以人们说它"七分实事"。

可是,作品中也有不少地方是想象虚构的,如"王司徒巧使连环计"、"献密计黄盖受刑"、"七星坛诸葛祭风"、"关云长义释曹操"等,这些很精彩动人的情节,在史书里根本就找不到一点影子;至于吕布的"赤兔马",能"日行千里,渡水登山,如履平地"之类的描写,自然也属夸张之笔。诸如此类,就是人们说它"三分虚构"的缘由。

写历史小说与写历史书不同:写历史书应该严格尊重史实,绝不能无中生有地编造和掺假,否则它的科学性和准确性就要大打折扣;但写历史小说,却允许在大体尊重历史事实的前提下,进行一定程度的想象虚构,允许对某些比较具体的事件和细节,进行重新设计和夸张描写,这样才会使作品生动有趣,具有艺术魅力。

所以,我们读《三国演义》时,虽然能够获得许多三国时期的历史知识,却千万不能全信它的所有描写,因为它并不是严格的历史书,而是带着想象虚构成分的历史小说。

罗贯中在写作《三国演义》时,带有很鲜明的"尊刘反曹"的倾向。在历史上,曹操和刘备都是杰出的政治家。《三国志》评价曹操是"非常之人,超世之杰",评价刘备是"有高祖之风,英雄之器",并没有对谁加以过分褒扬贬抑。

但是,罗贯中却把曹操写成一个诡诈多变、残暴狠毒的

"奸雄",而把刘备写成一个仁慈英明、宽厚重义的"真命天子"。与此相联系的是,曹操阵营里是坏人多,好人少;而刘备阵营里则几乎全是好人,坏人只是极个别。即便对第三方面的孙权,作者也依据他对曹、刘的态度来加以描写:当他与刘备联合反对曹操时,似乎多了几分英雄气概,而当他联合曹操反对刘备时,则显得有些卑琐渺小。

罗贯中所以这样写,表明他有着正统的封建观念,即汉朝是由汉高祖刘邦建立的,皇位自然该由刘姓来继承,曹操想篡夺大权,就是乱臣贼子。就这一点来说,罗贯中的创作思想是有一定的局限性。可是,由于作者写的是小说,而不是历史,他所塑造的刘备和曹操两个艺术形象,一个是忠义仁德的化身,一个是残暴奸诈的象征,因而"尊刘贬曹",实际上表达了尊崇仁德,贬斥残暴,尊崇忠义,贬斥奸诈的思想倾向。这无论在当时还是今天,都是有进步意义的。因此,对罗贯中的"尊刘贬曹"倾向,不能简单地说好说坏,而要进行具体分析。

《三国演义》在艺术描写上,是非常成功的,特别是人物描写,它一共写了四百多个人物,脍炙人口的不下几十个,这是一个十分杰出的贡献。

曹操是罗贯中着力刻画的"奸雄"典型。早在少年时代,他就刁钻奸诈,他的叔父管教他,他就用计策来加以对抗。一天,他看见叔父来了,故意跌倒假装中风。叔父见了连忙去告诉他父亲,但待父亲赶来,他却活蹦乱跳,完好如常。父亲问他:叔叔说你中风了。现在好了吗?他回答说:我根本没任何毛病,只因叔叔讨厌我,所以到你那儿瞎告状。他父亲从此不再相信叔父的话,而曹操则可以更加无所顾忌地调皮捣蛋了。

他口是心非、诡计多端、阴险狠毒、多疑善妒的恶劣品性,越到后来越变本加厉。他在逃难中躲进他父亲的老朋友吕伯奢的庄子里,受到热情款待,可是他却怀疑人家要害他,就杀了吕家八口人;后来发现杀错了,索性连吕伯奢也一刀砍了,说是"宁教我负天下人,不教天下人负我",这两句话是曹操信奉的人生哲学。

他生性多疑,为防备被人暗中谋杀,假托"梦中好杀人",拔剑斩了替他盖被的近侍,又上床装睡。杀人之后,他往往又表示"极为悲痛",对死者进行"厚葬",亲自"祭奠",还要从优抚恤家属。曹操有一套收买人心、笼络部下的手段,利用伪善的面孔,掩盖他的野心和残暴。他一生欺君罔上,玩弄权术,滥杀无辜,不知干了多少不仁不义、假仁假义的事。

《三国演义》把曹操这个野心家、阴谋家的形象写得非常丰满,是中国古典文学中写得最好的反面人物之一,表现了人民群众对奸险残酷的统治者的憎恨。

与曹操形象相对应的是，罗贯中精心刻画了刘备贤明忠义、宽厚仁慈的品格。刘备不仅与关羽、张飞这样的结拜兄弟，同生死、共患难；就是对一般下属部将，也以信义为重，交之以心，待之以诚。

对于著名谋士徐庶，曹操是以囚禁其母，来强迫他归附；而刘备则因其母有难，送他离去。对于张松，曹操会见时是傲慢无礼，耀武扬威；而刘备接待他时则是谦虚恭谨，相敬如宾。对于老百姓，曹操是任意拉差，强逼苦役；而刘备则在危难之时，也不愿抛弃拖累行军的樊城十万之众。曹操的人生信条是"宁教我负天下人，不教天下人负我"；而刘备的人生信条则是："吾宁死，不为不仁不义之事。"

《三国演义》所塑造的刘备形象，集中了封建社会明君贤主的许多优秀品质，表现了人民群众对贤明君主的理想。

诸葛亮是《三国演义》精雕细刻的另一中心人物，罗贯中几乎把自己的全部同情和赞美，都倾注到他身上。为了报答刘备三顾茅庐的知遇之恩，诸葛亮一生尽忠竭诚，奔波劳碌，真正做到了"鞠躬尽瘁，死而后已"。

他身上有许多政治家的美德，最突出的一点便是足智多谋。刘备在未得诸葛亮辅佐之前，屡次被曹操击败，东奔西逃，狼狈不堪。但诸葛亮初出茅庐，第一次博望坡用兵，就指挥几千人马，杀退曹营十万大军，并赢得关羽、张飞的敬佩。赤壁之战前后，他采取"联吴抗曹"的正确方针，既利用东吴兵力对付了不可一世的曹操，又成功地避开了才华横溢但气量狭小的周瑜的一次次陷害，还导演了"草船借箭"这样令人拍案叫绝的好戏。

诸葛亮的智慧，不仅压倒了年轻有为的周瑜，还令老奸巨猾的司马懿自叹不如。在六出祁山的对垒中，一次他身边只有二千五百名兵卒，却用"空城计"把率领十五万大军的司马懿，吓得仓皇撤退，狼狈而逃。

罗贯中塑造的诸葛亮这一形象，已成为智慧的化身而活跃在中国人心目中，以致人们说某人聪明而有智谋，就给他起个"小诸葛"或"赛诸葛"一类的外号。由此，可见这一艺术形象是何等深入人心。

除了曹操、刘备、诸葛亮之外，《三国演义》还成功描绘了不少的艺术典型。勇猛粗鲁、直率朴实的张飞，忠义英武、恃才骄傲的关羽，才高果敢、嫉贤妒能的周瑜，深谋善算、老奸巨猾的司马懿，忠厚老实、单纯善良的鲁肃，以及赵云、黄盖、张松、陆逊等，无不写得有血有肉，个性鲜明，栩栩如生。

《三国演义》还特别善于描写战争。全书一百二十回，大大小小的战争接连不断，却都写得张弛有度，千姿百态，有声有色，引人入胜。

同样是写以少胜多，以劣势对优势的重大战役，作者很会根据各个战役的不同特点，采取不同写法。如官渡之战，曹操与袁绍的兵力相距很大，作者就突出曹操如何善用计谋，火烧袁军粮仓，出奇制胜。赤壁之战，曹操大兵临江，东吴似乎难以自保，作者侧重描写刘备和孙权联合，诸葛亮巧借东风，火烧曹军战船。彝陵之战，蜀军远征讨伐，吴军兵少力弱，作者着重表现吴军如何采用"以逸待劳"方针，坚守不出，最后集中优势兵力，火烧连营，战而胜之。这三次大战，都写了致敌于死命的火烧，但前者烧粮草，中者烧战船，后者烧兵营，烧的对象和方法都各有特色，毫无雷同之处。

传说罗贯中写《三国演义》时，整日手不释卷，把全部身心都投入到了写作中，以至有时如痴如迷，弄到神魂颠倒的程度。

一次，罗贯中家里人都出去了，只有他一人在家里写书。一个乞丐上门来讨米："大人行行好，给点米吧，小人已断粮几天了。"

这时，罗贯中正写到"群英会蒋干中计"，周瑜领着蒋干察看后营粮草。他听乞丐说"断粮"，头也没抬就连声念道："营内粮草堆积如山，即可取之！"乞丐听他这么说，便毫无顾忌地进屋拿了些米走了。

出门走不多远,那乞丐遇到另外几个讨饭的,把情况向他们一说,他们也都悄悄跑到罗贯中家来拿米,直到米囤见底,才善罢甘休。罗贯中呢,他念了几遍那句话后,只顾埋头写书,对发生的事竟全然不知。

他妻子回来,见粮囤底朝天,急着问他:"咱家粮怎么没了?"

罗贯中这时正在全神贯注地构思"出陇上诸葛妆神"一回,听妻子说没粮,不禁哈哈大笑道:"陇上麦熟,何不食之?"

其实,地里的麦子还没吐穗哩,妻子知道他写书走火入魔了,和他说也没用,便借了些米来度日。

这一传说当然不一定是事实,但起码可说明罗贯中写作时的沉醉状态。正因为罗贯中写《三国演义》是这样全身心地投入,完全把自己化为书中的人物,与他们同呼吸、共命运,所以不论是写人物或写场面,都给人身历其境,如见其人,如闻其声的感觉。除此以外,《三国演义》结构宏伟壮阔,组织严密精巧,情节曲折生动,语言简洁明快,也是值得称道的出色之处。

当然,《三国演义》在艺术上,也有较明显的缺点。这主要是人物性格缺少变化发展,往往人物一出场就定型化,如曹操好像生来就奸诈,诸葛亮仿佛生来就聪明,并且在不同时期、不同环境里,始终是这一性格。这种缺点的产生,可能是受史传材料本身的局限,同时也受民间说唱文学人物多以类型化面貌出现的影响。

另一缺陷就是在运用想象夸张手法上,有时不免用力过分,如表现诸葛亮聪明多智,有些描写则含有神化的倾向,出现了鲁迅所批评的"状诸葛多智而近妖"的弊端。

不过,这些缺点并不影响《三国演义》的巨大成就,它对后世文学和人民生活,都产生了巨大而深远的影响。自罗贯中以后,一些文人步其后尘,把中国每个朝代的历史,都写成一部"演义",从最早的《开辟演义》直到《清宫演义》、《民国史演义》,足足有几十部。

《三国演义》还被改编成其他艺术形式,如评书、戏曲等,赢得了广泛的听众和观众。在中国传统戏剧舞台上,三国戏可能是最多的一种,如演董卓、吕布、貂蝉事的《凤仪亭》,演张飞、关羽事的《古城会》,演曹操、诸葛亮、周瑜事的《群英会》,演曹操、关羽事的《捉放曹》,演张飞事的《长坂坡》,演诸葛亮、司马懿事的《空城计》,等等,不胜枚举。

《三国演义》也是中国人民最爱看的古典小说之一。人们阅读它,不仅可以得到高度的艺术享受,还可以获得各方面的丰富知识。据黄人《小说小话》记载：明末清初李自成、张献忠及清代洪秀全等农民起义领袖，他们一开始不会打仗，军队组织也很混乱，被官军讥讽为"乌合之众"。但他们后来越战越强，仗越打越精明，攻城占地、伏险设防，高招迭出，这除了从战争实践中学习以外，就是从《三国演义》里学到了不少军事计谋和战争知识，以至他们将这本书誉为"克敌秘本"。

因此可以说，《三国演义》既是一部优秀的文学作品，又具有历史教科书、军事教科书、生活教科书的功能。这一点，凡是读过它的人，都会深有体会。[1]

施耐庵浓墨水浒传

元末明初，紧随《三国演义》后，诞生了另一部伟大的长篇章回体小说《水浒传》。它以深邃的思想和精湛的艺术，第一次深广地描写了波澜壮阔的农民起义斗争，是中国小说史上一座高耸的丰碑。

《水浒传》所描写的起义，是有史实根据的。八百多年前的北宋末年，中国历史上确实活跃过一支以宋江为首的起义队伍。这支起义队伍，以现在山东境内的水泊梁山为大本营，对抗朝廷，大闹州府，铲除恶霸，救济百姓，势力波及河北、河南、江苏、安徽等地区。由于这支义军聚集了不少武艺高强的江湖好汉，"官军数万，无敢抗者"，因而"威名远扬，朝廷惧之"。

自这时起，梁山泊英雄好汉的故事，就开始以口头创作的形式，在广大民众中流传开来。随着时间的推移，说书人把它编成"话本"，戏剧家把它编成"杂剧"，使梁山好汉的故事逐步完整、丰富，并在更为深广的程度上赢得了广大群众的喜爱。

到了元末明初，大文学家施耐庵把各种梁山故事汇集起来，经过仔细推敲研究，重新选择加工，精心再创作，终于写成了古典小说名著《水浒传》。

施耐庵和罗贯中是同一时期人。传说他俩志趣相投，关系很好，有的说他们是师生关系。他俩常常在一起讨论和合作写小说：罗贯中写《三国演义》、《残唐五代演义》、《三遂平妖传》等小说时，遇到问题常向施耐庵请教。而施耐庵写《水浒传》的过程中，每成一稿，也都拿给罗贯中看，请他提意见，有时甚至直接由罗贯中帮忙修改。

正是如此，对于《水浒传》的作者，自明代以来，就有不同说法，有的说是施耐庵作，有的说是罗贯中作，还有的说是"施耐庵集撰，罗贯中编修"。不过，现在学术界一般

多认为是施耐庵所作。

关于施耐庵的生平，没有什么可靠的历史记载。相传他本名子安，耐庵是他的字，约生于元成宗元贞二年（公元1296年），卒于明太祖洪武三年（公元1370年）。他家祖籍钱塘（今浙江杭州），但他本人生长在白驹镇（今江苏兴化东）。他自幼爱好学习，很会写文章，尤其爱听说书。元末文宗至顺初年，他三十五岁时，考中了进士，接着就在钱塘做官。

他生性耿直，喜好直言，却生逢末朝时代，多与当权者政见不合，更看不惯当时的黑暗政治，因而为官不到两年，就和东晋大诗人陶渊明一样，甩掉乌纱帽，交出官印，愤然离职，归乡隐居。从此以后，他不问世事，只顾在家闭门著书，《水浒传》大约就写于此时。

民间传说他曾参加张士诚领导的起义军，在张手下做过军师，此说未必可信。但他生长在江浙一带，恰逢张士诚轰轰烈烈的大起义，对当时起义军的情形，当是亲身经历或相当了解的。这种经历和了解，为他日后写作《水浒传》，描绘一个个梁山好汉及一次次斗争，当有提供生活基础的作用。

在中国历史上，曾爆发过许多次起义。历代封建统治者，都非常害怕和仇视这种"造反"举动。具有封建正统思想的文人，也多半把起义军看成"土匪"、"流寇"，对他们大加诋毁和贬斥。然而《水浒传》却一反这种做法，不仅比较真实地描绘了梁山农民起义的发生、发展直至失败的整个过程，而且把梁山一百零八将个个写成英雄好汉，对农民起义军作了热情歌颂。

金圣叹评论《水浒传》时曾说："无美不归绿林，无恶不归朝廷"，可说抓住了《水浒传》作者思想倾向的要害。在施耐庵看来，梁山好汉之所以造反，并不是他们无缘无故的"犯上作乱"，而完全是朝廷黑暗、欺压善良，贪官污吏为非作歹的结果。因此，《水浒传》的主题可以用四个字来概括，即"官逼民反"。

《水浒传》的主要篇章，是写一百零八条好汉如何走上反抗的道路。这些英雄们虽然各有自己的出身和经历，走上反抗道路的情形也各不相同，但他们上梁山的原因，却多半是因为无法忍受官府的欺侮和迫害，即人们常说的"逼上梁山"。在这方面，林冲这一形象，尤其具有典型意义。

林冲本是京师八十万禁军教头。较高的地位，优厚的俸禄，美丽的妻子，舒适的生活，使他形成了奉公守法、安分守己的性格。然而，在一次上庙会的路上，太尉高俅的养子高衙内，竟明目张胆地调戏他的妻子。凭他的高强本领，本可一拳打死这个恶棍，但他怯于高太尉的权势，采取了息事宁人的忍让态度，只是冲散了之，把高衙内放走了。

可是，肆无忌惮、为所欲为的高俅父子，却不甘就此罢休。他们先是用"调虎离山计"，把林冲妻子骗出家门，企图强加污辱；接着又设下圈套，使林冲"误入白虎堂"，被判刑发配充军。林冲走后，他的妻子被逼自缢而死，而林冲也在野猪林险遭高俅陷害。

到了这样的地步，林冲还是忍痛含冤，期望能在沧州草料场修间茅屋，苟安下来。然而，高俅仍不放过他，再次派人赶来追杀。直至这种无法退让的情况下，他才拿起武器，砍了仇人，投身起义的洪流。

由此可见，林冲完全是在走投无路时，才被逼上梁山的。像他这样有身份、有地位的官吏，连委屈苟活都无法做到，一般贫民百姓遭受官府欺压的程度，也就可想而知了。

阮家三兄弟造反，是因官府剥削太甚，参加了劫取"生辰纲"行动，投奔起义队伍的。解珍、解宝反抗，是因为地主残酷掠夺和迫害，无法生活下去，才揭竿而起的。鲁智深是个军官，他的反叛，是路见不平，拔刀相助，官府不容，被逼落草的。武松出身市民，他为报杀兄之仇和伸张正义，屡遭陷害，无可奈何，才走上了叛逆的道路。

书中第十六回里，白胜曾唱了这样一首山歌：

赤日炎炎似火烧，野田禾稻半枯焦。

> 农夫心内如汤煮,公子王孙把扇摇。

正因为当时存在着如此尖锐对立的阶级差距和矛盾,广大被压迫民众的心中积郁着巨大的不平和愤恨,所以梁山泊上义旗一举,不少英雄好汉纷纷响应,起而造反。

《水浒传》不仅相当动人地写出了一个个英雄好汉被逼上梁山的原因和经过;而且写出了他们的起义行动由小到大,由个人反抗到集体行动,由无组织到有组织,最后汇成浩浩荡荡起义大军的发展历程。他们采取灵活多变的战略战术,不断打击敌人,扩大自己的势力,连续获得了三打祝家庄、踏平曾头市、两赢童贯、三败高俅等一连串辉煌胜利,打得朝廷军队闻风丧胆,连当时最高统治者都整日坐卧不安。

"吴用智取生辰纲"是他们最早的一次联合斗争,参加者有渔民、贫民、下层文人,也有道士、庄主等。他们出于对当权者的深仇大恨,为夺取不义之财,即北京大名府梁中书搜刮的十万金银珠宝,齐心协力,周密筹划,用蒙汗药酒麻醉了杨志等十五个军汉,终于巧妙地取得了胜利。这段故事,曲折复杂,扣人心弦,突出表现了梁山泊英雄们的智慧和才干。

"宋公明三打祝家庄"是水浒英雄们又一次大规模的出色斗争。宋江率领起义军与地主武装集团作战,第一、第二次因情况不明，战术不对，吃了败仗。后来从深入调查敌情入手，掌握了盘陀路的秘密，分化瓦解了李家庄、扈家庄和祝家庄的联盟，并采取打入敌人内部，里应外合的办法，终于在第三次大获全胜。《水浒传》里类似这样深谙兵法的描写很多，它们不仅在艺术表现上十分精彩，而且其中闪烁着辩证法的思想光辉，向来为人们称道。

《水浒传》中所描写的这支起义军，虽没什么明确的政治主张，却有着共同的社会理想。在第七十一回"梁山泊英雄排座次"里，作者倾心赞颂了梁山泊这块光明的天地，热情描绘了他们的理想愿望：

八方共域，异姓一家。天地显罡煞之精，人境合杰灵之美。千里面朝夕相见，一寸心死生可同。相貌语言，南北东西虽各别；心情肝胆，忠诚信义并无差。其人则有帝子神孙，富豪将吏，并三教九流，乃至猎户渔人，屠儿刽子，都一般儿哥弟称呼，不分贵贱……

这种"八方共域，异姓一家"，不管什么出身，"都一般儿哥弟称呼，不分贵贱"的境界，正是封建社会里人民群众所追求的理想生活模式。它表现了人民群众反对政治上的等级贵贱之分和经济上的贫富悬殊差别，实质上就是反对封建社会的阶级剥削和政治压迫。这是对封建社会统治思想的宣战,更反映了广大受压迫者的愿望。

然而,自英雄排座次以后,梁山泊的事业便江河日下,逐渐走着下坡路。后五十回写一百零八将在宋江的带领下,接受招安,投降朝廷,并反过来替朝廷北伐契丹,南征方腊,于是伤的伤,死的死,出家的出家,逃亡的逃亡。不少水浒英雄受到朝廷的排挤打击,最后宋江也被奸臣迫害致死,全书便以这一百零八将伤亡殆尽而告结束。

这样的悲剧结局,虽然颇遭后人非议,但对于揭露封建统治者的罪恶,认识农民起义军自身的欠缺,即"只反贪官,不反皇帝"的局限,却是很有积极意义的。

《水浒传》在艺术上的最大成就,是塑造了众多个性鲜明的人物形象。正如明末清初的大批评家金圣叹所说:《水浒传》"叙一百八人,人有其性情,人有其气质,人有其形状,人有其声口"。

不论是谁,只要读过《水浒传》,鲁智深、武松、李逵、杨志、宋江、吴用、石秀、花荣、孙二娘、阮小七等一系列人物,都会在脑子里活起来。他们每个人都有自己的音容笑貌、性格特征,一点也不雷同。

如同样是写粗暴的人,李逵是憨直刚烈,心直口快,天真无邪,毫无心计;而鲁智深则因阅历较深,虽然急躁莽撞,却又敏锐机智，粗中有细。同样写一母所生的三个兄弟，尽管都熟稔水性，武艺高强，极富斗争精神，但阮小二老成持重，临危不乱；阮小五精明强悍，爽快利落；阮小七急躁冒失，性烈如火。由于作者对人物性格特点把握十分准确细致，大大加强了水浒英雄形象的动人力量。

《水浒传》语言运用的成就也十分突出。它以口语为基础，又经过精心加工提炼，达到了明快、洗练、准确、生动的境界。不论是叙述事件，还是刻画人物，常常是寥寥几笔，就达到绘声绘色，形神毕肖的地步。

李逵第一次见宋江，就问戴宗："哥哥，这黑汉子是谁？"戴宗责备他粗鲁，他不服，等知道了情况还说："莫不是山东及时雨黑宋江？"他心里怎么想，口里就怎么说，毫不讲什么客套和应酬，几句话就把这个粗人的形象刻画出来。

"武松打虎"是历来传诵的好文章，通过写老虎一扑、一掀、一剪三般本事，以及声震山冈、令人毛骨悚然的吼声，一只活生生的老虎就跃然纸上。几经搏斗，老虎威风渐灭，最后写它如何被武松按住，又如何挣扎，如何被打死，写得活灵活现，逼真传神。这样脍炙人口的描绘，不仅读来使人感到特别痛快，也更突出了武松的英雄形象。

《水浒传》自明代以来，一直受到各个阶层读者的广泛欢迎。它不仅在中国是一本家喻户晓、流传广泛的书，而且在世界上许多国家都有译本,成了世界人民共同喜爱的文学名著。[2]

[1] 主要参考资料:贾仲明《录鬼簿续编》、鲁迅校录《小说旧闻钞》、孔另境编《中国小说史料》、隋树森《元曲选外编》、郑振铎《中国文学论集》。
[2] 主要参考资料:傅惜华编《水浒戏曲集》,孔另境编《中国小说史料》,《水浒研究论文集》。

【第 34 回】

吴承恩奇想西游记
笑笑生艳绘金瓶梅

吴承恩奇想西游记

中国古典小说，有"四大名著"之说，那是指《三国演义》、《水浒传》、《西游记》、《红楼梦》四部最杰出作品。在"四大名著"中，《西游记》是最特别的一部，因为其他三部主要都是用现实主义的笔法，描写中国古代或现实社会生活中发生过的人情世事，而《西游记》则以浪漫主义的手法，创造了一个现实生活中根本不可能存在的神魔世界。

《西游记》虽然是一部神话小说，却深受人们喜爱。在中国，不论白发老人，还是幼小学童，几乎每个人都熟知"孙悟空大闹天宫"、"孙悟空三打白骨精"、"孙悟空智取芭蕉扇"的故事。这些神奇美妙、激动人心的故事，都来源于《西游记》。

《西游记》的作者是吴承恩，字汝忠，号射阳山人，是淮安山阳（今江苏淮安）人，约生于明孝宗弘治十三年（公元1500年），卒于明神宗万历十年（公元1582年）。他出生于一个世代书香的家庭，曾祖父吴铭，曾任浙江余姚县学训导，祖父吴贞曾任浙江仁和县学教谕，官虽不显，却在地方上颇有文名。父亲吴锐，先在社学[1]学习，后弃文经商，以经营绸布为生。

吴锐虽然身为商人,却喜欢研读诸子百家、六经群书,读史籍时,阅览屈原、伍子胥、诸葛亮、檀道济、岳飞等人的事迹,每每感慨流泪。他为人正直,富有正义感,又好谈时政,意有不平,便愤慨惋惜,终日郁闷不乐(见吴承恩《先府君墓志铭》)。这样的家庭和父教,对吴承恩后来的人生道路和创作思想,都产生了明显的影响。

吴承恩自幼聪慧,又肯用功,博览群书,精通诗文,年轻时即以文名享誉乡里。在他居住的百里内外,凡是庙宇楼台、钟鼎碑碣的文字,以及结婚喜颂、丧事吊文、做寿祝辞等,人们多请他撰写。他特别喜爱奇闻传说,阅读了大量野言稗史。他自己在《禹鼎志序》里说:"余幼年即好奇闻。在童子社学时,每偷市野言稗史。惧为父师诃夺,私求隐处读之。"

他还曾随闯江湖做生意的父亲,走南闯北,注意收集各种轶闻趣事,闲暇时间,便活灵活现地讲给周围人听,是个走到哪里就把笑声带到哪里的人物。传说有人因喜欢听他讲幽默滑稽、稀奇古怪的故事,竟愿意跑上几十里路也在所不辞。他的这些才能和性情,对《西游记》的创作具有重要意义。

吴承恩年轻时,曾希望以科举进身,施展抱负,然而仕途坎坷，屡试不中。后来他四十多岁时，在莫逆之交、同乡高官李春芳的帮助下，虽然当了浙江长兴县丞（县令的副手）；但不久他就觉得为官繁杂事太多，生活并不舒畅。他在《书道院壁》诗中说："束带出门趋府急，归路靴沾草霜湿。日高道士启山扉，遥望晴云背松立。"有了这种心情，再加上他生性耿直，傲岸不羁，耻于阿谀奉承，更看不惯官场虚伪奸诈的风气，所以做不久便拂袖而去，回家专事著述了。

他曾写过一首《画松》诗，很能表现他的人品和性格：

画尔知非庸画师，画中无处著胭脂。
风云暗淡藏灵气，月露庄严有异姿。
猿下欲摇垂涧影，鹤归应认出云枝。
生来自与繁华别，不待平章雪霰时。

这首诗的大意是：这棵松树绝非庸俗画师所作，画中没有丝毫世俗浊气。青松生气勃勃地屹立于暗淡风云之中，在静穆月露下显出庄严雄姿。敏捷的猿猴想摇曳倒映山涧的松影，洁白的仙鹤选择高耸入云的松枝栖息。松树生来就与繁茂绮丽的花草不同，何须等待霜雪纷飞时再品评其高洁品格。全诗婉转流畅，词美意深，充分表现了作者鄙视当时污浊社会，孤独傲世的精神境界。

吴承恩生活在明代复古主义思潮风靡一时的时期，但他的诗文却能自出机杼，不为一时风气所左右。一代大家杨维桢在《吴射阳先生集选叙》里，称赞他的诗文说："师心匠意，不傍人门户篱落。"陈文烛在《吴射阳先生存稿序》中说他的诗："缘情而绮丽，体物而浏亮。其词微而显，其旨博而深。"

吴承恩一生创作丰富，诗、文、词数量均不少，但因他没有子女，晚年生活比较穷苦，八十岁左右去世后，大部分作品都散佚了。现在能见到的作品，除《西游记》外，还有后人辑集的《射阳先生存稿》四卷，包括诗一卷，散文三卷，第四卷末附有小词三十八首。

《西游记》是吴承恩一生最重要、最优秀的作品。其主体部分唐僧取经的故事，由历史上真人真事发展演化而来。

唐太宗贞观元年（公元627年），有个法号叫玄奘的青年和尚，邀了一些同伴，上表给唐太宗，申请到天竺（今印度）取经。由于未获批准，他的同伴都打了退堂鼓。但玄奘却毫不退缩，只身一人，混入西行商队，偷出国境。他跋山涉水，历尽千难万险，行程五万多里，费时十九年，到了一百多个城邦、地区和国家，最后于贞观十九年（公元645年）返回长安，带回佛教经典六百五十七部。

这一艰苦卓绝、史无前例的壮举，震动了中外。唐太宗这时为征服西突厥（今新疆和中亚大部分地区），巩固统一的多民族国家，与外国建立友好睦邻关系，正想了解西域广大地区的情况，所以改变原来做法，隆重欢迎他的回归。玄奘回长安不久，唐太宗就在洛阳召见他，让他把在西域的经历和见闻都写出来。

于是，由玄奘本人口述，他的弟子辩机写成的《大唐西域记》，第二年就面世了。随后，他的另外两个弟子慧立、彦悰，又根据师父西行取经的事迹，写成了《大唐慈恩寺三藏法师传》。这一部带有文学色彩的大型人物传记，为了颂扬师父的业绩，扩大佛教的影响，作了种种夸张描写，并穿插了不少神话传说，使真实的取经故事，开始露出脱离历史原型的端倪。

此后，取经故事在社会上广泛流传，不断得到加工润色，越传越奇，越传越神，离真人真事的本来面目也越来越远。产生于宋代的《大唐三藏取经诗话》和元代的《西游记平话》，有些事已具有后来《西游记》的雏形。吴承恩正是集中了各种取经故事传说，以"平话"为写作底本，重新创作出了《西游记》这样一部伟大的神话小说。

《西游记》全书共一百回，可划分为三大部分：第一部分从第一回到第七回，写孙悟空的出身经历和大闹天宫的故事；

第二部分从第八回到第十二回，写唐僧身世、魏征斩龙、唐皇游地府的故事，交代取经缘由；第三部分从第十三回到第一百回，写孙悟空和猪八戒、沙和尚一起，保护唐僧西天取经，一路上除妖降魔，克服艰难险阻，经历九九八十一难，终于取到真经，获得"正果"。

《西游记》最突出的艺术成就，是成功地塑造了孙悟空这一光彩夺目的神话英雄形象。

孙悟空是从大海边一块仙石中，迸出的一只仙猴。他神通广大，能腾云驾雾、上天入地、翻江倒海、移星换月。他一个筋斗能翻十万八千里，还能随心所欲地进行七十二般变化。他用的武器金箍棒，重二万三千五百斤，要它长，可以成为擎天柱，要它小，可以缩成一根绣花针。

孙悟空不仅本领高强，而且爱好自由，疾恶如仇，敢于斗争。他下龙宫，把四海龙王吓得胆颤心惊；他闯地府，使十殿冥王魂不附体；他大闹天宫，把整个天庭搅得不得安宁。

在天国里，玉皇大帝是至高无上的权威，而孙悟空却根本不把他放在眼里。他因"玉帝轻贤"、"不会用人"，又"藐视老孙"，便"忽喇一声，把公案推倒"，打出南天门。又因玉皇大帝派天兵天将捉拿他，命太上老君用炼丹炉烧他，他便奋起金箍棒，直打到通明殿、灵霄殿，"打得那九曜星闭门闭户，四天王无影无形"。

玉皇大帝惊慌失措，连忙请来如来佛，但孙悟空毫不惧怕，反而斗志更旺。他向如来佛宣称：

> 常言道："皇帝轮流做，明年到我家"。只教他搬出去，将天宫让与我，便罢了；若还不让，定要搅攘，永不清平！

孙悟空这种公开要求玉帝让贤，认为"灵霄宝殿非他人，强者为尊该让我"的思想，含蓄表现了作者对明朝封建专制和社会黑暗的强烈不满，也曲折地反映了人民群众反抗压迫，渴求革命的愿望。

孙悟空虽然在如来佛的手上败下阵来，但在护送唐僧取经的路上，他仍然是个不畏邪恶，敢于斗争且善于斗争的英雄。他一路上遇妖必斗、见魔必诛，并且除恶务尽，从不心慈手软。

他有一双"火眼金睛"，任凭敌人如何巧妙伪装、千变万化，如化成美女的白骨精、变成受害小孩的红孩儿怪、化成佛祖的黄眉童子、变作道士的虎力大仙等，他都能一眼看穿，并让他们一一现出丑恶的原形。他在斗争中还能注意了解敌情，知己知彼，根据不同的对象，采取不同的战略战术，斗智斗勇，克敌制胜。

与孙悟空相对照的是唐僧这一艺术形象。《西游记》中的唐僧,保留了历史人物玄奘虔诚、苦行的一面。他为达到自己的取经目标,明知西行途中凶吉难定,仍然束装前行。女儿国逼配,灭法国受阻,地灵县斋僧,艰难险阻、美色富贵都不能动摇他西行的决心。

但是,唐僧又是一个胆小如鼠,软弱无能,不辨真假,敌我不分的糊涂虫。他一碰上妖魔,就吓得魂不附体,滚下马鞍,涕泪交流。他一离开徒弟,就寸步难行,连一餐素饭也无法捞到,以致孙悟空常常称他"脓包"。他遇到大小神佛,不问真假,一概顶礼膜拜;朝见各国君王,不论好坏,统统称呼万岁。对那些一心要吃唐僧肉的妖魔,他也想以慈悲来相待。

对于保护他的孙悟空,只要主动寻妖除怪,就被他骂作"无心向善之辈,有意作恶之人"。为了阻止悟空抗妖除魔,他动辄大念紧箍咒,使孙悟空受尽痛苦,自己也招来灾难。但他总是不吸取教训,一而再再而三地做出亲者痛、仇者快的事。

通过两种不同性格的对比,作者充分肯定了悟空的顽强战斗精神,批评了唐僧向恶势力屈服的软弱态度,对他身上存在的迂腐无能和盲目虔诚,作了辛辣的讽刺,具有很强的现实意义。

猪八戒是全书最重要的陪衬人物，也是作者写得比较成功的又一个艺术形象。他憨厚淳朴，能吃苦耐劳，面对妖魔鬼怪，从不低头屈服，是孙悟空与妖魔搏斗的一个好帮手。

但是，猪八戒也有不少缺点：叫他外出巡山或寻找食物，他不是偷睡懒觉，就是将找来的食物先拣好的吃了。他在取经路上见了美女，就想方设法要留下来做女婿。他对事业缺乏坚定的信念，遇到困难，就畏缩动摇，甚至想分行李散伙回家。他还爱占小便宜，嫉妒心强，好搬弄是非，常常打个人小算盘。

不过，他的小聪明又具有一种憨厚蠢笨的特点，因此他往往弄巧成拙，自食其果。在人们印象里，猪八戒是个著名的喜剧人物。作者对他的描写和嘲笑，表现了对现实生活中小私有者落后意识的善意批评。

《西游记》以浪漫主义的手法，无比丰富的想象，创造了一个绚丽多彩、妙趣横生的神话世界。它所塑造的孙悟空这一理想化的神话英雄人物，不仅在中国小说史上是个独特的创造，而且在世界文学史上也是别树一帜的艺术形象。书中描写的许多人物和情节，既是神奇的，又有强烈的现实感，正如鲁迅在《中国小说史略》中所说："神魔皆有人情，精魅亦通世故。"

《西游记》以幻想的形式，曲折反映了作者所处的封建社会的腐败现实，歌颂了人民大众蔑视神权，反抗压迫，坚决同恶势力斗争到底的精神。这种神性（幻想性）和人性（社会性）紧密结合，并与完美的艺术形式和谐统一的创作，在中外古代神话小说中是极为出色的。

《西游记》不仅在中国妇孺皆知，家喻户晓，而且还被翻译成了英语、法语、德语、意大利语、西班牙语、世界语、俄语、捷克语、罗马尼亚语、日语、韩语、越南语、斯瓦希里语等许多种外文，在世界各地广为流传。《西游记》不仅属于中国，而且属于世界。[2]

笑笑生艳绘金瓶梅

《西游记》问世以后，明代万历年间，伴随着《封神演义》、《北宋志传》、《玉娇李》、《金瓶梅》等作品的出现，长篇小说创作形成了一度兴盛的局面。

在这一时期流传下来的五六十部长篇小说中，《金瓶梅》是最出色的一部。它也是中国最有争议，评价最为分歧的一部作品：有的将其视为"淫书"，大加贬责；有的将其称为"杰作"，竭力褒扬。

《金瓶梅》有许多谜，其中最大的一个谜，就是它的作者究竟是谁？这人为什么要写这样一部被历代视为色情文学的书？

《金瓶梅》的作者，署名是"兰陵笑笑生"。兰陵是地名，即今天的山东峄县，从书中的大量山东方言看，作者大约是山东人；但笑笑生却显然是个化名，他的真实姓名至今无人知晓。

明代沈德符在《野获编》里说："闻此为嘉靖大名士手笔。"有人便据此推测说：它的作者就是当时著名诗人和散文家王世贞，其创作目的乃是出于"孝行"。

原来当时执揽朝政的奸臣严嵩及其子严世蕃，因嫉恨王世贞帮助谏官杨继盛历数严氏父子贪赃枉法的十大罪状，便抓住王世贞父亲的一点过失，将其诬陷下狱，迫害处死。

王世贞哭诉无门，为报父仇，知严世蕃好读淫书，便日夜挥毫，写了《金瓶梅》，然后涂毒于小说全部手稿的每一页下角，通过别人转手呈给严氏。严世蕃拿到这部小说，一读便不忍释手，下意识地用手指沾着唾液翻书，终因咽够了足量的毒药而致死。

明代另一位文学家袁中道，在《游居柿录》（即《袁小修日记》）里说："旧时京师，有一西门千户，延一绍兴老儒于家。老儒无事，逐日记其家淫荡风月之事，以西门庆影其主人，以其余影其诸姬。"按照这种说法，《金瓶梅》的作者可能是一个地位微贱的私塾先生。

还有不同的学者，分别考证笑笑生是当时的戏曲家李开先、徐渭、汤显祖，或散曲作家冯惟敏、赵南星等。所有这些，都缺乏确凿的证据，因而关于这本书的作者、写作目的和成书年代等，至今都存有不少疑问。

《金瓶梅》这个书名，是分别指作品主人公西门庆的三个妾姬：潘金莲、李瓶儿、庞春梅，由摘取她们每人姓名中的一个字拼合而成。

小说描绘了一个上自朝廷弄权专政太师，下至地方官僚恶霸，乃至市井地痞流氓、"帮闲篾片"所构成的阴暗世界。它写的人物和故事虽然发生在宋代，但反映的却是明代中叶的社会现实。作品第三十回有这样一段话：

> 看官听说：那时徽宗，天下失政，奸臣当道，谗佞盈朝。高、杨、童、蔡四个奸党，在朝中卖官鬻狱，贿赂公行，悬秤升官，指方补价。夤缘钻营者，骤升美任；贤能廉直者，经岁不除。以致风俗颓败，赃官贪吏，遍满天下，役烦赋重，民穷盗起，天下骚然。

这里，作者用借古喻今，指宋骂明的方法，意在暴露明代社会的种种腐败现象。当时，明王朝的皇帝昏庸暴虐，穷奢极欲；宦官窃权专政，胡作非为；特务奸细，四处横行，老百姓在路上连一句抱怨的话都不敢讲。

明武宗朱厚照在位十六年，一次也没有召见过大臣，他除了在宫内奢侈淫乐外，还四出巡游，劫掠财物，抢夺妇女，弄得街市空巷，白昼无人。一次，他要到江南游玩，朝中一百多位大臣磕头谏阻，他竟龙颜大怒，罚他们一律在午门外跪五天，后各打三十大板。有些大臣起来后继续谏阻，又加打五十大板，一时血肉横飞，惨不忍睹。为这件事，朝中先后被打的竟达一百六十四人，十一人被当场打死。

明世宗朱厚熜在位四十多年，竟有二十多年不理政事，整天炼丹学道，祈求长生不老。宦官和奸相把持朝政，明争暗斗，为非作歹，把朝廷弄得乌烟瘴气，给人民造成了无穷的灾难。

作品刻画了西门庆这个兼有官僚、恶霸、富商三种身份的代表人物，通过他个人不择手段发迹的罪恶活动，以及其家庭的污秽生活，暴露了明代中叶以来社会现实的黑暗和腐朽。

西门庆原来是个破落财主，生药铺的老板。他勾结朝中权贵和地方官府，在清河县称霸一方，为所欲为。他由于"发迹有钱，专在县里管些公事，与人把揽讼事寻钱，交通官吏，因此满县人都怕他"。

他又与十个不守本分的帮闲地痞，结为十兄弟，掠吞别人财产、放高利贷，巧取豪夺，无恶不作。他原有一妻二妾，却诱骗结义弟兄妻子，霸占民间少女，谋杀妍妇丈夫，先后又谋取孟玉楼、潘金莲、李瓶儿为妾，并和婢女庞春梅等人发生淫乱关系。

西门庆在第五十七回里，捐款助修永福寺后，曾这样对吴月娘说："咱闻那佛祖西天，也只不过要黄金铺地，阴司十殿，也要些褚镪营求。咱只消尽这家私，广为善事，就使强奸了嫦娥，和奸了织女，拐了许飞琼，盗了西王母的女儿，也不减我泼天富贵。"这些话，充分暴露了西门庆贪得无厌的淫乐欲望，无耻的市侩嘴脸和肮脏可怕的灵魂。

然而，西门庆虽然做尽伤天害理的坏事，却从来没有受到应有的惩罚；相反，他左右逢源，步步高升，由"一个乡民"，直升到山东理刑副千户，进而升为正千户。这其中的奥秘何在？关键在于有官府做他的靠山。

西门庆极尽阿谀奉承之能事，贿赂地方权贵，攀结当朝宰相蔡京并拜其为义父。小说写蔡太师两次过生日，西门庆两次奉上厚礼，两次得官和升官，就很典型地影射了明代社会卖官鬻爵、贿赂公行的情形。

这个恶贯满盈的家伙，坏事干得越多，财运和官运却越亨通。作者塑造这个典型形象，有力地揭露了当时朝廷权贵与地方上的豪绅富商相互勾结，压榨人民，聚敛钱财的种种黑幕。

小说还成功地描绘了一大批市井人物，其中有泼皮无赖，如张胜和刘二；"帮闲篾片"，如应伯爵和谢希大；娼妓优伶，如李桂姐和王经；男奴女婢，如来旺和秋菊，以及和尚道士、太监门官、三姑六婆之类。这些人物在过去的作品里，很少有人对他们作充分的描写，但作者对他们的精神生活和物质生活，却写得详赡多姿，色彩斑斓，让他们一个个都活泼泼地走进文学作品里，丰富了文学形象的画廊，这是作者的一个重要贡献。

小说里的几个主要人物，如贪婪狠毒的西门庆、泼辣淫荡的潘金莲、趋炎附势的应伯爵、纨绔子弟陈经济等，都写得形象生动，富有典型意义。小说还十分注意细节刻画，不少具体场景的设计和描绘，相当真实具体，精彩动人，同时语言酣畅明快，绘声绘色，十分传神。这表明作者具有较强的透视生活的能力，高超的写作技巧，更说明他熟悉当时社会生活，对那时社会的世态人情有着深刻的了解。

鲁迅在《中国小说史略》里，对《金瓶梅》曾说了这样一段话："作者之于世情，盖诚极洞达，凡所形容，或条畅，或曲折，或刻露而尽相，或幽伏而含讥，或一时并写两面，使之相形，变幻之情，随在显见，同时说部，无以上之。"这一评价很高，但并非过誉之词。

不过,《金瓶梅》也是一部存在着一些严重缺点的作品。作者对现实黑暗的暴露,缺乏鲜明的爱憎,在描写西门庆种种卑劣行径的过程中,有时流露出感叹,甚至玩赏的情调。小说对作品中人物腐朽糜烂的生活,津津乐道,肆意渲染,尤其是大量露骨的色情描写,秽心污目,历来为世人诟病。此外,由于精心剪裁不够,作品对生活中各种现象,细大不捐,都加以具体入微的描写,因而有些地方过于琐碎,使全书显得臃肿繁复。

从中国古典小说的发展史来看,《金瓶梅》的诞生具有重要的意义。在它以前出现的著名长篇小说,如《三国演义》、《水浒传》、《西游记》等,其中所涉及的人物和故事,都经过长期的民间流传阶段,都是作家在民间说讲故事的基础上,进行加工和提炼的产物。而《金瓶梅》在中国文学史上,则是第一部完全由文人独立创作的长篇小说。从此以后,中国小说创作逐渐摆脱了宋元以来根据民间说讲故事,加工整理成话本的老路,走上了文人独立创作的新途。

《金瓶梅》以前的长篇小说,一般都取材于历史故事和神话传说作品里的主人公,不是历史中的帝王将相,就是神话传说中的英雄形象;所写的故事,也总是政治集团之间的重大斗争或传说中的神魔战争。而《金瓶梅》则完全开辟了一条新的写作路子,即以现实社会状况和家庭日常生活为创作题材，着重描写普通人的平凡生活和世俗情态，用鲁迅先生的话来说，就是开了"人情小说"的先河。这是小说作者"兰陵笑笑生"对中国小说发展的又一个重大贡献。

《金瓶梅》创造性地通过一个家庭来描写广阔社会，以及它在人物塑造、语言运用方面的经验，给后世作家许多有益的启示。《红楼梦》、《醒世姻缘》等作品，都曾受到它的影响。尤其是《红楼梦》，能够吸收并发展其有益长处，避免其庸俗色情的创作倾向，取得了杰出的艺术成就。

但另一方面，《金瓶梅》对性生活的大量淫秽描写，也影响了后世某些小说的创作，如《玉娇李》、《续金瓶梅》等作品中的色情倾向，便与《金瓶梅》的影响有直接关系。其后，更是出现了鲁迅先生批判过的那种"著意所写，专在性交"的末流小说。这类恶劣创作，固然应由其作者自负其责，但从长篇小说创作倾向演变的角度看，《金瓶梅》作为始作俑者，开了中国淫秽小说的先例，自然也应受到谴责。

客观地说，在中国小说发展史上，《金瓶梅》是一部在多方面有着自己开拓和创新的重要作品，同时也是一部存在严重缺陷的作品。它的优点和缺点，都对后世文学产生了深广的影响。我们不应简单地以"淫书"二字抹煞它的价值，否定它在中国小说史上的地位，但也应用正确的态度来阅读它，以防其露骨的色情描写对人们的精神污染。[3]

［1］"社学",明代时是指各府、州、县设立的地方学校,主要教育十五岁以下的少年儿童。
［2］主要参考资料:郑振铎《西游记的演变》、刘修业辑《吴承恩诗文集》、赵景深《西游记作者吴承恩年谱》、胡光舟《吴承恩和〈西游记〉》、王丽娜《〈西游记〉外文译本概述》。
［3］主要参考资料:朱一玄编《金瓶梅资料汇编》、徐朔方编选《金瓶梅西方论文集》、夏志清《中国古典小说导论·金瓶梅》。

【第 35 回】

冯梦龙慧眼辑三言
汤显祖匠心成四梦

冯梦龙慧眼辑三言

在中国文学的历史发展中,一直存在着两条线索:一是文人文学,一是民间文学。尽管历代文人文学都从民间文学中吮吸了大量乳汁,促进了自身的生长和发育,但是,封建士大夫们却向来看不起民间文学,认为它是低级粗俗的东西,是不登大雅之堂的"下里巴人"。

到了明代,有一个人却一反这种根深蒂固的传统偏见,以卓越的见识和气魄,将自己的毕生精力,都用在收集、整理、编订和创作民间文学上,取得了前所未有的巨大成绩,对中国文学的发展作出了重要贡献。

这个人就是明末大文学家冯梦龙。

冯梦龙,字犹龙,号墨憨斋主人、顾曲散人、词奴等。他是长洲(今江苏苏州)人,约生于明神宗万历二年(公元1574年),卒于清世祖顺治三年(公元1646年)。他家在当时的长洲,是有名的书香门第。冯梦龙自己少年即有才情,博学多识,风流倜傥,诗文词曲,样样精通,为同辈所佩服。他的兄长冯梦桂,擅长绘画,是个颇有名气的画师。他的弟弟冯梦熊,是享誉一时的太学生,有诗文传世。兄弟三人,被合称为"吴下三冯"。

冯梦龙生活的时期,已是明代末年。那时,明王朝已经腐败透顶,不堪收拾:高迎祥、李自成、张献忠等农民起义军,已揭竿而起,并日益发展壮大,成为扑不灭的燎原之火;而以女真贵族努尔哈赤为首的清军,则在山海关外虎视眈眈,窥伺攻占中原的机会——整个国家的阶级矛盾和民族矛盾异常尖锐,处于大爆发的前夕。

好在当时的江南地区还算安宁,不属矛盾冲突的中心,所以还可以让冯梦龙安心读书,做他的文学工作。冯梦龙虽然可谓隽才宿学,但屡考科举不中,久困于诸生之间,落魄奔走,不得不一面以教书为生,一面倾其心力,从事他所爱好的通俗文学编创活动。

崇祯三年(公元1630年),他已经五十八岁了,科举方面才有了一点儿成就,取得了贡生资格。他先出任丹徒县(今江苏镇江)训导(管理教育的学官),四年后升任福建寿宁县知县。尽管当官很晚,但冯梦龙颇有政治才干,《寿宁县志·循吏传》说他"政简刑清,首倡文学。遇民以恩,待士以礼"。请看他为官时写的一首诗:

不能天雨粟,未免吏呼门。

聚敛非吾术,忧时奉至尊。

带青茗早稻，垂白鬻儿孙。
安得烽烟息，敷天颂圣恩。

这首诗题为《催科》，也就是写他为官下乡催人交税时的所见所感。他一面不得不奉公行事，催乡民科税；一面又感叹百姓生活凄惨，不忍扰民。无奈之下，最后只能期盼战乱停止，普天之下都沐浴浩荡皇恩。这首诗，充分表达了一个良吏的忠君恤民的思想。

由这种忠君恤民的思想所驱使，冯梦龙还以自己的学识上书朝廷，分析晚明社会积弱不振、混乱不堪的根源，陈述改革措施，虽切中时弊，开出良方，但当时的明王朝已是病入膏肓，难以救药了。

崇祯十七年（公元1644年），也就是著名的"甲申年"，李自成领军攻入北京城，崇祯皇帝吊死于景山下，明朝宣告灭亡。接着，清兵趁乱入关，长驱直入，势如破竹，很快占领大片中原土地。

国破家亡，生灵涂炭，冯梦龙悲痛欲绝，编了《甲申纪事》一书，总结明朝覆亡教训，希望明朝能像西汉亡了但东汉兴起一样，重新复兴。后来崇祯的弟弟唐王在福州自立政权，冯梦龙似乎看到了明朝"中兴"的曙光，便不顾年老体迈，辗转于浙闽之间，编印《中兴伟略》等书，为抗清复明广作宣传。

然而，这一切都无法改变历史发展的进程了。清世祖逐步平定福州及各地明朝残军，终于统一了中国。就在顺治皇帝登基第三年的春天，冯梦龙满怀忧愤，与世长辞了，享年七十三岁。

冯梦龙一生在通俗文学园地里辛勤耕耘，取得了令人惊叹的成果。他曾对罗贯中的《三遂平妖传》加工润色，增加了一倍的篇幅；对余邵鱼的《列国志传》完全改写，我们现在见到的《东周列国志》，大体就是冯梦龙改定后的面貌；他还对《盘古至唐虞传》、《有夏志传》、《有商志传》等一系列历史小说，进行了鉴定和不同程度的修改。另外，他还编印过《桂枝儿》、《山歌》两部民歌集，刊行之后，风行一时，沈德符在《野获编》中便说它"举世传诵，沁人心腑"。

然而，冯梦龙最杰出的文学成就，却是整理、编著并刊印了《喻世明言》、《警世通言》、《醒世恒言》这三大部短篇小说集。由于三部书名的最后一个字都是"言"字，所以又简称"三言"。这三部书，每部包括四十个短篇，总共一百二十篇作品。其中宋元话本，约占三分之一，明代拟话本（包括冯梦龙自己的作品），约占三分之二。

所谓"宋元话本"，是指宋代和元代说书人（即讲故事的人），给听众说书时用的底本。所谓"明代拟话本"，是指明代文人模仿宋元话本创作的文学作品。"话本"和"拟话本"的最大区别在于：话本是记录下来的口头文学，而拟话本则是文人按照说书人的口气创作的书面文学，是供人案头阅读的作品。

不论是在宋元话本或明代拟话本里，都有许多优秀作品。但是，由于当时社会认为只有诗词和古文等，是正儿八经的文学，像什么话本、拟话本之类的白话小说，只是不入流的"小道"、"末技"。因而，它们一般都不受重视，随生随灭。不仅官修的正史里毫不记载，就是野史杂记也很少提到它们。

上面说到的杰出小说家，如罗贯中、施耐庵等，还有优秀戏剧家如关汉卿、王实甫等，他们写出了传诵很广的文学名著，但生平事迹却很少为人知道。究其缘由，关键在于当时社会认为：他们写的是低级、粗俗的东西，因而不仅对作品嗤之以鼻，对作家也往往不屑一顾。

多亏冯梦龙慧眼识珠，以超人的胆识和勤奋，把宋、元、明三个朝代四五百年间的白话短篇小说，几乎"搜括殆尽"，编著出了"三言"这样的巨著。要不然，这些白话短篇小说，起码要有一大部分会被历史湮没了，那将是多么可惜的事啊！

"三言"中首屈一指的杰作，就是甚为人们称道的《杜十娘怒沉百宝箱》。

作品主人公杜十娘，是京城色艺俱佳的"教坊名姬"，但她不甘过着被玩弄、被侮辱的生活，"久有从良之志"。当她结识了对她很痴情的贵族公子李甲后，就想方设法把自己赎出妓院，打算和李甲结为夫妻，白头偕老。

两人乘船南归，准备回李甲的家乡，但船泊瓜洲渡口时，遇到盐商子弟孙富。杜十娘的美貌使孙富垂涎欲滴，他针对李甲手头缺钱，又怕携妓回乡受父亲训斥的心理，佯为关怀，巧舌如簧地动摇李甲的爱情，最后提出愿出千金来买十娘。没想到李甲竟然同意了这桩出卖爱情的交易，并约定隔日一手交钱，一手交人。

杜十娘知道这桩肮脏的交易后，悲愤万分。她打开随身携带的装文具的大盒子，里面都是抽屉小箱。她叫李甲抽出第一层看，全是翠玉首饰，约值数百金，十娘二话不说，倾投江中。又叫李甲再抽一箱，全是玉箫金管，又抽一箱，全是古玩宝器，两箱约值数千金，十娘又尽投大江之中。最后抽出一箱，内装都是夜明珠、祖母绿、猫儿眼等稀世珍宝，价值连城。

李甲做梦也没想到十娘有如此财富，后悔万分，大哭谢罪。杜十娘怒斥他说：

妾风尘数年，私有所蓄，本为终身之计。自遇郎君，山盟海誓,白首不渝。前出都之际,假托众姐妹相赠,箱中韫藏百宝,不下万金,将润色郎君之装,归见父母……谁知郎君相信不深,惑于浮议,中道见弃,负妾一片真心。今日当众目之前,开箱出视,使郎君知区区千金,未为难事。妾椟中有玉,惜郎眼中无珠……

说罢,杜十娘抱着百宝箱,纵身跳入波涛滚滚的大江之中。围观的几条船上的人,无不唾骂孙富的卑鄙无耻和李甲的中途负心。

作者在这个故事里,把他的全部同情和赞叹都倾注到了杜十娘身上,对杜十娘执著追求美好生活的决心和勇气,对她宁为玉碎、不为瓦全的崇高人格,作了深情而热烈的赞美;同时,也严厉抨击了纨绔子弟和商贾市侩的轻薄自私、为富不仁。这篇作品,不论从思想性或艺术性上看,都达到了很高的水平。

"三言"中类似这样的好作品还有不少。如《卖油郎独占花魁》、《蒋兴哥重会珍珠衫》等,通过描写下层市民的爱情生活,对封建贞节观念和门阀地位观念进行了批判,歌颂了冲破封建礼俗樊篱,追求纯真爱情的行为和理想。

《施润泽滩阙遇友》、《刘小官雌雄兄弟》等,则通过表现小商人和小手工业者,在经商活动中互相帮助的侠义精神,斥责了背信弃义、忘恩负义的劣行、颂扬了急人之难、乐于助人的真诚友谊。

还有些作品，如著名的《十五贯戏言巧成祸》、《灌园叟晚逢仙女》等，控诉了封建官吏昏庸无能、草菅人命的罪恶，揭露了土豪恶霸贪婪狠毒、欺压百姓的残暴。"三言"里也有一些描写神仙道化，宣扬封建伦理纲常和描写色情的作品。

所以，"三言"既表现了资本主义萌芽时期的新思想，又存留着消极和庸俗的旧意识，这种进步和落后交织在一起的现象，正是当时新兴市民文学的基本特征。

在艺术表现方面，"三言"中的不少优秀篇什，既重视故事完整，情节曲折和细节丰富，又调动了多种表现手段，刻画人物心理和性格，塑造了一些形象丰满的典型人物，有着积极的思想内容和较高的艺术水准。其艺术效果，正如《今古奇观序》中所说："极摹人情世态之歧，备写悲欢离合之致，可谓钦异拔新，洞心骇目。"

"三言"是一个时代的文学，它的编印，不仅使许多宋元旧篇免于湮没，而且有力地推动了短篇白话小说的发展和繁荣。它是中国文学史上第一部规模宏大的短篇小说集，也是中国古代白话短篇小说由口头艺术转为案头文学的第一座丰碑。

冯梦龙的"三言"刊布于世后,立即震动了明末文坛。受其启发和影响,一些文人纷纷编著白话短篇小说,以致一时各种拟话本专集相继涌现。这当中影响最大、成绩最突出的,就是凌濛初编著的两部集子《初刻拍案惊奇》、《二刻拍案惊奇》,简称为"二拍"。

凌濛初,字玄房,号初成,别号空观主人,浙江乌程(今浙江吴兴)人,生于明万历八年(公元1580年),逝于清顺治元年(公元1644年)。他曾任上海县丞、徐州通判等职,参加过镇压农民起义,最后呕血而死。

"二拍"是他在做官公务之余,自己创作的拟话本集子,共收短篇小说七十八篇。"二拍"中的部分作品,具有积极的思想意义。如《转运汉巧遇洞庭红》,写一个商人在国内经商破产,一次偶然机会得以出海做生意。他没有钱,只带了仅值一两多银子的洞庭红,不料到了海外,竟卖了八百多两银子。回国路上,经过一个荒岛时,又拣得珍宝,因此大发横财,成了个大富翁。

联系明代中后期商人要求开放"海禁"的历史背景,可以看出,小说表现了当时商人追逐金钱的欲望已扩展到了海外。这种描写在过去的作品中是没有的。它反映了当时商品经济的活跃,以及市民意识的发展。

尽管类似这样的好作品,在"二拍"中还有一些,但"二拍"里封建说教较多,格调不高的作品也不少。过去,人们多把"三言"和"二拍"相提并论,明末还有人从"三言"、"二拍"中选出四十篇作品,合编成一部书,叫《今古奇观》。其实,无论从思想和艺术上看,"二拍"实际上比"三言"逊色多了。

总的来说,"三言"、"二拍"在中国小说史上占有重要地位,它们以众多的作品,从各个方面较为深广地描绘了当时的社会生活,塑造了一批光彩夺目的艺术形象;同时,许多小说情节完整紧凑,故事曲折动人,语言通俗生动,心理刻画细腻,具有较强的艺术魅力。它们不仅长期以来流传广泛,而且对后代文学的发展产生了不小影响。[1]

汤显祖匠心成四梦

明代能诗善画的著名女才子冯小青,读了当时大戏剧家汤显祖的名剧《牡丹亭》后,曾写过这样一首诗:

冷雨幽窗不可听,挑灯闲读牡丹亭。
人间亦有痴于我,岂独伤心是小青。

这首诗的大意是:其他描写世态炎凉和爱情幽会的戏剧

都不值得一听,而《牡丹亭》言情状物,梦绕魂牵,直可让人挑灯夜读。世间还有比我更痴迷《牡丹亭》的人呢!为它流泪的何止我一个冯小青啊!

冯小青的话,说得一点不假。《牡丹亭》问世后,在全国曾引起极大轰动,反应异常强烈。一代著名演员、杭州歌伎商小伶,在演出剧中《寻梦》一场时,因完全进入角色,伤心过度,竟大哭一声,昏死台上。

娄江(今江苏太仓)有一青年女子,叫俞二娘,聪慧多情,善吟诗文。得《牡丹亭》剧本后,她终日捧读,如醉如痴,不知读了多少遍,字里行间夹满了她的批注,最后因悲痛剧中女主人公的遭遇,竟哀伤过度,悄然死去。

后来,《牡丹亭》的作者汤显祖知道这件事,还写有《哭娄江女子》的诗,倍加感叹:"画烛摇金阁,真珠泣绣窗。如何伤此曲,偏只在娄江?何自为情死?悲伤必有神。一时文字业,天下有心人!"

《牡丹亭》究竟是部什么样的戏剧?它为什么会引起这么大的反响呢?

《牡丹亭》的故事情节大致如下:江西南安府太守杜宝,有一独生女儿,名叫杜丽娘。她聪慧美丽,是父母的掌上明珠。一天,她在丫鬟春香的鼓动下,到后花园去游玩。这时正是三春时节,花园里的优美景色勾起她无限情思。回绣房午睡,梦见一风雅才子,手持柳枝,和她在牡丹亭畔,结下终身姻缘。

醒后,丽娘念念不忘梦中情人,日夜思念,茶饭无味,以致相思过度,命归黄泉。临死前,她画了一幅自画像,上题一首诗,托春香藏在后花园的湖石边。

杜宝夫妇失去爱女,万分悲伤。他们按照丽娘的遗愿,将女儿安葬在后花园的一棵梅树下,并建了梅花庵,请人为她守灵。随后,杜宝因升任扬州安抚使,便举家搬迁了。杜丽娘死后到地狱里,仍然思念自己的情人,不断向阴曹地府的判官打听其姓名。她的痴情和美丽,连死神都被感动了。

杜丽娘梦见的风雅才子,竟真有其人!他姓柳,原名春卿,家住岭南(今广东、广西一带),是个饱学多才的翩翩少年。他也曾做过一梦,在一花园里见一美人站在梅树下,对他说:"柳生、柳生,遇俺方有姻缘之份。"于是改名为柳梦梅。丽娘去世三年后,柳梦梅为赶赴科举考试,途经南安时不幸生病,借住于梅花庵中。

一日,柳生偶游花园,拾得一幅美人像,仔细端详,好生面熟,原来是梦中和自己幽会过的那位小姐。于是,他把画带回房中,对着画像痴叫"姐姐"。

晚上,丽娘魂游梅花庵,听见柳生呼唤,赶来相见,并说明自己就是为爱情而死的丽娘的鬼魂。柳生毫不畏惧,与她结为夫妻，并掘开坟墓，打开棺材，使丽娘起死回生。为怕人发觉，两人一起逃往京城临安（今浙江杭州）。

柳生乘考试发榜前的空闲，带着丽娘的画像寻找丈人杜宝。这时，杜宝因抗金有功，刚被提拔为宰相。他听到此事，大为恼火，认定柳梦梅是盗墓的骗子，把他打入牢狱，大加鞭笞。这当儿，传来柳梦梅被皇帝钦定为状元的消息，杜宝才善罢甘休，让柳生和丽娘夫妻团圆。

在今天看来，《牡丹亭》虽然情节优美动人，却荒诞不经，而且写的不过是才子佳人的故事，似乎没多大意思。可是在当时，它却具有石破天惊的震撼力量和进步意义。

明代是中国历史上思想禁锢非常严厉的时代，不仅对知识分子大兴"文字狱"，而且更修订了一系列"女诫"，约束和迫害妇女。什么"饿死事小，失节事大"，"三从四德"，"从一而终"，等等，像一道道无形的枷锁，紧紧套在妇女身上。因此，明代礼教束缚而死的"烈女"、"节妇"特别多，仅《明史·列女传》记载的牺牲者，就不下万人，至于那些不知名而死于戒律者，自然更加不计其数。

正是在这种时代背景下，《牡丹亭》如闪电划破夜空，降临大地！它所描写的贵族小姐杜丽娘，虽然从小浸渍于封建礼教之中，却能挣脱重重束缚，大胆追求爱情，要求婚姻自由，甚至不惜为爱情而死，也不怕为爱情再生。青年书生

柳梦梅，虽然从小接受的是儒家思想教育，但仍能摆脱礼教桎梏，执著忠于爱情。他明知丽娘是鬼，却照样与她相好幽会；明知掘墓开棺要被砍头，却照样冒险帮助丽娘复活。

《牡丹亭》通过塑造这两个封建社会叛逆者的典型形象，反映了在令人窒息的封建社会里，青年男女热烈追求婚姻自由的强烈愿望，猛烈抨击了封建礼教的残酷和危害。

从艺术方面看，《牡丹亭》也有自己独到之处。作品情节构思，离奇曲折，具有浓郁的浪漫主义色彩。作者写主人公杜丽娘，完全不是正常人的生存方式，而是由人到鬼，后来又由鬼变成人。她与柳梦梅的爱情结合，先是梦中结合，再是人鬼结合，最后才是还魂后的人与人的结合。这种浪漫夸张的描写，既是塑造主人公叛逆性格的重要手段，更加强了全剧反传统、反礼教的力量。另外，文词的典雅清丽，也是艺术上的一大特色。

请看第十出里杜丽娘到了后花园，惊诧春色如画，唱的一支《皂罗袍》曲：

原来姹紫嫣红开遍，似这般都付与断井颓垣。良辰美景奈何天，赏心乐事谁家院！

朝飞暮卷，云霞翠轩，雨丝风片，烟波画船。锦屏人，忒看的这韶光贱。

传说当年娄江女子俞二娘，读了这段曲文后，曾有这样一段夹批："春色如画，如临其境，景色恼人，动魄惊心。爱春怕春去，因春转自怜，情与景会，两相流连，正是三分春色描来易，一段伤心画出难。汤显祖有何种神妙之技，写出这等状物言情的文字。"[2]

作者在剧本里，正是以这样诗一般的语言，抒情的笔调，刻画人物，描写景致，点染气氛，使不少场景都因语言优美、凝练，具有浓郁的诗情画意，从而增强了全剧的动人魅力。

《牡丹亭》的作者汤显祖，字义仍，号海若、若士，又号清远道人，晚年自号茧翁。他于明世宗嘉靖二十九年（公元1550年），出生在江西临川的一户书香人家。他的祖父汤懋昭，笃信老庄之学，是一方有名的文士。父亲汤尚贤，是个"为文高古，举行端方"的儒者。他热心教育，建立汤家私塾，并聘请泰州学派大师王艮的三传弟子罗汝芳任教。

汤显祖有这样好的学习条件，加上发愤苦读，从小就显示出卓越不群的才气。他五岁便能属对（对对子），十二岁时就能吟诗作词，十四岁考取秀才，二十一岁就中了举人，二十六岁时刊印第一部诗集《红泉逸草》，次年又刊印了第二部诗集《雍藻》。

汤显祖年纪轻轻，才华盖世，自然名闻遐迩。当时许多读书人，都以能与他交往为荣。

当朝首辅（宰相）张居正，是历史上有作为的一位政治家，但他又是一个刚愎自用，喜欢听奉承话的人。他为让自己的两个儿子能进士及第，想网罗国内名士助长声势，便多次派人游说汤显祖、沈懋学，让他们与其子结交，并以进士前三名相许。

汤显祖素以才高自重，傲岸不羁，对别人看来求之不得的机会，竟断然拒绝，不屑一顾。结果这年考进士，在意料之外，又在意料之中地名落孙山；而沈懋学乐于攀附，便以第一名及第，高中状元，张居正的次子中了第二名，夺得榜眼。

三年后的万历八年（公元1580年），张居正又让第三个儿子去结交汤显祖，他照样不予理睬。结果这年张居正的长子中了状元，三子成了同榜进士，而汤显祖依然榜上无名。

当时，朝野上下，对张居正的这一行为，均有非议，有人还在朝门外张贴了一首打油诗："状元榜眼俱姓张，未必文星照楚邦。若是师相坚不去，六郎还作探花郎。"

万历十年（公元1582年），位极人臣的张居正病故。次年，汤显祖再次参加会试，终于在三十四岁时，得了个进士出身，在北京礼部观政一年后，便被调到南京任太常博士。

由于太常博士是管理祭祀礼乐的闲职，汤显祖便乘机闭门读书，博览群籍。每到深更半夜，家人一觉醒来，仍见他在琅琅读书。有时闲着,他便骑上瘦驴,去游览南京的名胜古迹:莫愁湖畔,栖霞山巅,雨花台前,钟山脚下,到处都留下了他的足迹。回到家里,他将自己游览所见所感,写成诗文,篇篇绮丽灵动,令人耳目一新,当时人们"展相传诵,至令纸贵"。

这段时间里,汤显祖完成了传奇剧本《紫钗记》的创作。这个剧本原来写了一个草稿,名为《紫箫记》,是根据唐代蒋防的传奇小说《霍小玉传》改编而成。剧本通过闺阁小姐霍小玉同才子李益悲欢离合的故事,歌颂了忠贞不渝的爱情。其中势压朝野、权倾一时的卢太尉,因爱李益才华,便竭力拉拢,并欲招为女婿,李益不肯就范,就被其遣至边关。作品对卢太尉的种种卑劣行径作了大胆揭露,表现了作者对飞扬跋扈的达官显贵的蔑视和憎恶。剧本完成后,当时就有人说它"暗刺时相"(指张居正),可能并非没有一点影子。

万历十九年(公元1591年)三月的一天夜晚,一颗闪光的彗星拖着长长的尾巴,掠过夜空。昏庸的神宗皇帝看了,认为国家将有灾难,主要是谏官检举罪状不公造成的,于是诏令谴责谏官,各罚官俸一年。

汤显祖接到诏令,立即上奏了一道《论辅臣科臣疏》,说妖星的出现,责任不在谏官,而完全是宰辅(宰相)腐败造成的。奏疏的最后几句话是:"陛下经营天下二十年于兹矣。前十年之政,张居正刚而有欲,以群私人,嚣然坏之;后十年之政,申时行柔而有欲,又以群私人,靡然坏之。"

汤显祖弹劾宰相滥用私人,排斥异己,邀功争宠,实际上也间接地批评了神宗昏聩不明,在一定程度上抨击了当朝统治。结果自然是龙颜大怒,神宗以假借国事攻击宰相的罪名,把他贬到徐闻县(今广东徐闻),去当个小小的典史官。

却说那徐闻县,地处中国最南端的雷州半岛,是个野兽出没、气候变化无常的荒蛮地区。家人及友人都为他去徐闻而担心,但他却泰然自若,并安慰家人及朋友说:我早就想到那一带去游览,一直没有机会,现在正可趁到那里工作,了此夙愿。

两年后,当时宰相申时行下台,汤显祖被调任浙江遂昌知县。不论在徐闻或遂昌,他都十分重视教育,关心人民疾苦,做了建立学堂、宽待囚犯、压制豪绅等许多好事,政绩显著,声誉很好。

但他在这段时间里,也进一步看清了官场的黑暗,却从不随波逐流,而是始终那么高傲清正,对权贵时有讥刺,因而受到了来自统治集团与日俱增的攻击和迫害。四十八岁那年,他终于被迫辞官,从此便隐居故里,以作戏剧、诗词自娱,直到明神宗万历四十四年(公元 1616 年)告辞人世,终年六十六岁。

汤显祖辞官回家的第一年，就写出了《牡丹亭》。此后又根据唐传奇故事，创作了《南柯记》、《邯郸记》。

《南柯记》写一名叫淳于棼的落魄"游侠"，梦中与"大槐安国"公主成亲，担任南柯太守。公主死后，他被召还宫中，加封左相，权倾一时。他荣华富贵二十年，醒后才知是一场梦。所谓的大槐安国，不过是古槐树下的一个蚂蚁窝。于是淳于棼看破红尘，立地成佛了。这一作品寄托了作者人人富有、官民平等的思想，也揭露了朝廷骄奢淫逸，文人阿谀奉承的丑态。

《邯郸记》写一个名叫卢生的穷书生，在邯郸道旁的旅店里等主人蒸黄粱饭时，朦胧入睡，梦中娶了一个富豪人家的女子。他带着钱财进京贿赂，果然高中状元，后来挂帅封侯，屡建奇功，但因遭权贵谗言，几乎丧命；可不久又飞黄腾达，位居宰相，连子孙都获得了享不尽的富贵豪华。一梦醒来，黄粱饭还没熟透，卢生领悟到："功名身外事，人生如一梦"，于是就随吕洞宾云游四方去了。

这两部剧作融和了汤显祖多年仕宦生涯的切身感受，对科举制度的腐败，官场倾轧的残酷，以及皇帝、官僚的昏庸和奢侈，都作了辛辣的讽刺与揭露。

汤显祖早年还写过一部戏剧《紫钗记》。由于《牡丹亭》、《南柯记》、《邯郸记》和《紫钗记》都以做梦为剧情发展的关键环节,又由于他是临川人,所以后人便将他的这四部剧作称为"临川四梦"。也有的人因为他晚年住的书斋名叫"玉茗堂"[3],称这四部剧作为"玉茗堂四梦"。[4]

[1] 主要参考资料:褚人获《坚瓠九集》卷四、冯梦龙《甲申纪事》与《墨憨斋定本传奇》、胡士莹《话本小说概论》。
[2] 娄江女子评点的《牡丹亭》本已失传,这里的评点文字,系根据汤显祖《哭娄江女子》诗二首的序文代拟。
[3] 汤显祖住的屋前,有棵玉茗树(即白山茶),所以他给自己的书斋取名为"玉茗堂"。
[4] 主要参考资料:《明史·汤显祖传》、《明诗纪事》庚集卷二、钱南扬与徐朔方编《汤显祖集》、徐朔方编《汤显祖年谱》。

【第 36 回】

李梦阳复古反台阁
袁宏道重今抒性灵

李梦阳复古反台阁

话说元末明初时的泰和（今江西泰和），有个名叫刘伯川的富豪，拥有家产万贯，良田数千亩。但他轻财好义，心慕箪食瓢饮的淡泊生活，四十岁那年，竟在一日之间，把良田和家产全部散给了乡亲邻里，自己只留下几间茅舍和几亩小园，聊以度日。

从那以后，他一改往日广交文友、往返唱和的习惯，而是深居简出，不接宾客，只是每日在家向一少年谈史论经，说诗授文。

这少年名叫杨士奇，十四五岁，刘伯川同乡故友的孩子，因父亲早亡，和寡母一起生活。刘伯川特别喜欢他，常对妻子说："杨士奇这孩子，聪慧勤奋，胸有大志，将来必成大器。"

这年冬天，一场大雪刚停，杨士奇又照例来到刘伯川家。刘伯川见风雪封门，仍没挡住士奇前来问学，很是高兴，便吩咐妻子拿酒端菜，款待士奇。饮至半酣，刘伯川用手指门外的冰雪胜景，笑着对士奇说："今日伯伯要考考你，限你当场作首咏雪诗，如何？"

士奇二话不说，拿出笔墨纸砚，顷刻间就写成了一首《刘伯川席上作》的言志诗：

飞雪初停酒未消，溪山深处踏琼瑶。
不嫌寒气侵入骨，贪看梅花过野桥。

刘伯川一边呷着酒，一边盯着诗稿，品味了好一会儿才说："士奇学问果然大有长进，'不嫌寒气侵入骨，贪看梅花过野桥'。志趣高洁，情怀淡泊，十年苦读，却甘为寒士，异日必为国家所器重，此叫'有所不为而后可为之也'！"

刘伯川对这首言志诗的评语，后来果然得到了验证。明惠帝建文年间，杨士奇被推荐进翰林院，修《太祖实录》，后来成了明成祖、仁宗、宣宗、英宗四朝的宰辅（宰相）。他与杨荣、杨溥同主朝政，颇有政绩，一代名臣于谦、周忱、况钟等，都由他举荐为官。"三杨"对明初的稳定和繁荣，被公认具有扛鼎之功。《明史·杨士奇传》就说："明称贤相，必首三杨。"

不过，"三杨"虽然在政治上颇有作为，但在文学上以他们为代表形成的"台阁体"诗派，却颇受后世讥议和批评。当时，他们身处太平盛世，位极人臣，发为诗文，饱含富贵之气，净是歌功颂德、点缀升平、应制酬答之作，其抒情造句，雍容典雅，简淡纡徐，平正醇实，颇似承平宰相的风格。因为"三杨"都是台阁重臣，故他们的诗文有"台阁体"之称。

台阁体既缺乏广阔精深的社会内容，又少有纵横驰骋的气度，徒有工丽典雅的形式而已。但由于倡导者身居宰相高位，主一代文柄，因而一般文人学士得官后，竞相模仿，以至沿为流派，几乎影响了明代诗坛近百年。沈德潜在《明诗别裁》里便说："永乐以还，尚台阁体，诸大老（指三杨）倡之，众人靡然和之，相习成风，而真诗渐亡矣。"

面对台阁体虚饰、萎弱的文风，明孝宗弘治以后，前后七子揭竿而起，高举复古的旗帜，力矫台阁体的流弊，终于打破了当时文坛的沉寂。

"前七子"的领袖人物是李梦阳、何景明，其余成员有徐祯卿、王廷相、康海、边贡、王九思。他们七人对文学的看法虽然不尽相同，但基本意见却是一致的，即主张"文必秦汉，诗必盛唐"。

他们极力推崇先秦两汉散文、汉魏古诗和盛唐诗歌，认为这些作品才是完美无缺的，而以后的诗文则有种种毛病，一代不如一代。所以，在李梦阳看来，写作最好以那些绝对完美的东西作范本，就像写字临摹古帖一样，从篇章结构到具体句法词汇，都进行模拟，模拟得越像越好。

当时,一般文人对"台阁体"已感到厌倦,而对古人的作品则十分赞赏,所以当李梦阳等人举起复古的大旗后,许多人都趋之若鹜,热烈响应,认为这是发展诗文的一条新路子。七子的诗文也因此风行一时,受到人们的百般推崇。

正是如此,紧随"前七子"之后,嘉靖、万历年间,又有以李攀龙、王世贞为首,包括谢榛、宗臣、梁有誉、徐中行、吴国伦在内的"后七子"接踵而起,步其后尘,变本加厉地倡行复古,使复古运动产生了持久广泛的影响。

《明史·李梦阳传》即说:"天下推李(梦阳)、何(景明)、王(世贞)、李(攀龙)为四大家,无不争效其体",以致当时出现了"物不古不灵,人不古不名,文不古不行,诗不古不成"的崇古时代的风气。

前后七子复古的文学主张,在当时很有积极意义。由于明初推行八股文考试制度,使许多士子只埋首于四书五经、时文策论,无心旁顾其他著作;而充斥诗坛的台阁体,则多是粉饰现实、点缀升平的无病呻吟。前后七子标举汉、魏、盛唐诸大家的文学作品,既打破了台阁体、八股文的一统天下,又使人们注意学习声情并茂的汉魏盛唐诗文。这对于消除千篇一律、萎靡不振的八股文风和台阁诗风,开阔人们眼界,变革文坛气候,起了进步作用。

然而,尽管前后七子都写出了一些反映社会现实,关心民生疾苦的优秀作品，但由于他们过分强调"文必秦汉，诗必盛唐"，也出现了不少模拟甚至剽窃古人作品的现象。他们的一些作品，不仅缺乏新意，情境和古人雷同，而且语句也常常直接照搬古人，几乎成了古人诗文的"临摹本"。在这方面，李梦阳的著名乐府体诗歌《艳歌行》，可谓典型代表：

晨日出扶桑，照我结绮窗。
绮窗不时开，日光但徘徊。

通阡对广陌，柳树夹楼垂。
上有织素女，叹息为谁思。

步出郭东门，望见陌上柳。
叶叶自相当，枝枝自相纠。

这里，第一首头两句仿汉乐府名作《陌上桑》的"日出东南隅，照我秦氏楼"，末句出自曹植的《七哀诗》："明月照高楼，流光正徘徊"，只是把月光变成了日光。第二首前半仿古乐府《陇西行》中的"桂树夹道生，青龙对道隅"，颠倒了次序；后半也出自曹植《七哀诗》："上有愁思妇，悲叹有余哀"。第三首前半仿古乐府《梁甫吟》中的"步出齐城门，遥望汤阴里"，后半出自宋子侯《董娇娆》："花花自相对，叶叶自相当"，后一句竟被一字不动地全抄了下来。

这种"食古不化"的情况，复古阵营内部的人也有不满。正德年间（公元1506—1521年），"前七子"中的何景明，就曾同李梦阳发生过激烈的争论。何景明在《与李空同论诗书》中认为，他俩分歧的关键在于：李梦阳的拟古是"刻意古范"、"独守尺寸"；而他的拟古则是"领会精神"、"不仿形迹"。这一意见，后来引起李梦阳的反省，他晚年编定自己的诗集时，就曾在诗集自序里承认：真正的诗歌乃在民间，而自己的诗则是情寡词工，并非真诗。

"后七子"中，不同的人拟古的方式和程度也不一样：李攀龙持论褊狭，模仿古人亦步亦趋，不愿越雷池半步；而王世贞和谢榛等，则持论比较通达，主张多方取法，讲究模拟之妙。王世贞晚年还放弃复古主张，诗风渐趋平淡自然，取得了不小成就。

前后七子在政治上，多是敢与权臣、宦官作斗争的英雄之士，尤其是李梦阳、王世贞两位代表人物，疾恶如仇，敢作敢为，明知祸患在前，也能挺身而出，当时颇得人们的敬重。

李梦阳，字献吉，号空同子，庆阳（今甘肃庆阳）人，生于明宪宗成化九年（公元1473年），卒于明世宗嘉靖九年（公元1530年）。

他出身寒微，但异常聪明，二十岁时参加陕西乡试，获得第一，次年就高中进士。不幸的是，刚中进士，便连丧父母，他只得在家守制，直到四年后，才出任户部主事，后迁户部郎中。

弘治十八年（公元1505年），他直言上奏，弹劾"势如翼虎"的权臣张鹤令，被囚于锦衣卫大狱，受到严刑拷打，不久宽大赦放，罚俸薪三个月。出狱后，他有一次路遇张鹤令，竟扬起马鞭，打落其两颗门牙，可见他是个多么刚烈的汉子。

正德元年（公元1506年），十五岁的朱厚照登基当了天子，原来伺候他的刘瑾、马永成等八个太监，由于得到皇上的宠信，在朝中狼狈为奸，专横跋扈，凶狠狡诈，无恶不作。朝廷大小官员，无不惧怕他们，称他们为"朝中八虎"。

当时大学士刘健、谢迁等一批忠直朝臣联名上疏，请诛刘瑾等"八虎"，均遭迫害。户部尚书韩文与李梦阳商量，意欲再次上奏，清除"八虎"。李梦阳明知此事可能招致杀身之祸，照样毅然命笔，替韩文写出弹劾刘瑾奏章，不畏龙颜动怒，历数权奸罪状。

果然，昏聩懦弱的朱厚照，完全是"八虎"手中的傀儡，他听凭"八虎"左右，将李梦阳贬官山西，后又下诏收

捕入狱，意欲杀害。幸亏"前七子"之一，时任翰林院修撰的康海鼎力相救，他才得以获释。

"后七子"的首领王世贞，字元美，号弇州山人，太仓（今江苏太仓）人，生于明世宗嘉靖五年（公元1526年），卒于明神宗万历十八年（公元1590年）。他自幼才华过人，二十一岁中进士，初任刑部主事，后升至员外郎、郎中。他为官正派，不附权贵，敢于仗义执言，哪怕两肋插刀，也在所不辞。

当时，兵部武选员外郎杨继盛，弹劾当朝宰相严嵩十大罪状，被捕下狱，惨遭酷刑。一般人因惧怕严嵩淫威，唯恐避之不远，但王世贞却多次到狱中看望他，时送汤药，并代杨妻写申诉状。杨继盛被杀后，他又备棺殓尸，加以安葬。为此，严嵩对他嫉恨万分，直至指使其儿子严世蕃，诬陷害死了王世贞的父亲。尽管这样，王世贞对自己所做的事一点也不后悔，以后对杨继盛的妻儿，照样多有接济和照顾。朝野上下说到此事，无不对王世贞肃然起敬。

他作为文坛盟主数十年，出现了《明史》所说的"一时士大夫及山人、词客、衲子、羽流，莫不奔走门下，片言褒赏，声价骤起"的状况，这固然是由于他在文学上取得了较高的成就，但与他做人正派耿直，重情讲义也有很大关系。

前后七子的文学复古运动，以矫正"台阁体"的流弊而起，为挽救当时的文学危机发挥了积极作用。但由于他们盲目复古，以形式上的模拟来代替文学遗产的合理继承，又陷入了袭古成风，万口一喙的泥淖，同样把文学发展引入了歧途。

"物极必反"，这是千古不易之理。前后七子的复古运动矫枉过正，自然要引起人们的不满。当时就有人起而反对他们的复古论调，其中抨击最有力者，便是以"三袁"为代表的公安派。[1]

袁宏道重今抒性灵

"三袁"是明代文学家袁宗道、袁宏道、袁中道三兄弟的合称。他们三人均以渊博精深的学问、狂放不羁的性格、率真自然的诗文，享誉文坛。他们志同道合，提出了一整套系统的文学理论，并以自己的创作实践标榜印证，产生了很大影响，形成新的文学流派。因他们都是湖广公安（今湖北公安）人，所以世称为"公安派"。

公安派成员除"三袁"以外，重要的还有江盈科、陶望龄、雷思霈、黄辉等人，他们主要活动于万历年间（公元1573—1620年）。明代自弘治时期以来，前后七子倡言"文必秦汉,诗必盛唐"的复古运动,一直声势显赫,在文坛占居主导地位。其间虽有一些文士,如王慎中、归有光、茅坤等"唐宋派"作家,并不盲目追随,起而抗争,但并不足以矫正其流弊。

万历初年,一代著名思想家兼文学家李贽,面对前后七子的复古口号,针锋相对地提出"诗何必古选?文何必先秦?"等观点,振聋发聩,新人耳目,实际上成了公安派反对前后七子复古论调的先导。

公安派的文学主张,发端于袁宗道,袁宏道实为中坚,而袁中道则进一步扩大了它的影响。他们三人中,袁宏道成就最大,他曾自称"扫时文之陋习,为末季之先驱,辨欧韩之极冤,捣钝贼之巢穴",是反复古运动中实际上的领袖人物。

袁宏道,字中郎,号石公,生于明穆宗隆庆二年(公元1568年)。他自小有个性、有才华,是"三袁"中最机敏调皮的一个。二十岁时,他参加会试,考中举人,次年赴京考进士,却名落孙山。郁闷之余,他携友郊游,来到北京西郊的名胜显灵宫,观古思今,感慨万分,写了《显灵宫集诸公,以城市山林为韵》四首诗,请看其中的第二首:

野花遮眼酒沾涕,塞耳愁听新朝事。

> 邸报束作一筐灰，朝衣典与栽花市。
> 新诗日日千余言，诗中无一忧民字。
> 旁人道我真瞆瞆，口不能答指山翠。
> 自从老杜得诗名，忧君爱国成儿戏。
> 言既无庸默不可，阮家那得不沉醉。
> 眼底浓浓一杯春，恸于洛阳年少泪。

这首诗的大意是说：朝政日非，国事忧伤，因而让人不愿听朝中消息，只想逍遥街市，赏花自遣。别人指摘我诗中少有忧国忧民的字句，岂知我不愿吟咏国事，而想退隐山林呢！唐代大诗人杜甫的作品以忧君忧国著名，但后人学杜诗，因缺乏真实情感，多是陈词滥调。既然自己不愿随波逐流，却又难以直语畅言，还不如像魏晋时期的阮籍那样，沉醉酒乡；像当年少年贾谊上疏《治安策》一般，流涕恸哭。诗篇作于科举落第之时，心怀忧闷，感时伤国，因而语多激愤，充溢着不平之气。

袁宏道返乡后，继续寒窗苦读，埋头勤学，同时问学于当时定居湖广麻城（今湖北麻城）的大思想家李贽，并引以为师。自此，李贽的人生态度和学术思想，对袁宏道的一生产生了重大影响。

且说李贽，那可是个了不起的人物，堪称明代最杰出的思想家。他字宏甫，号卓吾，是福建泉州人，生于嘉靖六年（公元1527年），卒于万历三十年（公元1602年）。他不以孔子的是非为标准，认为"圣人不曾高，众人不曾低"，对封建统治的等级制度和特权思想，发动了猛烈的攻击。他还认为，男女有同样的智慧，不能说"男子之见尽长，女人之见尽短"，否定"男尊女卑"的封建传统思想。

李贽曾在当时的大学"国子监"里当老师，开堂上课，就幽默地嘲笑了对孔子盲目崇拜的道学家："有人讲，'天不生仲尼（孔子），万古如长夜'。怪不得孔子以前的人，大白天还打着灯笼走路呢！"监生们听了，都哈哈大笑。孔子"至圣至贤"的偶像地位，便在这笑声中动摇了根基。

李贽的思想具有极大的叛逆性和战斗性，因此被统治者和传统士大夫视为"异端"。他晚年便在躲避官府和地方保守势力的迫害中度过的，最后被捕死于狱中，他的著作也一再遭到官方焚毁。

对于文学，李贽同样持有与传统观念根本不同的见解。他认为作家创作都是自然而然、不得不然之事，正如堤坝蓄水，"蓄极积久，势不能遏"。由此，他提出了著名的"童心说"，以为"天下之至文，未有不出于童心焉者也"。这里所说的童心，就是指真心，也就是真实的思想感情。

由此，他认为文学只应以思想感情的真假程度定优劣，而不能以时代先后分高低。这对于前后七子贵古贱今的复古理论，无异于当头一棒。从这种观点出发，他大力推崇《西厢记》、《水浒传》等元明当代的文学，认为这些被传统文学观念视为"小道"、"末技"的通俗文学，都是真实情感的自然流露，因而都不失为"古今之至文"。所以，他以极大的热情评点《水浒传》、《三国演义》、《琵琶记》等作品，成为中国通俗文学最早的研究者和批评家。

却说袁宏道自拜李贽为师后，思想有了极大的转变。他的弟弟袁中道，在《妙高山法寺碑》里，就李贽思想对袁宏道的影响，曾作了这样的描述："先生（袁宏道）既见龙湖（李贽），始知一向掇拾陈言，株守俗见，死于古人语下，一段精光，不得披露；至是浩浩焉，如鸿毛之遇顺风，巨鱼之纵大壑，能为心师，不师于心，能转古人，不为古转，发为语言，一一从胸襟流出。"

这就是说，袁宏道见到李贽，犹如鸿毛遇到顺风，巨鱼跃入大河，一改往日墨守成规，死于古人语下的卑陋，进入了"能转古人，不为古转"，写诗作文，都从自己胸中流出的新境界。而李贽对他也期望甚高，称他为"英灵男子"，盼望他将来能继承自己的事业。

袁宏道没有辜负李贽的殷切之心。他在反复古派的论争中，骁勇善战，提出了一系列精彩的文学主张。他认为文学

是随着时代的发展而变化的,各个时代的文学都有自己的特色,不应厚古薄今。在《叙小修诗》一文中,他很有说服力地指出:

> 秦汉而学六经,岂复有秦汉之文?盛唐而学汉魏,岂复有盛唐之诗?唯夫代有升降,而法不相沿,各极其变,各穷其趣,所以可贵,原不可以优劣论也。

既然文学因时而变,就没有必要模拟古人。他猛烈攻击当时的复古之风,批评复古实际上就是抄袭,"剽窃成风,万口一响","弃目前之景,撼腐滥之辞"。

在创作上,他提出了著名的"性灵说"理论。他在《叙小修诗》中,通过对弟弟袁中道诗歌的评论,强调写诗作文,要"独抒性灵,不拘格套,非从自己胸臆流出的,不肯下笔"。这就是要求作家充分表现自己的个性,而不必顾忌复古派设下的种种清规戒律。他认为"出自性灵者为真诗",好诗好文,向来都是"任性而发之作"。他还主张用平易近人的语言来写作,"宁今宁俗,不肯拾人一字",反对袭用古语,大用典故。

他的诗,一般都语言清新,自然流畅,通俗易懂,自称有白居易的遗风。请看他的名作之一《戏题斋壁》:

> 一作刀笔吏,通身埋故纸。
> 鞭笞惨容颜,簿领枯心髓。
> 奔走疲马牛,跪拜羞奴婢。
> 褐衣炎日中,赤面霜风里。
> 心若捕鼠猫,身似近膻蚁。
> 举眼尽无欢,垂头私自鄙。
> ……

袁宏道自拜李贽为师后,学问大有长进,于万历二十年(公元1592年)中进士。但因受李贽影响,他却不愿出仕做官,而是与兄宗道、弟中道遍游楚中,以狂放傲世而名重当时。三年后,他被选为吴县(今江苏苏州)令,政绩显著,上下赞誉,可他不久就在衙署雪白的墙壁上,亲笔题下了这首大叹做官苦经的《戏题斋壁》诗。随后,他便辞官而去,游览江南名胜,追求无所羁勒的自在生活。

因赏识袁宏道的政治才干,朝廷后授他顺天教授,补礼部仪制司主事。他做了两年,又辞官回乡,卜居柳浪湖畔,潜心著文,并云游庐山、桃源等地。万历三十四年(公元1606年),他奉诏入京,任仪曹主事,不久又拂袖而去。两年后他再次奉诏入京,任吏部主事,迁为考功员外郎,奏立"岁终考察群吏法",被钦定为固定的制度。但他不久又请假回归故里，并再也没有涉足官场了。

由袁宏道的经历可以看出，他是十分讨厌做官的，甚至认为，"官实能害我性命"。上首《戏题斋壁》诗，便以浅近的语言，幽默的笔调，把官场生活的丑态和苦恼，刻画得淋漓尽致。

袁宏道还有一段妙文，叙述自己当吴县令的痛苦，可与《戏题斋壁》诗相映照：

> 人生作吏甚苦，而作令为尤苦，若作吴令，则其苦万万倍，直牛马不若矣。何也？上官如云，过客如雨，簿书如山，钱谷如海，朝夕趋承检点，尚恐不及。苦哉！苦哉！然上官直消一副贱皮骨，过客直消一副笑嘴脸，簿书直消一副强精神，钱谷直消一副狠心肠，苦则苦矣，而不难……

袁宏道的散文极负盛名，以简洁活泼、秀逸明快、诙谐有趣、真切动人傲步文坛。出自他给沈广乘信中的这段文字，描写自己当官的切身感受，语言生动畅达，毫无斧凿之痕，嬉笑怒骂，皆成文章，有力地披露了官场的黑暗和当官的痛苦。

袁宏道及公安派作家，为人也和他们作文一样，潇洒放达,任性不羁。袁宏道便肯定对世俗生活的热爱和追求,把"目极世间之色,耳极世间之声,身极世间之鲜,口极世间之谭",视为人生之乐事,鼓励人们毫无拘束地尽情享受生活的欢乐。

他还赞赏对财富的向往和获取,在给毛太初的信中说:"人生三十岁,何可使囊无余钱,囤无余米,居住无高堂广厦,到口无肥酒大肉,可羞也。"他甚至公开承认自己好色,认为好色是人的天性,因而在文学作品中表现人们的情欲,是完全无可非议的。

袁宏道及公安派作家的这种人生观念和生活态度,具有强烈的反传统的意义。它说明晚明社会已试图挣脱封建禁锢,开始迈向个性呐喊的时代。这和公安派在诗文中倡导"独抒性灵,不拘格套"相一致,都反映了晚明市民阶层萌发的自由意识和民主要求。

袁宏道及公安派的文学主张和创作实践,一扫前后七子笼罩文坛的复古迷雾,解放了文体,出现了清代纪昀在《四库全书总目提要·集部》中所说的"天下耳目一新,又复靡然而从之"的盛况,并对清代文学如郑燮的散文、袁枚的诗论等,都产生了不小的影响。

正在公安派势力大张之时,又有钟惺、谭元春等人步其后尘,反对模拟古人,提倡抒写"性灵",使反复古的浪潮更加声势浩大。由于他们都是湖北竟陵人,所以被称为"竟陵派"。不过,他们所张扬的"性灵",已不是公安派所说的直率思想感情,而是避世绝俗的"幽情单绪",作品所抒发的也多是作家个人的孤僻情怀,因而不论是社会影响或创作成就,都无法与公安派相提并论。[2]

[1] 主要参考资料:《明史·李梦阳传》,《明史·杨士奇传》,《明史·王世贞传》,钱谦益《列朝诗集小传》丙集,《明诗综》卷三十一。
[2] 主要参考资料:《明史·袁宏道传》,《明史·李贽传》,《明史·文苑传》,钱伯诚《袁宏道集笺校》,《李贽研究参考资料》。

【第 37 回】

蒲松龄孤愤寓聊斋
吴敬梓傲骨讽儒林

蒲松龄孤愤寓聊斋

崇祯十三年（公元1640年），这时离明朝灭亡只剩四个年头了。就在全国各地一片战乱声中，山东淄川（今山东淄博）的蒲家庄里，诞生了一位第一流的文学家，他就是被誉为中国文言短篇小说之王的蒲松龄。

蒲松龄是蒙古族后裔，他的祖父和父亲都是读书人，蒲家在当地是有名的书香之家。可是祖辈科名不显，蒲松龄的父亲虽是一位满腹经纶的学者，但科举屡试不中，为生活所迫，只得弃儒经商。

父亲虽然自己在科举上失败了，却加倍要求孩子们刻苦攻读，期望他们能学优仕进，光宗耀祖。他的心血并没有白费，蒲家四兄弟中，有三个考进了县里的公立学堂，成了"庠生"。尤其是老三蒲松龄，学业最为突出，不仅通过了县里的考试，十九岁时，还一连通过了州、府两级考试，并且每次都是第一名。方圆数百里的人，都以为他前程似锦，不可限量。当时，主持山东学政的著名诗人施闰章，对他十分赏识，称赞他"观书如月，运笔成风"，一时闻名遐迩。

然而，仿佛科举考试从此就和他作对似的，在高一层的举人考试中,他不知考了多少次,每次都是乘兴而去,败兴而归。

五十岁那年,他在第一场考试中成绩出色,排名第一,似乎已稳操胜券;不想第二场考试时,忽然生起急病,万般忍耐,仍无法坚持到底,只好中途退出考场,结果又是名落孙山。

不可思议的是,蒲松龄一出考场,病就莫名其妙地好了。当时所有参加考试的人,包括主考官在内,都感到此事非常奇怪,并为他十分惋惜。

回到家里,妻子劝他说:看来你命中注定与科举无缘,下次别再去自讨没趣吧!蒲松龄听后长叹一声,从此断了科举仕进的念头,再也不去举场凑热闹了。

清代初年,像蒲松龄这样的士子,唯一的进身之阶便在科举。一次次的科场失败,使他耗尽了心力和财力,更使他悲痛万分。日子一天天地过去,穷困这个恶魔又死死地缠上了他。当时,他们一家数口人住在田间地头的茅屋里,"旷无四壁,小树丛丛,蓬蒿满之"。面对坐吃山空、日益贫困的局面,他感到再也不能像押宝一样,把自己的命运全部押在科举这一条路上了。

于是,他在三十一岁那年,远离家乡,来到江苏宝应县,给知县孙蕙当了幕宾,任务就是替知县写些公文、告示、书信等应酬文字。这种代人捉刀的工作，大违蒲松龄素来的志向，完全是为了一点报酬，不得已而为之。做了一年左右，孙蕙高升调任，他不愿再跟随前往新任所，便辞幕回乡了。

回到故里，迫于生计，蒲松龄又不得不奔走于附近缙绅人家，设帐教学，当个私塾先生。此后四十年间，他一面教书，一面应考，一面写作，始终是个穷秀才。

蒲松龄在《寄王如水》这阕词里说："天孙老矣，颠倒了天下几多杰士。蕊宫榜放，直教那抱玉卞和哭死！……每每顾影自悲，可怜肮脏骨销磨如此！……数卷残书，半窗寒烛，冷落荒斋里。"这首词可说是他一生清苦生活和落魄心情的真实描述。

不过，蒲松龄虽然一生穷困潦倒，但在写作上却取得了突出的成就。他多年来一直以极大热情和毅力著书立说。大约四十岁那年，写成了《聊斋志异》初稿，以后长期增补修订，直到暮年才完稿成书。

他还按照民间流行曲调，写成了《寒森曲》、《姑妇曲》、《磨难曲》、《墙头记》等十四种演唱文学剧本[1]；创作了一千五百多首诗词和四百多篇散文作品，有《聊斋诗集》和《聊斋文集》传世。另外，他还写了介绍农业生产知识的《农桑经》，讲解医药常识的《药祟书》，解释年历气节的《历字文》等。

如此丰富的撰述，不仅涉猎范围非常广泛，而且质量都属上乘佳作，显示了蒲松龄的多方面才华。

《聊斋志异》是凝聚蒲松龄一生心血的著作。这部用文言写成的短篇小说集，以近五百篇作品，深广地描绘了丰富的社会生活，既有精湛的思想内容，又有独特的艺术造诣，代表了中国文言小说发展的最高峰。

表面看来，《聊斋志异》写的多是神魔鬼怪和花妖仙狐的故事，似乎没有多少严肃意义；实质上，它是有意以荒诞离奇的描写来更为触目惊心地表现当时社会现实中的各种矛盾。蒲松龄在为《聊斋志异》写的自序里，曾这样谈到他的写作目的：

> 集腋为裘，妄续幽明之录；浮白载笔，仅成孤愤之书。寄托如此，亦足悲矣！

这就十分明白地告诉我们，作者经年累月地创作《聊斋志异》，表面上虽然只是写些谈神弄鬼的故事，其实是借鬼神花狐来发泄对社会的"孤愤"！蒲松龄之所以这样做，是因为清朝初年文网严酷，写东西若触犯了朝廷，轻则下狱坐牢，重则砍头掉脑袋。所以他只好以"寄托"的手法，用鬼神来表现人事，借鬼怪来讽刺人世现象，为此他自己都觉得十分悲哀。

蒲松龄是怎样在作品中发泄自己"孤愤"的呢？

揭露社会黑暗，是《聊斋志异》的一个很突出的内容。中国封建社会发展到清朝时期，已处于穷途末路的阶段，当时社会政治腐败，贪官恶霸横行，平民百姓生活凄惨，这些在他的笔下都有深刻的反映。

如《促织》一篇，写皇宫里盛行斗蟋蟀（当时称蟋蟀为"促织"），各级官员为了拍皇帝马屁，强令老百姓都要上交善斗蟋蟀。有个名叫成名的老实人，因交不出蟋蟀，被地方官吏勒索得倾家荡产。后来得到女巫的指点，他捕到一头强壮的蟋蟀，正想以此去交官差，却被九岁的儿子不小心弄死了。儿子因惧怕父亲责怪，跳井自杀身亡。成名正在悲痛欲绝之际，儿子忽然复活过来，但灵魂却变成了一头凶狠善斗的蟋蟀，成名把这头蟋蟀呈献皇宫，才挽救了自己不幸的命运。作品通过成名一家为交一只蟋蟀，备经灾难，几乎家破人亡的描写，有力地揭露了封建统治者的荒淫昏庸，抨击了贪官污吏的凶狠残酷。

再如《席方平》，写一个名叫席廉的平民百姓，无端被豪富恶霸害死。他的儿子席方平为了给父亲申冤，魂魄跑到地府去告状，但豪富恶霸已用钱把地府里的大小官吏，包括最高统治者阎王都买通了，所以他不但四处碰壁而且遭受酷刑。但席方平百折不挠，英勇斗争。最后终于在"二郎神"的明断下，得以昭冤雪恨。这里写的是地狱里暗无天日的情形，实质上完全是现实中官吏贪赃枉法，人民含冤难申的投影。

批判科举制度的弊端，是《聊斋志异》的又一重要内容。蒲松龄一生多次出入科场，对科举考试的营私舞弊，试官的昏聩无能，士子的种种心理等，了如指掌，因而写起来颇能一语中的，切中要害。

如《司文郎》一文，写一个瞎和尚，能用鼻子准确无误地嗅出文章的好坏。但发榜后，他认为文章非常之好的王平子榜上无名，他嗅之恶心的文章，其作者余杭生居然高中金榜。于是，瞎和尚叹息道："仆虽盲于目，而不盲于鼻；帘中人并鼻目盲矣！"这就是说，那些主考官们不但瞎了眼，而且连鼻子也不通了，连文章的好坏气味都分不出了。这个故事借用虚拟的瞎和尚，辛辣地讽刺了判卷考官有眼无珠，不辨香臭。在他们那里，有本事的人落选，而没有本事的人却能金榜题名。

《贾奉雉》一篇，写具有真才实学的著名书生贾奉雉，屡试不第，于是闲愁无聊，想和考官开个玩笑。他把以往落榜试卷中最差、最坏的句子，连缀成文，默记在心，再去应试，结果竟然一举夺魁。他自己大惑不解，又阅底稿，觉得

不堪入目，强忍读完，衣衫已汗透，自感羞愧，无脸见人，所以"遁迹丘山"去了。在这里，作者以嬉笑怒骂的笔法，对科举制度的不合理，作了猛烈的抨击。

《聊斋志异》中，还有许多篇章，描写与封建礼教相冲突的美好感情，具有明显的反封建的意义。作者写了不少人与狐、鬼、妖的恋爱，但在作品里，那些狐狸精、鬼魂、花妖等，都是可爱可敬的女性形象。她们不仅相貌美丽，而且不畏礼教闺训，敢于热烈大胆地追求爱情，对于压制和阻挠她们爱情的势力，不管来自哪里，都誓死斗争，直至最后胜利。

在这方面，《婴宁》、《香玉》、《青凤》、《瑞云》、《红玉》、《晚霞》等，都是写得淋漓酣畅、动人心魄的精彩名篇。这些作品，肯定了青年男女追求美好爱情的愿望和行动，表现了对封建社会里受压迫最深的妇女的尊重，同时对封建婚姻制度作了嘲笑和鞭笞。

《聊斋志异》在艺术上的特色，主要是想象丰富，构思奇妙，情节曲折，境界瑰丽。它吸取魏晋志怪小说和唐代传奇小说的优点，加以创新发展，获得了独树一帜、别开生面的效果。

蒲松龄具有惊人的想象力，他充分运用夸张、幻想、虚构的艺术手法，以谈鬼说狐、写仙描神的方式，来反映现实，塑造人物，传达理想，使全书五光十色，百态并作，扑朔迷离，无奇不有，闪耀着强烈的浪漫主义色彩。

在塑造人物时，他善于把幻想与现实、虚构与真实结合起来，所写花妖狐鬼，虽是幻想中的形象，却又富有人的性情，并以人的世界为其主要生活环境。因而，尽管她们具有行踪飘忽、变幻莫测的鬼狐特点，却又散发着浓厚的人情味，洋溢着芬芳的生活气息。在情节方面，它曲折有致，变化多端，波澜起伏，悬念丛生，摇曳多姿，引人入胜。

鲁迅在《中国小说史略》里，曾这样评价《聊斋志异》：

> 描写委曲，叙次井然，用传奇法，而以志怪变幻之状，如在目前；又或易调改弦，别叙畸人异行，出于幻域，顿入人间；偶述琐闻，亦多简洁，故读者耳目为之一新。

这一评价很高，也很中肯，十分精辟地指出了《聊斋志异》的艺术特色和杰出成就。

蒲松龄写《聊斋志异》，开始并不为人注意。后来为征求意见，作品逐渐在朋友间流传。当时在朝廷任刑部尚书的王士禛，又叫王渔洋，官位很高，文名也响，因是山东新城（今山东桓台）人，和蒲松龄是邻县老乡，蒲松龄便把书稿也寄请他指正。开始，王渔洋看了数十篇，还提些意见，再寄还给蒲松龄。但后来他看这部作品写得太好了，很有些眼红，便提出愿以千金把书稿全部买去。蒲松龄虽然穷困，但很有志气，不管王渔洋是朝廷重臣，更不问他出多少钱，就是不卖。蒲松龄还说："此人尽管颇有学问，禀性风雅，但财主气太重了。我是土包子，跟他高攀不来！"

康熙五十四年（公元1715年）农历正月二十二日，一夜鹅毛大雪，把齐鲁大地变成了一个晶莹世界。这天下午，七十五岁高龄的蒲松龄，要家人把他的靠椅搬到窗前，好让他欣赏那冰清玉洁的银色世界。他举目四望了好一会儿，觉得有点累，便闭上眼睛休息，没想到他眼睛这一闭，就再也没睁开。一代文学大师，就这样依窗而坐辞世了。

蒲松龄虽然写出了旷世杰作，但因为贫穷和没有地位，生前没办法把自己心爱的作品变成印刷品。直至他去世五十年以后，《聊斋志异》才得以首次付梓，至于他的其他作品，则是最近这数十年来才广泛传播的。我们今天读到《聊斋志异》及蒲松龄的其他作品，从中获得极大审美愉悦时，真该为这些杰作居然没有散失而庆幸。[2]

吴敬梓傲骨讽儒林

清朝初年，在安徽全椒襄河湾这个小地方，住着一户名震千里的"累代书香"之家。这户人家的曾祖父辈兄弟五人，有四人高中进士；祖父辈和父辈，在几次的全国科举考试中，都是榜上有名，有时连中几位。前后六十年间，贡生、秀才不计在内，这家出了进士、举人及出仕官员十五人，确可谓科甲鼎盛，家门显赫了。中国最杰出的讽刺文学巨匠，《儒林外史》的作者吴敬梓，就出生在这样一个名门望族里。

吴敬梓，字敏轩，号粒民，因他的书斋取名文木山房，人们又称他文木先生。他生于康熙四十年（公元1701年），从小就过继给伯父吴霖起作儿子。吴霖起是康熙二十五年的拔贡[3]，为人耿直，不慕荣利，埋头学问，知识渊博。受其父亲和家庭的影响，吴敬梓从小喜爱读书，记性又极好，诸子百家、稗官野史，无不烂熟于心；作文赋对、写诗填词，无不援笔即成。

十三岁时，吴敬梓的母亲不幸去世。第二年，父亲出任江苏赣榆县教谕（主管教诲秀才的官职），他也随父前往赣榆。父亲在任教谕期间，兢兢业业，勤勤恳恳，曾"捐资破产"，兴办学校，甚为人们称颂。然而，就是这样一个德才兼备、政绩显著的人，却因得罪了上司，被罢官回家。这件事，使吴敬梓深深地体察到了官场的黑暗和冷酷。

父亲丢官回乡的第二年（雍正元年，公元1723年），吴敬梓的生活发生了重大变故。先是他的父亲郁闷过度，离开人世。接着是那些衣冠楚楚、满口仁义道德的亲戚们，借口吴敬梓是嗣子，争相侵夺他的丰厚家产。

亲眼看到平日友善和睦的叔伯兄长们，为了钱财互相辱骂殴打，令吴敬梓看清了封建家族伦理道德的虚伪，认识了那些道貌岸然的"正人君子"的真面目。于是，他决心叛逆家族，与那些依靠祖业和门第做寄生虫的庸俗亲戚们，一刀两断，分道扬镳。

他叛逆的第一步，就是挥霍遗产。他平时就轻财重义，遇贫好施，现在更是挥金如土，在所不惜。他与朋友往来，常常纵情饮酒，夜以继日；遇谁有难，从来都是慷慨解囊，不计偿还。所以，不到三十岁，他就把继承的"两万余金"遗产耗费一空了。这时，从富贵的族人到势利的乡邻，无不责骂、歧视、嗤笑、冷落他，认为他是吴门的不肖子孙，第一个败家子。

家乡是待不下去了，三十三岁那年，他满怀愤慨，离开全椒，移居南京，住在秦淮河畔，开始了贫苦的卖文生涯。

三十六岁那年，安徽巡抚赵国麟知道他是个"文澜学海"、"落笔千言"的高才之士，推荐他赴京参加"博学宏词科"廷试。这在别人可是个千载难逢的获取功名的良机，可是他面对官吏的朝夕相请，毫不动心，坚决以病辞行，甘愿过着清贫的生活，直至乾隆十九年（公元1754年）客死扬州旅舍。

吴敬梓在诗、词、文、赋、经、史等各方面,均有著述,可惜多半都散失了,仅有《文木山房集》四卷传世。《儒林外史》是他最重要、最有影响的作品,约写于他饱经世态炎凉、移居南京之后,成书于五十岁以前。

《儒林外史》的思想核心,是抨击封建科举制度,以及由这一制度造成的种种弊端和危害。它从描写封建士大夫被扭曲的生活和精神状态入手,进而揭露封建官吏昏聩无能、贪赃枉法,鞭笞土豪劣绅的专横暴虐、吝啬刻薄,讽刺了附庸风雅的名士们的游手好闲、卑劣虚伪,以及整个封建制度的腐朽不堪和难以救药。

作品一开始,就向读者展现了两个深受封建科举制度摧残的人物——周进和范进。周进连年应考,直考到六十岁,腰弯背驼、胡子花白了,还是个老童生(未考取秀才的读书人,不论年龄多大,都称为童生)。他无可奈何,只得到薛家集去教村塾,新进秀才梅玖奚落他,举人王惠鄙视他,使他连教书的饭碗也弄丢了。有人写了这样一首宝塔诗,来形容他的狼狈相:

呆,
秀才,

吃长斋,

胡须满腮,

经书不揭开,

纸笔自己安排,

明年不请我自来。

后来,周进的妹夫金有余,看他穷得丁当响,就带他到省城去做买卖,请他帮着记账。他到了省城,住在杂货店里,一日闲来无事,去参观省城的贡院(培养贡生的学院,也是举行科举考试的场所)。他看到一排排号房[4],大半生考场的辛酸,一下子涌向心头,以至"一头撞在考场号板上,直僵僵不省人事",被人救醒后,又满地打滚,放声痛哭。

可是,当他一旦中了举,顿时平步青云,"不是亲的也来认亲,不相与的也来认相与",以至曾经奚落过他的梅秀才,也冒认是他的学生,对他毕恭毕敬。他早年在村塾中写的对联,也被当作"周大老爷的亲笔",被揭下来精心装裱好。作者通过描写这个人物发榜前后的不同遭际和命运,一针见血地指出了科举制度对人们的毒害。

范进也是一个连考二十余次,已经"花白胡须"的老童生。发榜那天,家里无米下锅,他只得抱着正在下蛋的鸡到集上去卖。听到中举的消息,他起初不敢相信,后来拍手发笑，昏倒在地；接着又满街乱跑，"一脚踹在池塘里，挣起来，头发都跌散了，两手黄泥，淋淋漓漓一身的水"。他的丈人胡屠户见他高兴得发疯了，狠狠打了他一个耳光，才使他清醒过来。

从此，他由一个原来处处被人鄙视甚至憎恶的可怜虫，一下子变成了人人讨好献媚的对象。而范进中举以后，则开始堕落变坏，跟着张静斋到高要县去招摇撞骗。不到三个月，田产房屋、奴仆丫鬟便都有了。在这里，作者不仅生动地表现了当时知识分子，被八股科举弄得神魂颠倒、丧心病狂的丑态；而且深刻地揭露了士子们热衷科举，并非追求知识学问，而完全是为了升官发财，爬上统治阶级的地位。

那么，封建科举制度培养出来的又是些什么人呢？

中了进士而新任南昌太守的王惠，一到任就公开打听："地方人情，可还有什么出产？词讼里可也略有些通融？"他心中念念不忘的是"三年清知府，十万雪花银"。为了这一目的，他鱼肉百姓，草菅人命，搜刮民脂民膏，可谓无恶不作——"合城的人，无一个不知道太守的厉害，睡梦里也是怕的"。

然而，就是这样一个恶魔般的贪官污吏，在他的上司眼里，却是江西头号能人，由此可见当时的官吏坏到了什么程度。作品通过对王惠这类贪婪残暴的害民贼的描写，有力暴露了清代中叶官僚政治的腐朽黑暗。

《儒林外史》在批判科举制度和贪官污吏的同时，也猛烈抨击了土豪劣绅的恶劣品行。

文痞加恶棍的严贡生，嘴里说"从不晓得占人寸丝半粟的便宜"，可行动上却把邻居家的猪占为己有，邻居来要，竟行凶打断人家的腿。他根本没有借给别人钱，却硬向人家要利息。他讹诈船家，租船不付租金，反要送船家到县衙门里打板子。

他的兄弟严监生，家里"钱过百斗，米烂成仓，僮仆成群，牛马成行"，可是平时却舍不得多花一分钱，以至临死时说不出话了，还因为灯盏里多点了一根灯芯费油，"伸着两根指头"，迟迟"不肯断气"，直到家人灭了那棵灯草，才一命归天。在这里，作者通过对严氏兄弟的描写，入木三分地刻画了土豪劣绅虚伪、凶残、吝啬的特征。

吴敬梓不是一味愤世嫉俗的冷酷作家。他在揭露当时社会阴暗面的同时，也颂扬了一些具有真才实学，为人正直，却又淡泊名利、鄙视科举的知识分子，称赞了淳朴善良、自食其力、彼此帮助的下层人民。

《儒林外史》卷首载有一篇署名"闲斋老人"、写于乾隆元年（公元1736年）的序文，大概出自吴敬梓本人的手笔。其中有几句话，颇能概括全书的主题：

其书以（指《儒林外史》）功名富贵为一篇之骨：

> 有心艳功名富贵，而媚人、下人者；有倚仗功名富贵，而骄人、傲人者；有假托无意功名富贵，自以为高，被人看破、耻笑者；终乃以辞却功名富贵，品地最上一层，为中流砥柱。

由此可知，吴敬梓对其所描写的人物持反对或肯定的态度，完全是以他们如何对待功名富贵的态度而定的。他认为，只有那些"辞却功名富贵"者，才是"品地最上一层"的"中流砥柱"。

因此，《儒林外史》肯定的理想人物都有着共同的特点，即轻视功名富贵，讲究做人的品行和学问。如满腹学问，慷慨好施，轻视功名，孤标傲世的杜少卿；道德高尚，心地纯洁，待人忠厚，才识过人的虞育德；不讲任何条件，精心照料陌生路人的甘露寺老僧；朋友有难，视为己事，鼎力相助的鲍文卿等，都是作者无比同情和倾心歌颂的正面人物。这些人物形象，不仅与庸俗丑恶的儒林仕宦人物恰成对比，透露了作者鲜明的爱憎；而且扩展了作品的表现对象，从更多方面反映了封建末世的社会真相。

《儒林外史》的艺术特色主要是讽刺。

"讽刺"是以冷嘲热讽的笔调来描写人物和事物的艺术表现手法。在封建社会里，许多知识分子受科举制度的毒害，终日沉迷科举仕进，狂热追求功名利禄。这在当时都是人们司空见惯，习以为常的事；有的人虽然有看法，却不敢或不愿说破。吴敬梓以敏锐的目光、难得的勇气，从平常的事情中看出不平常的问题，并把它们加以集中、概括、提炼，用卓越的细节刻画和恰到好处的夸张描写，栩栩如生地活画出了一幅封建社会末期的儒生群丑图。作品出版后，许多读书人都从中看到了自己的影子，对自己的命运悲叹万分。

《儒林外史》的讽刺艺术，既奠定了中国古代讽刺小说的基础，也代表了古代讽刺小说发展的高峰，对后代文学产生了深广的影响。晚清谴责小说《官场现形记》、《二十年目睹之怪现状》等，都曾从它当中吸取了大量营养。现代作家鲁迅及钱锺书，都极为推崇这部伟大作品，他们的文学风格，特别是他们小说中讽刺手法的运用，也与《儒林外史》有着一定的渊源关系。[5]

[1] 这种演唱文学剧本，又称"俚曲"。
[2] 主要参考资料：蒲松龄《聊斋文集》与《聊斋诗集》，《淄川县志》，吴祖缃等《聊斋志异欣赏》。
[3] "拔贡"，科举制度中通过县、州、府考试的，称为秀才；在秀才中进一步考试选拔，升入京师国子监（国家大学）读书的，称为贡生。拔贡是贡生的一种（其他还有恩贡、副贡、岁贡和优贡），当时每六年由各省从秀才中考选二名，保送入京，经过朝廷考试合格，可以充任

京官、知县或教职。
［4］"号房"，古代科举考试时应考的房间，一人一间，编有号码。
［5］主要参考资料：吴敬梓《文木山房集》、胡适《吴敬梓年谱》、陈汝衡《吴敬梓传》、夏志清《中国小说史导论》。

【第 38 回】

曹雪芹情寄红楼梦
孔尚任血染桃花扇

曹雪芹情寄红楼梦

清朝乾隆年间,就在《儒林外史》风行不久,《红楼梦》这部更为出色的小说便问世了。当时京城的文人学士及王公贵族中,流行着这样两句话:"开谈不说《红楼梦》,读尽诗书也枉然。"这就是说,不管你读了多少诗文著作,如果没有看过《红楼梦》,也等于白费功夫。

把一本小说的意义和价值,放在整个汪洋浩瀚的古代诗文之上,这固然有些夸大其辞,但在一定程度上也有些道理。因为《红楼梦》是中国古典小说发展的最高峰,代表了中国古典文学的最高成就,被誉为中国封建社会后期社会生活的"百科全书"。

《红楼梦》的作者,本名曹霑,由于他在《红楼梦》上的署名是曹雪芹,所以人们都称他为曹雪芹,而很少叫他曹霑了。曹雪芹于康熙五十四年(公元 1715 年)出生在一个贵族家庭。他的祖先,本是东北辽阳地区的汉人,因追随满族将领多尔衮东征西讨,立下不少战功,被多尔衮视为心腹。后来清兵进入山海关,推翻明朝,建立清朝,多尔衮成了摄政王。曹家跟随主子进关,也从家奴一跃而成为"从龙勋旧"了。

不久，多尔衮的权势因他早亡而日益衰退，但曹雪芹的曾祖母却有缘当了顺治皇帝儿子玄烨的乳母，使曹家和皇室的关系，不仅没有因多尔衮的失势而疏远，反倒更加靠近了。

后来，玄烨继位当了皇帝（即著名的康熙皇帝），对曹家特别信任，让他家祖孙三代连续世袭"江宁织造"的官职。曹家担任"江宁织造"期间，名义上的任务是替皇宫办理衣物等供应事务，实际上是康熙皇帝直接派驻在南京的耳目亲信，还承担着监视南方地区官吏举动的重任。

康熙皇帝当年就曾叮嘱曹雪芹的祖父曹寅说："卿此番赴任，不论地方上发生大事小事，都要秘密地写信告诉朕，是非朕自有明断。哪怕是笑话，记下来报到朕这里，让老主子笑笑也好。"康熙五次到南方巡视，有四次都住在曹家，把江宁织造府当作他的临时行宫，可见曹家是如何得宠。曹家在当时不仅不受地方行政官员的管束，而且有时直接按照皇帝的密旨，暗中操纵地方官员做这做那。

江宁织造本来就是个赚钱的肥差，经手的钱财如江河湖海之水，数目大得惊人，从中自然可以捞到许多好处。曹家一连三代担任此职达六七十年之久，加上深受康熙皇帝的宠信，自然是大富大贵，显赫一时了。

然而，"千里搭长棚，没有不散的筵席"。康熙当了六十一年的皇帝后，于公元1722年一命归天，继位者就是有名的雍正皇帝。他为了巩固自己的地位，不仅把自己的兄弟一一除掉，而且极力扫除异己。曹家与雍正的关系本来就不好，厄运自然从天而降。

雍正五年（公元1727年），新任皇帝不但毫不手软地撤了曹雪芹父亲的职，还下令查抄了赫赫有名的"江宁织造府"。于是，曹家从一户令人仰视的豪门望族，一下坠入了遭人白眼的罪难之家。

这一年，曹雪芹十三岁。在这之前，他一直过着锦衣玉食的优裕生活；而现在，却不得不跟随戴罪的父亲，举家迁徙北京，过起清苦贫寒的日子。

曹雪芹从童年起，就受到极好的教育。他的祖父曹寅文化修养相当高，能诗擅文，又是个著名的藏书家，巍巍大观的《全唐诗》，就是他主持刊印的。在祖父和父亲的严格要求下，曹雪芹从小就打下了良好的文学基础。举家北迁后，他在困难的条件下继续刻苦学习，使自己具备了多方面的才能。

曹雪芹的诗写得相当出色，风格类似晚唐大诗人李贺。他的朋友敦诚曾称赞他的诗说，"爱君诗笔有奇气，直追昌谷破篱樊"；又说，"知君诗胆昔如铁，堪与刀颖交寒光"，这就是讲曹雪芹的诗，立意新奇，既吸取先辈大诗人的长处，又能有自己的突破创新；同时他的诗风骨刚健，犹如硬铁，可与刀刃试比锋芒。

他的绘画水准也很高，可与当时第一流画家的作品相媲美。他喜爱画奇形怪状的石头，原因正如友人在他的一幅画石图上题诗所说：

傲骨如君世已奇，嶙峋更见此支离。
醉余奋扫如椽笔，写出胸中块垒时。

由此可见，他画突兀不平的石头，主要是为了寄托胸中的不平之气，也表现了他桀骜不驯的性格。中年以后，曹雪芹的生活极端贫困，常常靠卖画为生。当时皇宫里的画院，倾慕他的画才，曾请他去当画师。这不论从社会地位或经济收入来说，对处于困境中的曹雪芹，都是一件难得的好事，然而他却毅然辞绝了。他是多么自重、自爱、自尊啊！

比起写诗和绘画来，曹雪芹更杰出的才华，在于小说创作。他"披阅十载，增删五次"的巨著《红楼梦》，不仅是中国古典文学史上最巍峨的丰碑，也是世界文学宝库中的灿烂明珠。

《红楼梦》写的是一个爱情悲剧故事。贾宝玉同林黛玉志同道合，真诚相爱，但遭到封建家长们的反对。他们采取欺哄瞒骗的手段，强迫贾宝玉同薛宝钗结婚，结果林黛玉悲痛而死，贾宝玉也出家当了和尚。

作品的高明之处在于，它不像以往的小说那样，将社会生活的复杂性和丰富性弃之不顾，只是单一地描写中心人物和中心事件；而是在表现贾宝玉、林黛玉、薛宝钗的爱情纠葛时，同时写出了错综繁复、彼此牵连的各方面社会矛盾，从而真实、典型地反映了封建贵族的没落生活，以及由此而折射出来的整个中国封建社会即将衰亡的历史命运。

贾宝玉是《红楼梦》精心塑造的中心人物。这个出身于钟鸣鼎食之家，聪明而又灵秀的贵族子弟，被日益衰败，后继乏人的贾府上下，看做预想的接班人，并在他身上寄托着振兴家族的厚望。贾母的慈爱，贾政的严教，王夫人的关怀，姐妹们的规劝，乃至丫鬟奶妈的悉心照料，都或明或暗地企图把他引上读书仕进、科举成名的道路。

可是，曹雪芹笔下的贾宝玉，却背离了士大夫的传统道路，违拗了贾氏家族的殷切期望，在人生和婚姻爱情等方面，都有一种强烈的、不受任何约束的崭新追求。

他视科举仕进为利欲熏心，将应酬文字看作沽名钓誉，更愿意过一种脱离封建官场和文场的闲散生活。他的思想核心是平等待人，尊重个性自由，因而不愿接受家庭对他的婚姻安排，而倾心热恋与自己心灵相通的林妹妹。他的这些思想和行动，自然为贾府和当时社会所不容，在强大的封建势力面前，他当然只能是个失败者，最后他别无选择，只能出家当和尚了事。

贾宝玉这个贵族家庭乃至整个封建制度的叛逆典型，向人们清晰地展示了封建制度的腐朽和封建家庭的没落，已到了无力规范自己后代的地步，因而具有重大而深刻的思想意义。

与贾宝玉互为呼应，同是封建礼教叛逆典型的当属林黛玉。她虽然也出生在世袭侯爵之家，但父母早逝，孑然一身，只得寄人篱下，过着"一年三百六十日，风刀霜剑严相逼"的生活。

这位冰清玉洁、多愁善感的贵族小姐，内心有着无限的凄楚和伤感。她生活的唯一寄托、也是起码的要求，就是要寻求爱情上的知音、生活中的伴侣。她终于找到了志趣相投的贾宝玉，可是封建礼教的束缚、封建家长的破坏，使他俩之间的关系始终像隔着一层窗户纸似的，谁也不敢冲破，也根本无法冲破。

随着贾母等人采用调包的欺骗手段，断送林黛玉那可怜而又可贵、纯真而又高洁的爱情，导演出贾宝玉和薛宝钗婚配的闹剧后，她终于饮恨长逝，结束了自己"质本洁来还洁去"的无瑕生命。

林黛玉爱情与生命的逝去，是人世间最为回肠荡气的爱情悲剧，它固然证明封建力量的顽固和强大，但更显示了它的残酷和不合理，应该被彻底否定。

《红楼梦》在人物形象塑造上，取得了十分突出的成就。除贾宝玉、林黛玉外，不仅薛宝钗、王熙凤、贾母、贾政等主要人物，个个性格鲜明，栩栩如生；就连王夫人、刘姥姥、晴雯、鸳鸯、袭人、紫鹃等一大批次要人物，也都写得各有各的形貌，各有各的特征，毫不雷同。

例如，同是大观园的丫鬟，都出身卑微，都是服侍主子的佣人，但晴雯聪明自尊，性格外露，具有很强的反抗性；而鸳鸯虽然也性情刚烈，平时却毫不外露，只到关键时刻才显出厉害；袭人很有心计，处事谨慎小心，做梦都想爬上主子的地位；而紫鹃虽然也有心眼，却忠心耿耿，一心为主，与林黛玉情同手足。

曹雪芹在以同情、赞美的笔调描写宝黛爱情和一些身份低下的丫鬟时，又满怀憎恶地揭露了封建统治阶级的腐朽和罪恶。小说第四回写薛家公子薛蟠，为霸占别人丫鬟，平白无故地打死了人，竟一走了之，作案一年，官府不敢追问。

应天府的新任知府贾雨村不知薛家背景，正想派公差去捉拿凶犯，被身边的一个门人制止住了。那个门人从怀里掏出一张纸，上面抄着当地流传很广的名叫"护官符"的歌谣：

> 贾不假，白玉为堂金作马。
> 阿房宫，三百里，住不下金陵一个史。
> 东海缺少白玉床，龙王来请金陵王。
> 丰年好大雪，珍珠如土金如铁。

贾雨村不明白这首歌谣的意思，经门人一解释，才知道金陵（今江苏南京）这地方，有四家豪门望族：贾家是皇亲国戚，史家和王家是有名的大官僚，薛家是当地的首富商人。这四家互相联姻，结成亲戚，彼此勾结，势力极大。地方官要保住自己的官位，绝不能得罪这样的豪门望族。那位门人提醒说：这次杀人的凶犯，正是薛家公子，若去捉拿他，别说要丢官位，只怕性命都难保。

贾雨村听后，吓得出了一身冷汗，不仅打消了惩办凶手的念头，而且把打死的人说成得急病而死，胡乱结了这桩人命案。"护官符"的故事，既表明了贾、史、王、薛四大家族的强大势力，更显示了当时官场吏治的无比黑暗。

曹雪芹是在十分艰难困苦的情况下，从事《红楼梦》创作的。书中的每一回、每一段、每一句、每一字，都经过认真思考，反复推敲，正如他自己所说："字字看来皆是血，十年辛苦不寻常。"

乾隆二十八年（公元1763年），曹雪芹心爱的独子不幸患病去世，这使他悲痛万分，天天到儿子坟上哭泣，不久自己也病倒了。就在这年除夕，正当别人燃放烟花爆竹，准备喜迎新年的时候，他以四十八岁的生命，过早凄凉而悲惨地离开了人间。这时，小说只有前八十回已基本定稿，后面不及整理修订的部分，随着他的去世便散失了。

曹雪芹死后，小说稿本开始在朋友间传阅，继之以手抄本的形式流传开来。许多人读了这部小说，感动万分，推崇备至，同时对它没有全部完成，感到非常惋惜和遗憾。

后来，大家认为是一个名叫高鹗的文学家，仔细揣摩前八十回提供的线索，大体按照曹雪芹原来的构思，续写了后四十回，使《红楼梦》成了一部结构完整，首尾齐全的文学名著。

在《红楼梦》第一回里，曹雪芹题有这样一首诗：

满纸荒唐言，一把辛酸泪。
都云作者痴，谁解其中味？

曹雪芹当年就担心没有人能理解他这部伟大的著作，发出了如此痛心而悲伤的感慨。可以告慰曹雪芹在天之灵的是，《红楼梦》问世二百多年来，不仅深深地吸引了无数的读者，而且引起了许多文学研究者的探究兴趣；不仅《红楼梦》作品在社会上广泛流传，而且研究这部小说的论文专著也是汗牛充栋，以致对《红楼梦》小说及其作者的研究，成了一项专门的学问，叫"红学"。这不仅说明《红楼梦》已赢得了无数知音，能"解其中味"的大有人在；更说明了这部意蕴丰厚和技巧高超的杰作，在中国文学史上的地位之高和影响之大。[1]

孔尚任血染桃花扇

中国戏剧自在元代称雄文坛后，发展到明代，在汤显祖那里形成了一个高峰，其后就一直走着下坡路。清代杰出戏剧家孔尚任，以名剧《桃花扇》突起于这种衰颓的形势之中，虽然没有达到汤显祖的水平，但在他以后，却没有一个中国古代戏剧家能与其媲美。直到五四运动爆发，戏剧才得以复兴，但那已是另一种性质的现代戏剧了。

所以，孔尚任可说是中国古代戏剧家阵营里的殿军，而《桃花扇》则可说是中国古代戏剧的压轴戏。

孔尚任，字聘之，又字季重，号东塘，又号岸堂，自称云亭山人，山东曲阜人。他出生于清顺治五年（公元1648

年），是孔子的第六十四代孙。他的父亲孔贞璠，是明末崇祯六年（公元 1633 年）的举人，博学多才，崇尚气节，入清以后，绝意仕宦，并和明朝遗老多有交往。这样的家庭出身，对孔尚任的思想具有相当大的影响。

作为孔子的后代，孔尚任从小接受了严格的儒家传统教育，二十岁前后，便通过了县、州、府三级考试，但后来到历城（今山东济南）参加会考，却名落孙山。不过，他没有就此放弃做官的念头，而是典卖了家中田地，捐资纳了一个国子监生。三十一岁那年，他和两个族弟到曲阜城北的石门山游玩，见那里清泉佳木，景色优美，便在山中结庐隐居，读书著述。

此时，南明兴亡的政治风云引起了他的兴趣，他从亲朋好友处采集轶闻，又从诸家记载中撷取史实，准备写一部反映南明沉浮的剧作，这就是《桃花扇》创作的最初酝酿阶段。

由于人聪明，加上勤苦学习，孔尚任的学识在孔氏家族中逐渐有了声望。康熙二十一年（公元 1682 年），孔氏家族的掌门人孔毓圻请他出山，修《孔子世家谱》和《阙里志》。经过一年多的埋头苦干，两籍修纂完毕。孔毓圻对孔尚任颇有好感，十分欣赏他办事干练的才华，便又请他留下训练礼乐子弟，采访乐师，监造礼乐祭器。

康熙二十三年（公元1684年）十一月十八日，是孔府获得殊荣的日子，也是孔尚任人生发生重大转折的关头。这天康熙皇帝借着南巡回京机会，特意绕道曲阜，举行清朝统一中国后的第一次祭孔大典，以阐扬文教，鼓舞儒学。

上午八时左右，康熙皇帝坐着轿子到了孔庙，孔府上下，均在道口跪迎，庙中鼓乐齐鸣，场面盛大，气氛肃穆。举行过祭祀仪式后，康熙步入诗礼堂，听孔府代表讲经。这被选为御前讲经的，不是别人，正是孔尚任。

礼毕以后，孔尚任升堂讲《大学》首章，获得了很多官员的赞扬，康熙也是龙颜大悦，笑着对侍臣说："经筵讲官不及也。"讲经毕，他又和孔毓圻及山东巡抚张鹏翮一起，引康熙游览孔林"圣迹"，其间，康熙问了许多问题，他都对答如流。

因讲经、导游显示了他的非凡才华，康熙指示随从大臣："孔尚任等陈书讲说，克副朕衷，著不拘定例，额外议用。"

果然，不久皇帝御批的任用诏书下来了，破格授他为国子监博士。孔尚任在家中欢乐地度过康熙二十四年春节，便踌躇满志地赴京就职了。国子监祭酒了解他是"皇上特用讲书之员"，特别为他在彝伦堂西阶搭起高高的讲坛，讲书之前，"考鼓伐钟，集八旗、十五省满汉弟子数百人，绕座三拜"，他才"黄盖乌翣，开经敷讲"。此事在京城"一时喷啧,称为盛事"。

孔尚任从一介书生,平步跃入京都官场,这意外的荣升,遽然激发了他的感恩戴德之情。他一面对"书生遭际,受宠若惊",一面打算"犬马图报,期诸没齿"。

然而,他进京后,还没来得及充分展示其儒学经纶的卓越才能,就奉命随工部侍郎孙在丰前往淮扬(今江苏淮安、扬州一带),协助疏浚黄河海口。他满怀济世之志和拯救生民的热情,来到了淮扬河署,没想到那里见到的多是让人心寒的对立画面——官吏豪华奢侈,百姓饥寒交迫。

有一次,扬州的官僚请他饮酒看戏,场面之盛大和豪侈,竟使他不胜惊讶:

> 东南繁华扬州起,水陆物力盛罗绮。
> 朱橘黄橙香者橼,蔗仙糖狮如茨比。
> 一客已开十丈筵,客客对列成肆市。
> 钧天鼓乐何震骇,絮语热言须附耳。
> 须臾礼成各举觞,一箸一匕听侑史。
> 江瑶施乳曾耳闻,讶紫疑红试舌齿。
> 酒味法传太尉厨,雪水书生愧欲死。
> 一樽未尽两部齐,双声叠作异宫徵。
> 座客总厌清商歌,院本斟酌点凤纸。

> 曲曲盛事太平春，乌帽牙笏杂剑履。
> 亦有侏儒嬉谐多，粉墨威仪博众喜。
> 无情哭难笑不易，人欢亦欢乃绝技！

这首名为《有事淮扬诸开府大僚招宴观剧》的叙事诗，真实地描述了当时官筵上极尽享乐、奢侈之能事，名酒、佳肴、鼓乐、歌舞、戏剧应有尽有之场面。许多酒菜，孔尚任都是第一次见到，他为自己孤陋寡闻"愧欲死"。实际上，这只是讽刺性的反话，他心里对这种挥霍无度非常痛苦，只是表面上不得不装出欢喜的样子，所以篇末一语双关地说："无情哭难笑不易，人欢亦欢乃绝技！"

当时，由于水灾的侵害，许多扬州百姓正在忍饥挨饿、流离失所，这哪里是官员们寻欢作乐、纵情宴饮的时候？有感于此，他在《淮上有感》一诗的结尾处，曾讽刺地问道："为问琼筵诸水部，金樽倒尽可消愁？"（治水的官员们啊，你们在豪华筵席上喝完美酒之后，是否消尽忧愁了呢？）他是多么希望，能有几位官员不为"琼筵"所陶醉，仍然记起民生疾苦。

河署是朝廷设在地方上管理和治理江河的官府。正如各处官场总避免不了派系之争一样，当时的淮扬河署也分河道总督靳辅为一派，孙在丰为另一派。两派在朝廷中各有后台，互相争斗，以致河务废弛，最后靳辅和孙在丰两人俱被革职。

这件事使孔尚任看到了官场的黑暗和丑恶，深深感到宦海变幻，残酷无情，对个人前途产生了渺茫之感。他在给内兄的信中写道："下河一案，千变万化，虽智者不能测其端倪。弟沉浮于中，莫知底止，盖宦海中之幻海也。"类似的生活体验，使他发而为"呻吟疾痛之声"，成诗六百多首，编为《湖海集》，记录了他滞留淮扬四年的心情和生活。

淮扬一带是明清之际政治和军事斗争的重要地区。孔尚任驻足河防之地，多有闲暇，便在扬州登梅花岭，拜史可法衣冠冢；在南京访明故宫，吊明孝陵，游秦淮河，攀燕子矶。他还特地到栖霞山的白云庵，拜访了后来被他写入《桃花扇》的张瑶星道士。

这一时期，他还结交了不少云集淮扬的文人名士和明代遗民，其中有冒襄（辟疆）、黄云（仙裳）、邓汉仪（孝威），以及画家石涛（原济）、龚贤（半千）等。他们谈古论今，过从甚密，有时所论皆是朝代兴亡之事，竟秘而"不堪为门外人道"。这使孔尚任在加深对社会现实认识的同时，也进一步理解了南明王朝灭亡的原因，从而为创作《桃花扇》做了更为充分的准备。

康熙二十九年（公元 1690 年），孔尚任奉调回京，重新当他那国子监博士。返回京都后，他见朝内和河署一样，宦海中到处充满着险波恶浪。他身为一个闲官,加上前几年的经历,使他想尽量避开官场斗争的漩涡。他在北京宣武门外找到一处寓所,起名为"岸堂",便是想在惊涛骇浪的宦海中,树立起一道护卫自己的堤岸。

孔尚任本来就有很丰富的文物鉴赏知识,堪称是个金石文物收藏家。这一时期,他十分注意收买古代乐器和书画,在他著的《享金簿》中,就记录了自己收藏的书画古玩一百五十多件。他特别爱好古代乐器,曾买到过汉代的玉笛、南宋的琵琶"大海潮"、明代宫中琵琶"小惮吟"。康熙三十年(公元1691年),他购得唐代著名宫廷乐器"小忽雷",欣喜备至,诗酒之余,便和朋友顾彩一起,创作了他的第一部传奇剧作《小忽雷》。

《小忽雷》写唐文宗时代,工部尚书郑注的妹妹郑盈盈,与秀才梁厚本订有婚约,后因梁府失势,郑注逼妹妹改嫁大宦官仇士良的侄儿。盈盈誓死不从,郑注便施以苦刑,但她仍不屈服。此时正值宫中选秀女,郑注为能当上皇亲国戚,便与仇合谋,将妹妹送入宫中。进宫后,盈盈在楚润娘的指导下,成了一位琵琶高手,并得到文宗的赏识,封她为中丞。盈盈多次要求出宫,仇士良却逼她"进御",她愤怒之下,用小忽雷打破了仇士良的头。不久,郑注发动甘露之变,盈盈被仇士良矫旨意图勒死后投入河中,恰遇梁厚本在河边钓鱼，将她救起，最后夫妻终于团圆。

这一作品，歌颂了郑盈盈不慕富贵、不畏强暴、坚贞不屈的精神，揭露了皇帝昏庸无能，权臣宦官专横跋扈和当时朝政腐败的状况。这部剧本可说是孔尚任戏剧写作的初步尝试，它为《桃花扇》的创作提供了艺术经验。

经过数十年的苦心酝酿和三易其稿，康熙三十八年（公元1699年），也就是孔尚任五十一岁时，他终于完成了几乎倾注了自己半生心血的名作《桃花扇》。

《桃花扇》写明末复社文人侯方域避乱南京，结识了秦淮名妓李香君，两人一见钟情，私订终身，侯方域题诗宫扇，赠给香君，作为信物。有个曾因依附权奸魏忠贤而遭人唾弃的阮大铖，知道侯方域在舆论界有很大影响，便送上一份厚礼，解决侯、李两人婚事费用，意在请侯方域帮他在复社疏通关系，以开脱恶名。

李香君深明大义，知道嫁妆等物均来自阮大铖后，立即下妆退还。阮大铖衔恨在心，乘左良玉移兵南京之际，谣言侯方域是其内应。为躲避迫害，侯方域逃到扬州投奔著名爱国将领史可法。

不久，李自成攻入北京，崇祯皇帝自缢身亡。奸臣马士英等明朝一批官员，拥立宗室朱由崧称帝，年号弘光，在南京建立了南明朝廷。弘光皇帝沉湎酒色，不理朝政，大权完全落到宰相马士英手里。阮大铖巴结上马士英后，两人狼狈为奸，疯狂打击爱国正直人士，并威逼李香君嫁人为妾。

香君守楼明志，誓死不从，血染侯方域当年所赠诗扇。杨龙友采摘花汁，将香君的血迹点染成桃花图，即所谓"桃花扇"。

正当此时，清军南下至扬州，史可法寡不敌众，壮烈殉国。侯方域逃回南京，和复社文人一起被阮大铖捕获入狱。

不久，清军攻陷南京，侯方域随张瑶星逃往栖霞山。这时李香君也趁乱出宫，随人上山，两人在祭坛相遇，取出桃花扇叙旧，感慨万分。张道士以国恨、家恨开导他们，两人经此世变，也看破红尘，双双遁世，出家修道，全剧在一片悲歌声中结束。

孔尚任自己说，他创作《桃花扇》的目的是"借离合之情，写兴亡之感"。这就告诉我们，作品表面上写的是一对青年男女姻缘聚散的爱情故事，但实际上要表现的却是南明一代兴亡的历史大事。

作品里的主要人物和事件，都是有充分史实根据的。它揭露了南明小朝廷的昏庸腐败，刻画了马士英、阮大铖一伙的奸诈凶残的面目，鞭挞了他们在国家危亡时屈膝投降的罪行。与此同时，作品描写了民族英雄史可法以身殉国的壮举，赞扬了李香君关心国家命运、反对邪恶势力的可贵气节，肯定了柳敬亭、苏昆生及其他歌伎、书商等下层人民为救国难、反对汉奸、不做顺民的正义感和民族气节。在这正反两类人物形象的强烈对比中，人们不难了解明朝"三百年之基业，隳于何人，败于何事，消于何年，歇于何地？"(《桃花扇·小引》)。

《桃花扇》的戏剧结构，最为让人称道。从赠扇定情开始，侯、李两人的爱情就被置于激烈的斗争漩涡之中，后来两人被迫分离，自然扩展为两条情节线：由侯方域四处奔波这条线，写出了南明草创及四镇内讧等重大事件和矛盾；由李香君备受欺凌这条线，写出了弘光皇帝和马、阮之流倒行逆施、宴游偷安的腐败情形。

这两条线索，一生一旦，反映了南明朝野内外的广阔历史画面。作者成功地把爱情描写和政治斗争紧密地结合起来，以既精巧又宏伟的戏剧结构，极大限度地反映了历史生活的广度和深度。这是孔尚任的匠心独创，也是《桃花扇》高出一般爱情剧的关键所在。

由于《桃花扇》所写的内容，触及了明末清初一段敏感的历史，特别是当时，这段历史还清晰地留在人民记忆中，因而剧本一问世，便立即风行开来："王公缙绅，莫不借抄，时有纸贵之誉。"搬上舞台后，更是引起了广泛的共鸣，"笙歌靡丽之中，或有掩袂独坐者，则故臣遗老也。灯烛酒阑，欷歔而散"。

《桃花扇》轰动了京都，自然也引起宫中的注意。康熙三十八年（公元1699年）深秋，宫中内侍突然找到孔尚任，向他急要《桃花扇》剧本。孔尚任自己的缮写本不知传到谁手里了，便从朋友那里觅得一本，连夜奉呈入宫。次年春，孔尚任被晋升为户部广东司员郎，但就在同一个月，便又忽然以"疑案"罢官。

　　今人从他的《放歌赠刘雨峰》中的"命薄忽遭文字憎，缄口金人受谤诽"等诗句及友人的赠诗推测，他的罢官可能与《桃花扇》的内容有关。

　　剧本使人对南明朝廷灭亡产生惆怅之情，康熙皇帝读后自然不会高兴，所以找个借口摘掉了孔尚任的乌纱帽。至于他撤职前的升官，不过是康熙为了掩盖孔尚任的罢官与《桃花扇》之间的关系，而耍的一个小手腕罢了。当然，这只是研究者根据有限资料的推测，真实原因究竟如何，还有待确凿证据的发现。

　　康熙四十一年（公元1702年），孔尚任被免官后，怀着悲愤的心情回到曲阜。离开北京城时，他百感交集，不禁吟咏道：

十八年来住到今，凤城回望泪涔涔。
诗人不是无情客，恋阙怀乡一例心。

昔日皇恩浩荡，荣耀进京；今日莫名其妙，不得不离京而去。孔尚任内心万分痛苦，却无计可施，只好在诗中表白：自己仍然对京城满怀感情，效忠朝廷和怀念家乡一样，都是他心中的向往。

回到曲阜后，孔尚任虽然曾到山西平阳、河南大梁、湖北武昌等地，作过短期访友漫游，但大部分时间是在家乡过着清苦寂寞、悠闲散漫的生活。康熙五十七年（公元1718年）正月，这位七十一岁的老人，终于走完自己的生命旅程，在抑郁中离开了人间。

孔传铎在为孔尚任的诗集作序时说："东塘先生称诗四十年，凡海内诸名家，靡不以先生为骚坛领袖，相与商榷风雅……讵至戊戌上元（即孔尚任逝世时日），而忽已谢世，从此风流歇绝，竟为《广陵散》矣，可胜浩叹！"这几句话，可说表达了当时许多《桃花扇》爱好者的共同哀思。[2]

---

[1] 主要参考资料：俞平伯《红楼梦研究》，吴恩裕《曹雪芹丛考》，《红楼梦研究参考资料》第一至四辑，《明清诗文研究资料》第二辑。
[2] 主要参考资料：《孔尚任诗文集》、孔尚任编选《长留集》、王季思与苏寰中注《桃花扇》、袁世硕《孔尚任年谱》。

【第 39 回】

吴伟业怨诉圆圆曲
王渔洋悲吟秋柳诗

吴伟业怨诉圆圆曲

话说《桃花扇》里描写的明末复社人士侯方域,有个非常要好的朋友,他就是由明入清的著名诗人吴伟业。

吴伟业的诗在当时很有影响,与主盟一代诗坛的钱谦益及龚鼎孳一起,并称"江左三大家"。赵翼在《瓯北诗话》里,曾这样称赞他的诗:"以唐人格调,写目前近事,宗派既正,辞藻又丰,不得不推为近代中之大家。"

吴伟业传诵最广的作品,莫过于长篇叙事诗《圆圆曲》。它所写的内容,颇有一段动人而又让人感叹的故事。

崇祯十七年(公元 1644 年)初春,明王朝已处于大厦将倾的危急时刻:南边,李自成起义军夺城占寨,直逼京都;北边,清军又浩浩荡荡,长驱入关。崇祯皇帝焦急万分,召见辽东总兵吴三桂,委以重托,让他出镇山海关。吴三桂出师前,崇祯周皇后的父亲周奎,在府邸设宴为他饯行。

酒过三巡,周奎叫家伎出来陪宴。屏风后转出一队女子,个个花容月貌,姿色出众。走在前头的一位,尤其艳丽夺目,让人惊心动魄。吴三桂一见,心驰神往,不觉眼睛都看直了,哪还顾得上品尝美味佳肴。

周奎见状，笑着说道："自古英雄爱美人，将军如果看中了哪位，也是家奴的福分，老夫自当割爱，成全美事。"

吴三桂见周奎如此豪爽，便直言说："早听大人府中有一苏州名妓，叫陈圆圆，可是那位走在头里的素妆女子？大人愿以陈圆圆相赐吗？三桂当出千金礼聘。"

却说这陈圆圆，本姓邢，名沅，字畹芬，小名圆圆，幼时从养母改姓陈。她本是良家女子，少年入梨园，因貌美善歌，名闻天下，与李香君、柳如是、卞玉京、顾横波、马湘兰、寇白门和董青莲一起，时称"秦淮八艳"。

周奎一次回原籍苏州，见她色艺双绝，便花重金买下，准备由女儿进献皇帝，以博取崇祯欢喜，与田贵妃争宠。回到北京后，他就把陈圆圆送到周皇后身边。果然，崇祯很快见到了陈圆圆，但当时明王朝已是四面楚歌，他每日忧于国事，无心攀花折柳，命还周宅。所以，陈圆圆就成了周奎的家伎。

周奎一听吴三桂说要陈圆圆，好不心痛，但抵着面儿，加上想到吴三桂手握重兵，深为皇上倚重，也就忍痛割爱，答应了他的要求。

当晚，吴三桂便和陈圆圆儿女情长，情意绵绵，两人情投意合，都说找到了终身知己。无奈当时军情紧急，不容滞留，吴三桂来不及正式迎娶，就匆匆出师了。周奎按照吴三桂的嘱咐，将陈圆圆送到吴三桂的父亲吴襄家里。

崇祯十七年（公元1644年）三月十九日，李自成攻陷北京，大将刘宗敏带兵查抄重臣巨室，见到陈圆圆，不忍释手，命兵卒用一顶小轿抬到刘府，据为己有。

却说吴三桂在山海关，知道北京城破，心急如焚，连忙派人火速进京，打探消息。不久，他收到李自成的安抚招降书，本来也有意归顺，以至听说闯军抄了他的家，关押了他的父亲，也没改变主意，因为他很有把握，只要他一归降，闯王就会放人，如数归还家产。

后听探子报告，说刘宗敏霸占了陈夫人，顿时怒发冲冠，拔出利剑，向书案猛劈过去，大吼一声："我吴三桂，与闯贼刘寇，誓不两立！"

刘宗敏"得了陈圆圆，而终于把吴三桂逼反了"（郭沫若《甲申三百年祭》语）。

吴三桂立即向李自成起义军发起进攻，并派亲信引清军多尔衮的部队入关。两师合为一军，轻而易举，越过长城，直取北京。

李自成四月二十九日在紫禁城即帝位，仅一日就不得不撤出北京，仓皇西逃。吴三桂紧追不舍，直将闯军逼至陕西。从此以后，闯军一蹶不振，最后终归失败。而清军则乘虚南下，大明江山很快尽成清朝疆土。

明朝一代兴废，竟系一红颜女子！历史开了一个多么荒唐的玩笑！

吴三桂和陈圆圆的这段纠葛，不久传遍大江南北，明朝遗民闻之，无不唾弃责骂。吴伟业身经国难，历尽沧桑，感触良多，写下了传世名篇《圆圆曲》：

> 鼎湖当日弃人间，破敌收京下玉关。
> 恸哭六军俱缟素，冲冠一怒为红颜。
> 红颜流落非吾恋，逆贼天亡自荒宴。
> 电扫黄巾定黑山，哭罢君亲再相见。

> 相见初经田窦家，侯门歌舞出如花。
> 许将戚里箜篌伎，等取将军油壁车。
> 家本姑苏浣花里，圆圆小字娇罗绮。
> 梦向夫差苑里游，宫娥拥入君王起。
> 前身合是采莲人，门前一片横塘水。
> 横塘双桨去如飞，何处豪家强载归？
> 此际岂知非薄命，此时惟有泪沾衣。
> 薰天意气连宫掖，明眸皓齿无人惜。
> 夺归永巷闭良家，教就新声倾座客。
> 座客飞觞红日暮，一曲哀弦向谁诉？

白皙通侯最少年，拣取花枝屡回顾。
早携娇鸟出樊笼，待得银河几时渡？
恨杀军书抵死催，苦留后约将人误。
相约恩深相见难，一朝蚁贼满长安。
可怜思妇楼头柳，认作天边粉絮看。
遍索绿珠围内第，强呼绛树出雕栏。
若非壮士全师胜，争得蛾眉匹马还。

蛾眉马上传呼进，云鬟不整惊魂定。
蜡炬迎来在战场，啼妆满面残红印。
专征箫鼓向秦川，金牛道上车千乘。
斜谷云深起画楼，散关月落开妆镜。

传来消息满江乡，乌桕红经十度霜。
教曲伎师怜尚在，浣纱女伴忆同行。
旧巢共是衔泥燕，飞上枝头变凤凰。
长向尊前悲老大，有人夫婿擅侯王。

当时只受声名累，贵戚名豪竞延致。
一斛明珠万斛愁，关山漂泊腰肢细。
错怨狂风飏落花，无边春色来天地。

尝闻倾国与倾城,翻使周郎受重名。
妻子岂应关大计,英雄无奈是多情。
全家白骨成灰土,一代红妆照汗青。

君不见馆娃初起鸳鸯宿,越女如花看不足。
香径尘生鸟自啼,屧廊人去苔空绿。
换羽移宫万里愁,珠歌翠舞古梁州。
为君别唱吴宫曲,汉水东南日夜流。

这首七言叙事诗,长达五百四十九字,分七段。诗歌首先概括评述吴、陈故事,指出吴三桂降清是为美人动怒,但他却自命为君亲报仇。接着叙述陈圆圆的身世,以及被卷入政治风浪的遭遇。吴三桂后来找回陈圆圆,受封为平西王,镇守云南,过着锦衣玉食的生活。当年的浣纱女伴和教曲乐师,都以为陈圆圆如巢燕飞上高枝,哪知道陈圆圆其实是身不由己,任人摆布,暗自悲伤。

讲完吴、陈的悲欢离合,诗人议论道:"尝闻倾国与倾城,翻使周郎受重名。妻子岂应关大计,英雄无奈是多情。全家白骨成灰土,一代红妆照汗青。"吴三桂投降清军后,一家三十口全被起义军杀死。只为一代红妆,竟至"全家白骨成灰土",这是对吴三桂尖刻的挖苦和讽刺。最后是诗人

借古讽今，引吴王夫差宠西施而亡国的典故，说纵情淫逸、沉溺歌舞的，终究难逃国破家亡的命运。

这首《圆圆曲》，以宏大的气魄，精巧的构思，忠实地描述了明末的重大历史事件，缠绵悱恻，凄厉苍凉，可歌可泣，哀婉深切，被后人誉为"真诗史之言"。它和白居易的名作《长恨歌》一样，是以歌行体写朝代兴亡的最感人的诗篇。双峰并峙，前后辉映，堪称千古绝唱。

吴伟业，字骏公，号梅村，后人多称他吴梅村，太仓（今江苏太仓）人，生于明神宗万历三十七年（公元1609年）。他小时非常聪明，十四岁就能执笔写诗作文，得到同乡著名学者张溥的赏识，收为入室弟子。后张溥组织复社，他也参加，并成为其中骨干分子。

崇祯四年（公元1631年），他二十二岁就中了进士，授翰林院编修，后任东宫侍读，南京国子监司业。南明福王时，官拜少詹事，管理皇后、太子学业诸事，因与奸臣马士英、阮大铖不合，仅任职两个月，便辞官归里。

不久，明朝灭亡了。他的好友、名扬文坛的侯方域写信给他，相约绝不出仕清朝，他从此隐居乡里十多年。清朝统治者闻他大名，请他出来做官。他起初不肯，后来清廷以他母亲的安危相逼迫，他不得已勉强答应，扶病北上，出任秘书院侍讲，后升为国子监祭酒。三年后母亲去世，他立即辞官南归。

从此以后,他终生为出仕清朝而痛感遗憾,所以他的诗中多凄楚悲凉之音。请看他的《过淮阴有感》:

> 登高怅望八公山,琪树丹崖未可攀。
> 莫想阴符遇黄石,好将鸿宝驻朱颜。
> 浮生所欠只一死,尘世无由识九还。
> 我本淮王旧鸡犬,不随仙去落人间。

这首诗自责自己屈节出仕,悔恨之情,溢于言表。尤其是后四句,说自己不能保持气节,以身殉国,所欠只有一死,真不该再活在世上,颇有切肤之痛。他还在《自叹》中说:"误尽平生是一官,弃家容易变名难",可谓一失足而成千古恨了。

吴伟业青少年时,竟陵派正风行一时,不少文人多追求钟惺标举的"幽深孤冷"的格调,而他则宗法唐诗,卓然自立。他特别擅长歌行体,除《圆圆曲》以外,还有讽刺洪承畴降清的《松山哀》,写福王受难的《洛阳行》,颂扬抗清将领的《临江参军行》,写苏昆生、柳敬亭坎坷一生的《楚两生行》等,这些都是哀时伤事的宏篇巨制,却写得一唱三叹,情韵悠然。

在中国诗史上，他可谓是继杜甫、白居易之后，写歌行体的又一位巨匠。《四库全书总目提要》评论他说："其少作大抵才华艳发，吐纳风流，有藻思绮合，清丽芊眠之致。及乎遭逢丧乱，阅历兴亡，激楚苍凉，风骨弥为遒上。暮年萧瑟，论著以庾信方之。其中歌行一体，尤所擅长。格律本乎四杰，而情韵为深；叙述类乎香山，而风华为胜；韵协宫商，感均顽艳，一时尤称绝调。"这段话，既概括了吴伟业诗歌的特色及前后期的变化，又称赞他的歌行体为一时"绝调"，确为精当之论。

清圣祖康熙十一年（公元 1672 年），吴伟业患病不起，他自知不久于人世，留下临终遗言说："吾一生遭际，万事忧危，无一刻不历艰难，无一境不尝辛苦，实为天下大苦人。虽死后，敛以僧装，葬吾于邓尉灵岩相近，墓前立一圆石，题曰'诗人吴梅村之墓'。勿作祠堂，勿乞铭于人。"说完这段话，他长叹一声，带着怅恨的心情，永久地闭上了眼睛，享年六十三岁。

如果说，吴伟业以僧装入敛是对屈仕清朝的一种忏悔，那么他期望以诗人的形象留存后世，则是对自己诗歌创作的自信和自尊。他的期望没有落空，数百年来，他的诗歌一直为人们所爱读，在中国文学史上放射着卓异的光芒。[1]

王渔洋悲吟秋柳诗

话说吴伟业去世后,消息传到京城,有一人闻之失声恸哭,一连数日,茶饭不思,沉浸在深深的哀悼之中。

这人就是清初著名诗人王士祯。

王士祯是山东新城(今山东桓台)人,字贻上,号阮亭,又号渔洋山人,后人多称他王渔洋。他于明崇祯七年(公元 1634 年)出生在新城一户仕宦家庭。少年时,跟从哥哥士禄学诗作文,在家乡小有名气。

清世祖顺治十五年(公元 1658 年),他二十四岁,高中进士,次年出任扬州推官。在扬州为官期间,他与不少江左诗人结为知己,并多次拜访"江左三大家"之中的钱谦益和吴伟业,尊为师长,颇多受益。因此,他得知吴伟业仙逝,深为悲痛。

王士祯是在一夜之间名扬文坛的。顺治十四年(公元 1657 年)八月,他从家乡赶赴省城济南,参加科举考试。一日,他和各地云集而来的名士学子,会饮于城北大明湖畔的水面亭,相约组建"秋柳诗社"。

当时,大明湖已染上深深的秋色,亭边十余株杨柳,柔枝拂面，黄叶飘落。年方二十有三的王士禛，年轻多情，感落叶而生悲，拂垂柳而流泪，不禁情寄杨柳，赋诗四首：

秋来何处最销魂？残照西风白下门。
他日差池春燕影，只今憔悴晚烟痕。
愁生陌上黄骢曲，梦远江南乌夜村。
莫听临风三弄笛，玉关哀怨总难论！

娟娟凉露欲为霜，万缕千条拂玉塘。
浦里青荷中妇镜，江干黄竹女儿箱。
空怜板渚隋堤水，不见琅琊大道王。
若过洛阳风景地，含情重问永丰坊。

东风作絮糁春衣，太息萧条景物非。
扶荔宫中花事尽，灵和殿里昔人稀。
相逢南雁皆愁侣，好语西乌莫夜飞。
往日风流问枚叔，梁园回首素心违。

桃根桃叶镇相连，眺尽平芜欲化烟。
秋色向人犹旖旎，春闺曾与致缠绵。
新愁帝子悲今日，旧事公孙忆往年。

记否青门珠络鼓，松柏相映夕阳边。

　　这四首诗，用典很多，今天读来，颇不好懂；但据王士禛自撰《年谱》记载，当时在场的文士，就有十人依韵唱和，以后"诗传四方，和者数百人"。郑鸿在《渔洋山人秋柳诗笺注析解》中说：《秋柳》四首，广传于大江南北，和者竟至千余家。可见当时产生了多么大的影响，王士禛也因此名震海内。

　　在众多的唱和诗中，当代清诗研究专家钱仲联认为，以冒襄的四首和诗最佳，兹录二首如下：

　　　　南浦西风合断魂，数枝清影立朱门。
　　　　可知春去浑无迹，忽地霜来渐有痕。
　　　　家世凄凉灵武殿，腰肢憔悴莫愁村。
　　　　曲中旧侣如相忆，急管哀筝与细论。

　　　　台城隋苑总相怜，忆昔萦堤并拂烟。
　　　　金屋流萤俱寂寞，玉关羁雁苦缠绵。
　　　　十围种就知何代，千缕垂时已隔年。
　　　　最恨健儿偏欲折，凉秋闻道又临边。

冒襄，字辟疆，号巢民，江苏如皋人，比王士禛大二十三岁，由明入清后，屡被征召而不肯出仕，是当时著名劲节之士，诗文书法也闻名遐迩。他的四首和诗，钱仲联先生评价甚高，说其"寓感兴亡，略同原唱，神韵亦无多让"。这就是讲，冒襄的和诗，借咏柳叹明朝兴亡，神韵独具，可与王士禛的原作媲美。

不过，王士禛的《咏柳》四首，虽风调凄清，使人销魂伤怀，但由于用典过多，语言隐晦，究竟寄托何事，却颇让人费解。因此，古今诗家，争讼纷纭，莫衷一是，至今仍为疑案。

在各种见解中，多数人认为，诗篇是凭吊明亡之作。第一首里的"白下门"，指金陵南京，它是六朝时的首都，九州名城，曾经繁华一时。而在王士禛的时代，李自成攻陷北京后，明朝宗室朱由崧曾建都南京，称弘光帝，似乎成了当时复明的希望，但第二年南京就被清军占领，并遭到严重破坏。所以诗的开头两句暗示：昔日富丽兴盛，冠盖云集的南京，转瞬之间，只剩下西风残照，一片荒凉，这是令人何等销魂断肠！

接着诗人连续用典，"他日差池春燕影"，本自沈约《阳春曲》里的"杨柳垂地燕差池"。"黄骢曲"是指唐太宗的爱马黄骢死后，太宗曾命乐工作黄骢曲，以示悲悼。"乌夜村"

是晋代何准的隐居之地,其女儿诞生于此,长大成为晋穆帝的皇后,因此后人多以乌夜村指富贵的发祥地。诗人在此句中加上"梦远"两字,示意这样的繁荣之梦已永远不可实现,正如唐太宗死去的黄骢马再也无法复生一样。在这里,诗人所感到的,乃是不存在任何希望的幻灭和绝望,因而最后陷在深深的哀愁之中。

有鉴于此,不少诗家以为,第一首诗是怀念朱元璋创业艰难,却毁于当朝,感伤后人不能复兴他的事业。接下三首,表达的是同一主旨:第二首写明亡之后,南明王朝君臣荒淫昏聩,像当年的隋炀帝一样,导致一片衰败气象;第三首说明朝遗老,或隐遁山林,或抗清殉难,或归顺新朝,大有沧桑之感,亡国之痛;第四首吟南明弘光帝的妃子和太子,哀叹国家有难,皇亲国戚亦无心相顾。

据王士禛的同乡郑鸿在给《秋柳》诗作笺注时说:他曾亲耳听到王士禛的后裔讲解这四首诗,"为公吊明亡之作",并指出某句指某人,某句指某事,"缕析条分,言之凿凿"。

《咏柳》四首给王士禛带来巨大的声誉,也差点给他带来滔天大祸。清圣祖康熙六年(公元1667年),一位好事的官僚,认为王渔洋这四首诗,哀吊亡明,对新朝不满,便摘取诗中"语疵",上奏朝廷,请求毁禁诗作,惩处作者。多亏监察御史管世铭鼎力相救,认为"语意均无违碍",竭力

为他辩白,王士禛才幸免于难。管世铭后来还为此事写了两首诗,名为《追忆旧事》,其一如下:

诗无达诂最宜详,咏物怀人取断章。
穿凿一篇秋柳注,几令耳食祸渔洋。

确实是这样,诗无达诂,解释域很宽,如果硬要断章取义,穿凿附会,是很容易殃及作者的。事实上,古今诗家对《咏柳》四首中的用典,注释很多,分歧也大,很难"言之凿凿",定为一尊。不少诗家即认为,这四首诗根本不是吊明之作。有的说是诗人有感于大国公主下嫁民间而作,有的说是诗人为弘光帝的歌伎郑妥娘而作。究竟孰是孰非,很难了断。

却说王士禛在扬州为官期间,因和江左诗人交往频繁,诗名越来越高,加上多有善政,三十岁时,因总督郎廷佐、巡抚张尚贤的推荐,入朝升为礼部主事,后又迁为员外郎及户部郎中。不久,台阁重臣、文华殿大学士兼礼部尚书张英,也很看重他,在康熙皇帝面前加以推荐。康熙对他本来也耳闻其名,但不知其人,便召他进宫,出题面试。

谁知他虽然诗做得好,但属于苦吟型作家,咬文嚼字,诗思滞缓,加上初见皇上,心情惶恐,因而提笔凝思半天,一个字也写不出来。

张英在旁，替他着急，便代作草稿，揉成墨丸，私放案旁，他暗自抄上，才得以完卷，呈交圣祖。

康熙看后，笑着对张英说："人都说他的诗神韵独具，今日何以工整得一如你的手笔？"

"渔洋乃诗人之笔，必定胜臣多多。"张英只好这样含糊地搪塞过去，不敢再多说一字。

后来，康熙因他诗文兼优，命吏部授为侍讲之职，从此他仕途顺利，一直做到刑部尚书，已是很不小的官了。他后来一辈子都十分感激张英，常对人说："倘若那天无他帮忙，我几乎要作曳白人（即交白卷者）了。"康熙五十年（公元1711年），他逝于故里，终年七十七岁。

王士禛论诗作诗，都标举"神韵"。他继承唐代诗人司空图的"味在酸咸之外"、宋代诗人严羽的"妙悟"和"言有尽而意无穷"等思想，倡导"神韵说"，要求诗歌写得清幽淡雅，富有情趣和风韵。

当代学者钱锺书在《谈艺录》第二十七节里，曾这样分析王士禛的诗风："渔洋天赋不厚，才力颇薄，乃遁而言神韵妙语，以自掩饰。一吞半吐，撮摩虚空，往往并未悟入，已作点头微笑、闭目猛省、出口无从、会心不远之态。故余尝谓渔洋诗病在误解沧浪，而所以误解沧浪，亦正为文饰才薄。"正是如此,他作诗时,"非依傍故事成句,不能下笔"。

这段话,虽然说得有点尖刻,但也指出了王诗用典过多,修饰过甚,诗意晦涩的毛病;验之王渔洋殿前作诗的事实,"天赋不厚,才力颇薄",也不失为中的之言。

不过,王士禛毕竟是一代大家,他能够继钱谦益、吴伟业之后,主盟诗坛数十年,绝非无能之辈所能及。钱锺书先生在批评他的同时,即也肯定了袁枚《随园诗话》卷三对他的评价:王士禛虽非绝色仙女,让人一见心惊,但也是"一良家女,五官端正,吐属清雅,又能加宫中之膏沐,薰海外之名香,取人碎金,成其风格"。这就又首肯了他善于吐纳百家,吸取精华,自铸佳辞的长处。

王士禛的一些诗,确实既神韵悠远,又清新自然,具有相当的成就。请看下面几首五言诗:

晨雨过青山,漠漠寒烟织。
不见秣陵城,坐爱秋江色。
———《青山》

雨后明月来,照见山下路。
人语隔溪烟,借问停舟处。
———《惠山下邹流绮过访》

入寺闻山雨，群峰方夕阳。
流泉自成响，林壑坐生凉。
竹覆春前雪，花寒劫外香。
汤休何处是，空望碧云长。

——《碧云寺》

这类小诗，与王维《辋川集》中的五言绝句相似，颇有淡雅清远，得意忘言之妙。他自己曾说，这类诗"皆一时伫兴之言"，其妙处就在"天然不可凑泊"。他的七言绝句，更为脍炙人口，代表作有《秦淮杂诗》、《大风渡江》、《真州绝句》、《雨中渡故关》等。如《秦淮杂诗》之一："年来肠断秣陵舟，梦绕秦淮水上楼。十日雨丝风片里，浓春烟景似残秋。"这种诗，境界清远，淡雅含蓄，是他追求"神韵"的具体表现。[2]

---

[1] 主要参考资料：吴伟业《梅村家藏稿》，《清诗纪事·顺治朝卷》，陆世仪《复社记略》，谢国桢《明清之际党社运动考》，钱仲联《梦苕庵专著二种》。

[2] 主要参考资料：《渔洋诗集》，《新城县志》，王士禛《带经堂诗话》卷五、卷八，《清诗纪事·乾隆朝卷》，惠栋注补《王渔洋年谱》。

【第 40 回】

龚自珍笔吐风雷气
黄遵宪诗开海外天

龚自珍笔吐风雷气

清朝道光十九年（公元 1839 年），一个炎日的下午，江苏镇江南郊一座庙宇前的大道上，人山人海，水泄不通。原来这里很久没有下雨，旱灾严重，人们正在道士的主持下，向风神、雷神祈求下雨。

一个面目清瘦、气宇轩昂的中年汉子，带着两个仆人，驾着两辆满载书籍的马车，匆匆赶路走到这里，被密密麻麻的人群挡住了去路。这位中年人眼看无法前进，跳下马车，挤过人群，来到祭台前，想求道长帮忙，请大家让个道。

那位身着宽袍大袖、胡须雪白的道长，正在书写祷词，闻声抬眼，顿时大喜，连声喊道："哎呀呀，这不是文坛巨子龚自珍吗？你来得太巧了，快给我们写篇祭神词吧！"

龚自珍本来就性格豪放，办事痛快，加上道长盛情邀请，难以推辞，于是接过笔来，欣然挥毫，写下了这样一首诗：

九州生气恃风雷，万马齐喑究可哀。
我劝天公重抖擞，不拘一格降人才。

这首诗的大意是：中国要变得生气勃勃，全靠风云雷电的震撼激荡；而如今的中华大地，一片死气沉沉，多么令人叹息悲哀。我希望老天重新振奋起来，打破常规，给人间降下各种各样的人才。

这四句诗写得非常高妙，它既符合祭词的要求，"天公"、"风雷"都说到了，又饱含着盼望中国能出现一场大的社会变革的进步思想。它本身就像一声炸雷、一阵疾风，催人警醒，给人力量。

道长手捧这首"祭神诗"，连读数遍，越读越激动，越读越称颂。他连忙招呼小道士，叫人们让开一条大路，请贵宾前行。

龚自珍坐回车上，继续赶路，心里暗暗盘算：这震天撼地、荡污涤垢的暴风骤雨，究竟什么时候才能降临大地呢？

龚自珍此行，是从北京辞官回家乡杭州。他从农历四月末离京，七月初到家，一路上或回忆往事，或直抒胸臆，或叙述见闻，或友朋赠答，写了三百一十五首诗，创作获得了极大的丰收。由于这一年是己亥年，诗作所写的内容多半因事即兴，不拘一格，所以合起来称为《己亥杂诗》。

这些诗，既有锐利的思想锋芒，又有瑰丽的文辞和奔放的豪情，深受人们喜爱。常常写出一首，便不胫而走，他还在途中，有些诗篇已先传到家，当时就有"诗先人到"的佳

话。然而，龚自珍回乡不到两年，即道光二十一年（公元1841年），就在江苏丹阳云阳书院突然离世了，这时他年仅四十九岁。

龚自珍，字尔玉，又字璱人；曾更名易简，字伯定；又更名巩祚，号定庵，于乾隆五十七年（公元1792年）出生在浙江仁和（今浙江杭州）。

他家在杭州可是个名门望族，到龚自珍时，已连续五代为宦做官，并以诗词学问名世。祖父龚禔身，官至内阁中书军机处行走（掌管朝廷军阁要务的大臣），著有《吟朧山房诗》。父亲龚丽正，官至江苏按察使（江苏省的司法长官），著有《国语补注》、《三礼图考》、《两汉书质疑》、《楚辞名物考》等。母亲段驯，是以《说文解字注》而称雄学界的文字学权威段玉裁的女儿，也能诗擅文，著有《绿华吟榭诗草》传世。

龚自珍家庭学习环境好，加上自己聪慧肯学，从小培养了深厚而广泛的学问根基。他五六岁跟母亲学诗，十二岁跟外祖父学文字学，十三岁写出《知觉辨》，同时开始研究古今官制，十五岁钻研图书目录学，十六岁又对金石学（关于古代钟鼎碑刻的学问）发生兴趣，十九岁埋头倚声填词，到二十一岁时，已编出《怀人馆词》（三卷）和《红禅词》（二卷）两本词集了。

他的出众才华，连大名鼎鼎的外祖父段玉裁都异常欣赏，赞不绝口。他在为龚自珍的《怀人馆词》作序时说：自珍"所业诗文甚多，间有治经史之作，风发云逝，有不可一世之概"；认为"自珍以弱冠而能之，则其才之绝异，与其性情之沉逸，居可知矣"。

龚自珍十九岁考取秀才，二十六岁考中举人，后来又高中进士。从二十八岁起，直到晚年辞官回乡，他一直在朝廷任内阁中书和礼部主事等职务。

龚自珍所处的时代，是一个统一的封建王朝面临崩溃没落，逐渐走向半封建半殖民地国家的历史转折阶段。在多年的为官生涯中，他看到国内矛盾日益尖锐，国外侵略不断加深，对整个国家产生了一种深深的危机感。因此，他不顾清朝文字狱的严厉残酷，常常发表一些揭发社会黑暗、探索政治改革的议论。

由于他的言行一反世俗观念，不仅被社会视为异端，而且不少同事也不敢与他交往，甚至认为他"怪"、"傻"。对此，他听后不屑辩解，干脆把家里的大门题为"积思之门"，在自己卧室的门上写有"寡欢之府"，在堂屋的茶几上刻着"多愤之木"。

龚自珍虽然不被一般人所理解，却被一些志同道合的朋友所看重。林则徐、魏源、汤鹏等开一代风气之先的著名人物，都是他的知音。道光十八年（公元 1838 年），林则徐前往广东禁止鸦片，抵御外国侵略，他曾为之献计献策，长途送行。第二年辞官回乡的路上，他还挂念林则徐的禁烟大业，写下了这样一首诗：

故人横海拜将军，侧立南天未蒇勋。
我有阴符三百字，蜡丸难寄惜雄文。

这里的"故人"，就是指林则徐。诗的大意是说：我的好友正在沿海担任禁烟大臣，但到现在还没完全结束，并建立功勋。非常遗憾，我只能空表良好的祝愿，却不能助他一臂之力。从这首吟咏个人友情的诗篇里，我们仍可感受到他关心国计民生的炽热情怀。

请再看他的一首流传很广的诗：

浩荡离愁白日斜，吟鞭东指即天涯；
落红不是无情物，化作春泥更护花。

这首诗，以鲜明的形象、深沉的格调，把他辞官离开北京时的复杂心情，表现得淋漓尽致，尤其是后两句："落红不是无情物，化作春泥更护花"，诗味醇厚，意韵悠长，长期以来一直脍炙人口。

龚自珍诗词写得好，散文写得更加出色。他的散文，见解新颖深刻，感情激越充沛，词句变化多端，文字苍劲有力，具有汪洋恣肆、雄奇瑰丽的独特风格。他还常常采用谈历史、写动物的形式，抨击社会的黑暗现象，寄托自己的理想，因而他的许多散文又像杂文和寓言那样，嬉笑怒骂，痛快淋漓，文笔犀利，触目惊心。

他曾写过一篇著名的《病梅馆记》，大意是说：人们历来认为弯弯扭扭、歪歪斜斜的梅花才好看，于是文人画士们提出了这样的美学标准："梅以曲为美，直则无姿；以欹为美，正则无景；以疏为美，密则无态。"其结果，使得卖梅花的人为了得到高价，"斫其正，养其傍条；删其密，夭其稚枝；锄其直，遏其生气"。于是江浙一带的梅花，都被摧残成了病梅。他说，我买了三百盆这种满身残疾的梅花，把盆打碎，重新种在地上，以便治好它们的疾病，恢复它们的天然姿态。若有时间，又有土地的话，能够把各地的病梅都治好，那该是多么痛快的事啊！

这篇散文，短小精悍，语言活泼，形象生动，寓意深刻。它运用象征的手法，写出了当时美丑颠倒、残害人才的现实；同时又表现了作者要还其自然，培植人才的决心和愿望，确可谓辞精意美。

龚自珍的诗文，对当时和后世都有重要影响。其中流贯的愤世嫉俗、忧国忧民的思想，打破陈规、锐意创新的风格，充分展示了一个时代先觉者的神采风貌。他的诗文，不仅在当时风靡一世，而且是后来戊戌时代变法维新者的精神武器。梁启超在《清代学术概论》里说：

> 光绪间所谓新学家者，大率人人皆经过崇拜龚氏之一时期……今文学派之开拓，实自龚氏。

这就是说，后来掀起近代文学革命的新型学者，如黄遵宪、梁启超、谭嗣同、王国维等，无不受到龚自珍的极大影响，龚自珍实为中国近代文学革命的先驱。

龚自珍逝世七年后，广东嘉应州（今广东梅州）的一户大商人家里，出了一个后来名震诗坛的领袖人物，他就是黄遵宪。[1]

黄遵宪诗开海外天

在中国近代文学史上，黄遵宪是个有着特殊经历的诗坛领袖。他有什么样的特殊经历？请看他由驻日本参赞调任驻美国富兰西士果（旧金山）总领事时，写的这样一首诗：

> 海外偏留文字缘，新诗脱口每争传。
> 草完明治维新史，吟到中华以外天。

这首黄遵宪叙述自己创作情况的诗作，非常清楚地表明：他曾在海外创作了大量诗作，歌咏了中华以外的广阔天地，并且他的诗很受读者喜爱，一脱稿人们就争相传诵。诗中说到的"明治维新史"，指他写的五十多万字的巨著《日本国志》，这是中国人写的第一部日本通史，概述了日本古往今来各方面的状况，尤其是"明治维新"所引发的巨大变化，因此又可以说是一部"明治维新史"。

那么，黄遵宪为什么会有那么多"吟到中华以外天"的创作呢？

黄遵宪，字公度，别号人境庐主人，广东嘉应州人，道光二十八年（公元 1848 年）出生在一个屡代经营当铺的大商人家庭。他从小受到极严格的家庭教育，同时也培养了远大的抱负。

十岁那年，家乡私塾先生以杜甫的名句"一览众山小"命题，让学生作诗。黄遵宪开口答道："天下犹为小，何论眼底山。"这两句诗，出语惊人，气概不凡，充分显示了少年黄遵宪的卓越诗才和高远志向。

黄遵宪于二十岁考中秀才，二十九岁中了举人。也就在这一年（光绪二年，公元1876年），他迈出了自己人生旅途上重要的一步，即跨洋过海，东渡日本，当了清政府驻日本使馆参赞。由此开始，他又接连担任了驻美国旧金山总领事、驻英国参赞、驻新加坡总领事等职务，在国外度过了长达十七年之久的外交官生涯。

这番人生经历，使黄遵宪亲身接触了中国以外的广阔世界，极大地扩展了他的视野和见识。这是黄遵宪区别同时代其他诗人的独特之处，也是他所以能创作出大量表现异域生活作品的缘由。

黄遵宪描写海外生活的诗篇，数量多，题材广，境界新。他每到一国，都用中国人的眼光，审视异国的过去、现在和未来，网罗旧闻，采访今人，探究历史，留心新政，游览风景，考察名胜，一有所得，便寄托在吟咏之中。

日本的秀丽山水和文化风俗，美国的总统大选和海外侨胞的遭遇，英国的皇宫园林和伦敦大雾，法国的凯旋门和埃菲尔铁塔，埃及的金字塔和象形石柱，新加坡的华人山庄和渔民生活，国际著名航道苏黎世运河，以及西方科技和艺术等——各种中国人见所未见、闻所未闻的新奇事物和新奇景象，许多都在他笔下极富魅力地表现出来，令人耳目一新。

《日本杂事诗》是黄遵宪最早吟咏异域生活的一部诗歌总集，共收他在日本创作或翻译的诗歌近二百首，每首诗下都附小注记事，内容涉及日本的历史和社会生活的各个方面，堪称是一部百科全书式的大型组诗。请看开卷第一首诗：

立国扶桑近日边，外称帝国内称天。
纵横八十三州地，上下二千五百年。

日本自神武纪元至明治十二年（光绪五年，公元1879年），已有二千五百三十九年历史，内称皇帝，外称帝国，有四岛、九道、八十三州。中国自隋朝起，就称日本为"扶桑"，自古认为扶桑是日出之处，因而说日本"近日边"。这首诗，把日本的地理位置、历史、面积、内外称谓等，都说得既准确，又有趣味，颇有以诗说史的价值，足见黄遵宪的用心良苦和驾驭诗歌语言的能力。

《今离别》组诗，描写对象是火车、电报、照相等新技术产物和东半球与西半球昼夜相反的自然现象。这些东西很难写得有诗味、吸引人，但黄遵宪却能巧妙构思，用妻子思念丈夫这条线索，把这种种事物贯穿起来，写得缠绵悱恻、新鲜动人。

诗的开始写夫妻离别，妻子埋怨火车准点开车，跑得太快,不像古老的马车和小船一样,想多谈一会就迟点儿开,而且它们都走得很慢,可以让人互相多看一会儿。接着写后来打电报,妻子惊叹电报飞快,却又觉得美中不足,几经翻译,见不到丈夫的笔迹了。随后又写妻子接到远方寄来的照片,"自别思见君,情如春酒浓。今日见君面,仍觉心忡忡"。于是妻子渴望也能把自己的照片寄给丈夫,"安得如电光,一闪至君旁"。最后写妻子梦中万里寻夫,打开帐子却不见人影,由此想到东半球和西半球昼夜相反,当妻子举头望明月时,丈夫正在披衣起床呢。妻子感叹时辰交错,连梦魂也难以相通,所以只能向丈夫表示一往深情:"只有恋君心,海枯终不移。海水深复深,难以量相思!"

请再看这首《海行杂感》:

星星世界遍诸天,不计三千与大千。
倘亦乘槎中有客,回头望我地球圆。

这首诗写于作者从日本横滨赴美国任旧金山总领事的途中,表现的是作者海上眺望星空时的幻想。它的大意是说:夜晚航行在大海中,天空到处布满星星,星星映照海面上,分不清海与天的界线;古人说天河与大海相通,倘若有谁乘舟上了天河,回头看我们的大地,原来是个圆球。

诗作气魄宏大，境界开阔，既写出了茫茫夜海航行时的特殊感受，又传达了当时鲜为人知的地球是圆的这一自然科学知识。黄遵宪自己曾说，他的诗歌要将"古人未有之物，未辟之境，耳目所历，皆笔而书之"。他的大量描写异国生活的创作，确实做到了这一点，空前地扩展了中国古典诗歌的表现领域。

光绪二十年（公元1894年），中日甲午海战爆发，黄遵宪奉调回国，任江南洋务局总办。第二年，他在上海会见康有为，纵论国家大事，随即参加强学会，成为变法维新运动的中坚分子。接着，他又邀请梁启超一起创办《时务报》，宣传变法维新思想，在当时极有影响。

戊戌变法前一年，他被任命为湖南按察使（管理司法的长官），与当时巡抚（省长）陈宝箴一起大力推行新政，先后创办时务学堂、南学会、保卫局、课吏馆，以及《湘学新报》、《湘报》等宣传新思想的进步报刊，使湖南成为当时全国最活跃、最有朝气的一个省。

然而，好景不长，就在黄遵宪协助康有为、梁启超、谭嗣同等进行变法时，慈禧太后把有意改革的光绪皇帝软禁起来，将国家大权夺了过去。由于慈禧太后反对变法，并对变法维新人士进行残酷迫害，致使刚刚不过一百多天的维新运动，很快就在血泊中半途而废了。

本来，黄遵宪因直接参加了变法，被判为与谭嗣同等人同罪，要从严惩办，由于英国驻上海总领事和日本驻华公使等出面干预，清政府才免了他的杀头之罪，允许他免职还乡。这年是光绪二十四年（公元1898年），黄遵宪刚好五十岁，正是干事业的时候，但遭此厄运，罢官回家后，一直忧愤郁闷，直至光绪三十一年（公元1905年）去世。

正因为黄遵宪是个很有政治抱负、关心国家兴亡的人，所以他除了创作大量表现异国风情的诗文外，还对中国近代史各种重大事件，都进行了生动描绘。特别是他的反对外国侵略的诗作，写得尤为出色，历来为人们称颂。

光绪十一年（公元1885年），七十岁的爱国老将冯子材在谅山大败法军，使中国人扬眉吐气。黄遵宪创作了长诗《冯将军歌》，热情歌颂这位老将军，描绘了清军英勇战斗的壮烈场面。

中国在甲午海战中惨败，他写了一组悲愤深沉的诗篇，完整地反映了这次战争的全部过程及其后果。《悲平壤》颂扬视死如归、壮烈牺牲的英雄将领左宝贵，谴责贪生怕死、撤军败逃的叶志超，写得慷慨激昂，动人心魄。《哀旅顺》、《哭威海》分别写两个战略要塞的险峻地势和失败沦陷，充满悲痛和愤怒之情，催人泪下，感人至深。《台湾行》抨击扬言固守却仓皇内渡的官吏，鞭笞了投降的将领，揭露了他们在民族敌人面前乞怜偷生的卑劣丑态。

《马关纪事》写清政府签订丧权辱国的"马关条约",对割地赔款的行径充满悲愤。《书愤》写甲午战争后,外国侵略者瓜分中国的狂潮,呈现了一幅"弱肉供强食,人人虎口危"的凄惨画面。

在整个中国文学史上,直接用诗歌来描绘和反映一个历史时期重大事件的人,本来就甚为罕见,像黄遵宪这样系统歌咏者,更是凤毛麟角。近代史上的许多重大事件,在他的诗作里都有反映。对丧权辱国的悲愤,对抗敌英雄的敬仰,对民族败类的鞭笞,对祖国富强的渴望,始终是他描绘国内生活诗篇的中心内容。有人说,黄遵宪的诗可称为"一代诗史",是为确论。

黄遵宪诗歌的突出特点,可用一个字来概括,这就是"新"。他的诗不仅描写内容新,而且表现手法新。打破旧体诗的格律,但又保持诗歌应有的韵律和节奏,以丰富多样的笔法和铺展恢宏的篇幅,状物写事,开拓新境,是他诗歌创作的拿手好戏。

黄遵宪现存诗作一千余首,呈现出多样的风格和心境:有的气魄宏大,豪言满纸;有的恬淡宁静,细声慢语;有的雄辩滔滔,议论风生;有的幽默诙谐,情致盎然;有的匠心独运,工整精美;有的信手拈来,涉笔成趣;有的洋洋洒洒,宏篇巨制；有的简洁凝练，小巧玲珑。

黄诗这种摇曳多姿，变化万千的风貌，与他善于广采博纳，兼收并蓄的写作态度有关，更是他实践"我手写吾口，古岂能拘牵"创作主张的结果。

在当时的诗坛上，有些守旧的人，一味模仿古代，思想和手法都陈旧落伍；有些维新派的诗则生吞活剥地把一些新名词、外来语塞进诗里，写得晦涩难懂，毫无诗味。黄遵宪的诗却能避免这两者的弊端，努力使新内容与旧形式融洽，使新词语与旧格调和谐，因而成了当时出类拔萃的第一大诗人，被公认为当时"诗界革命"的一面旗帜。

黄遵宪被免职回乡后，最后两年被肺病折磨得厉害，在家闲居时常以看小说消遣。当时，他在梁启超主编的《新小说》月刊上，看到一部连载长篇小说，才读几回，便连声赞叹说："写得好！写得好！"[2]

---

[1] 主要参考资料：《龚自珍全集》、《清诗纪事·道光朝卷》、刘逸生《龚自珍己亥杂诗注》、朱杰勤《龚定庵研究》、孙文光与王世芸编《龚自珍研究资料集》。

[2] 主要参考资料：梁启超《嘉应黄先生墓志铭》、钱仲联《人境庐诗草笺注》与《黄公度先生年谱》、麦若鹏《黄遵宪传》。

【第 41 回】

吴趼人谴责怪现状
李伯元笔锋刺官场

吴趼人谴责怪现状

上述那部被黄遵宪啧啧赞叹的小说，就是清末著名小说家吴趼人的代表作《二十年目睹之怪现状》。

《二十年目睹之怪现状》刚在《新小说》上连载时，便深受读者欢迎，以致书还没写完，就被要求刊行"未完待续"的单行本。从1903年开始，到1910年结束，全书一百零八回，五十万字，竟出了八个单行本。它对读者的影响，不仅一般文士"能叙其梗概"，就是"妇孺也能道其一二"。作者吴趼人，也因此一下子成了街头巷尾常常议论的人物。

吴趼人原名吴沃尧，字小允，号趼人，又号我佛山人，因他发表作品时，多署名趼人，所以人们反而很少叫他的原名了。他家祖籍在广东佛山镇（今广东佛山），因其祖父在朝廷任工部员外郎（管理国家建筑和水利的官员），所以举家迁至北京。吴趼人生于同治五年（公元1866年），两岁时祖父病故，随父亲从京城回佛山老家。十七岁那年，父亲在任浙江巡检时，又不幸遇难去世。家中积蓄的一万多两银子被叔父诓骗而去。由此，吴趼人的家庭生活一落千丈，顿时从一个富贵人家跌入了贫民行列。

家庭的巨大变故,使吴趼人不到二十岁就背井离乡,到上海去自谋职业。开始,他在江南制造军械局当小雇员,做些抄抄写写的工作,每月工资八块银元。工作之余,他也给报刊写些趣味性的短文,一来可打发晚上独自孤居的寂寞;二来可挣些稿酬,聊补工资供养母亲及家庭的不足。

这时,梁启超等维新派人士正在倡导"小说界革命",认为小说具有改良社会,推动时代前进的作用。受其影响,吴趼人从1903年开始,创作《二十年目睹之怪现状》等长篇小说,在梁启超创办的《新小说》杂志上连载。

后来,他自己有了名气,便自行主编《月月小说》杂志,在上面发表了更多的长短篇小说及各种时评杂文。吴趼人写作非常勤奋,常常吃过晚饭就坐到桌边,一直写到天亮才休息。

吴趼人的著作很多,仅小说就有三十多种,其中比较重要的长篇小说有《痛史》、《恨海》、《九命奇冤》、《瞎骗奇闻》、《新石头记》、《两晋演义》、《糊涂世界》、《劫余灰》、《发财秘诀》、《最近社会龌龊史》等,短篇小说有《黑籍冤魂》、《立宪万岁》、《光绪万年》、《平步青云》等。由于吴趼人的小说创作数量多、影响大,在当时被称为"小说巨子"。

《二十年目睹之怪现状》是吴趼人的代表作。它描写的是从1884年中法战争前后至1904年左右的二十年里，作品主人公"九死一生"耳闻目睹的各种社会怪现状，反映了清末社会内外交困、污浊腐败的黑暗现实。

作品主人公为什么给自己起名为"九死一生"呢？小说第二回曾有一段绝妙的解释：

只因我出来应世的二十年中，回头想来所遇见的只有三种东西：第一种是蛇、虫、鼠、蚁，第二种是豺、狼、虎、豹，第三种是魑、魅、魍、魉。二十年之久，在此中过来，未曾被第一种所蚀，未曾被第二种所啖，未曾被第三种所攫，居然都被我躲避了过去，还不算是九死一生么？

这里说到的三种东西，可以说象征性地包罗了社会上各类卑劣之人。第一类是普通人中的坏人。这种人专爱干损人利己的事，碰上他们，你在钱财或名誉上总要受到一些损失，所以作者把他们比作蛇、虫、鼠、蚁，一个"蚀"字，说明他们的危害还不算太大。

第二类是政治上的一些当权者。中国古代就有"苛政猛于虎"的比喻，清末各个阶层的当政者，上至中央朝廷，下至地方官吏,几乎都仗着自己的权势,想尽办法,搜刮民脂民膏,以致民不聊生,怨声载道。他们不正像食人肉、喝人血的豺、狼、虎、豹一样么!

至于第三类,则是指那些善于运用阴险狡诈的手段,来招摇撞骗和诬蔑陷害人的社会渣滓。他们使你受其害而不知害你的人是谁,或者即使知道了也无法和他们论理算账,这种人不是与那些魑、魅、魍、魉如出一辙么!

作品开篇写九死一生初入社会,遇到的就是贼扮官、官做贼的怪事。如堂堂县知事竟偷拿别人的东西,省里专管刑事案件的官员盗窃国库银子,主持一省教育工作的学政大人当人贩子等,这些描写,含蓄地传达出了"官场即盗穴"的污浊现实。

贯串全书的苟才,是作者精心塑造的清末无耻官僚的典型。他出身捐班[1],不学无术,却善于阿谀谄媚、贪赃贿赂,为了飞黄腾达、升官发财,硬逼自己新寡的儿媳,下嫁两江总督做五姨太太,真可谓寡廉鲜耻到了无以复加的地步。然而,就是这样的人,尽管一次被新任总督革职,一次被朝廷钦差大臣查办,却都能用巨额贿赂,东山再起,扶摇直上。这说明清末整个官僚机构腐朽到了何种程度。

与此相对照的是,书中描写的那些廉洁自守,不肯随俗沉浮的正直士子官吏,则都为世所不容,难以找到立足之地。

如爱民如子的知县蔡侣笙，在严重灾荒、饿殍遍野的情况下，开仓赈济灾民，结果竟被严加查办，不仅革职丢官，而且把所有家产赔上还不够还官债。

所以作者借九死一生的口，无比愤慨地说："这个官竟不是人做的！头一件要学会卑污苟贱，才可以求得差使；又要把良心搁过一边，放出那杀人不见血的手段，才弄得着钱。"这是对当时官场黑暗的本质揭露。

作品在无情揭露官场罪恶的同时，还辛辣地讽刺了无耻堕落的洋场才子和斗名方士[2]。小说写这些人胸无点墨，却到处故弄风雅，或者稍微有点技艺，就大话瞒天。如有的人根本没有看过明朝画家仇十洲的名画"史湘云醉眠芍药裀"，却硬是吹嘘自己亲眼见过。有的人自称精通唐诗，却把李商隐的号"玉溪生"说成是杜牧的号；又根据杜甫曾经自称"少陵野老"，便将杜甫和杜少陵认作父子两人。如此种种，真是丑态百出。

然而，就是这样一些附庸风雅之徒，只不过混迹于洋行商场，手里有几个钱，便真有一些诗人、名士甘愿为他们捧场，这些诗人名士的人格，也就可想而知了。

作品还对封建道德的虚伪和社会风气的败坏，作了入木三分的刻画和谴责。主人公九死一生的伯父，表面上道貌岸然，实际上却侵吞亡弟财产，欺凌弟媳孤侄。在朝廷中任吏部主事的符弥轩，常常高谈"仁义道德是立身之基础"，而对待将他抚养成人的老祖父，却百般虐待，以至几乎把老人活活打死。黎景翼为了图谋财物，设计逼死亲弟弟，又将弟媳卖到妓院。苟龙光杀死生身父亲，又奸娶父亲的小妾……对于这种种宗族家庭间骨肉相残，亲朋同事间的尔虞我诈，作者作了满怀义愤的揭露和惋惜痛心的哀叹，充分暴露了封建社会崩溃时期人们精神危机的特征。

小说还有力地抨击了当时弥漫社会的崇洋媚外思想，鞭挞了官僚在外国侵略者面前奴颜婢膝，卖身投靠的行径。第三十八回写中日开战时，中方将领叶军门竟亲笔写信给日军，请求网开一面，他愿献出平壤作为交换条件。第十四回写中法战争时，中国战舰驭远号，只远远见到海上有一缕烟，就疑为法国兵舰，自己打开水门把军舰弄沉，官兵乘舢板逃命，事后还谎报仓促遇敌，被敌击沉。

作者在作品中不止一次地喊出亡国危机："中国不是亡了，便是强起来；不强起来，便亡了，断不会有神没气的，就这样永远存在那里"，表现了作者强烈的爱国心和正义感。

吴趼人不是一个空头小说家，他不仅在作品中这样写，而且在现实中做得更出色。

1905年，他在汉口美国人办的《楚报》任中文版主笔。反美华工禁约（反对美国虐待中国工人的条约）运动一起，他立即辞去《楚报》职务，到上海参加反美爱国运动。他义愤填膺，慷慨激昂，到处演说，诚挚动人，使许多在美国商行里工作的人，纷纷辞职。

当时生活在上海的广东人有好几万，吴趼人感叹他们受官僚恶霸和外国老板的欺压，怜悯他们的孩子不能上学，便热情奔走，筹募捐款，发起组织了"两广同乡会"，并开办了"广志小学"。他亲手制订学校章程，聘请名人管理教务和担任教学，因热心教育事业，还一度耽误了自己的小说创作。

吴趼人兴趣非常广泛，是个多才多艺、心灵手巧的人。他除了写小说外，吟诗作文、书法篆刻、工艺制作，乃至养花种草，样样都会。他家房前的空地上，一年四季，花香飘逸，草木茂盛；他的书屋里，各种图书和摆设，高雅整洁，井然有序。他性格耿直，豪放旷达，朋友众多，喜好喝酒。特别是后期，他每餐必饮，简直到了以酒为粮、吃饭其次的地步。正因为这样，他的身体越来越坏，终于在1910年十月，因哮喘病发作而去世，这一年他才四十五岁。

鲁迅在《中国小说史略》里，曾将吴趼人的《二十年目睹之怪现状》与李伯元的《官场现形记》、刘鹗的《老残游记》、曾朴的《孽海花》相提并论，把它们称为清末"四大谴责小说"，并指出这类谴责小说的共同特点是："揭发伏藏，显其弊恶，而于时政，严加纠弹，或更扩充，并及风俗。"这就是说，清末谴责小说主要是为了揭发社会弊端，以纠正社会不良风气。

谴责小说所描绘的内容，涉及官场、商界、华工、战争等社会各个领域，其中以抨击官场黑暗最为普遍，可谓广泛而真实地反映近代社会生活的一面镜子，具有较高的思想价值和认识意义。可是，这类小说往往议论过多，形象刻画不够丰满，同时为了适应报刊连载的需要，多属由短篇连缀而成的长篇，整体结构有时显得不够严密，这些都是谴责小说的不足之处。[3]

李伯元笔锋刺官场

光绪二十九年（公元1903年），几乎与吴趼人的《二十年目睹之怪现状》在《新小说》上首次亮相同时，《世界繁华报》推出了李伯元的长篇连载小说《官场现形记》。

这部作品和《二十年目睹之怪现状》一样，一问世就受到了读者的极大欢迎，以致在连载过程中，就将全书六十回分为五编（每编十二回），陆续刊印了五个单行本。1905年，全书刚连载完，就有了粤东书局的石印本，接着日本知新社又出版了铅印本。

《官场现形记》所以在当时风靡一时，主要是因为作品横扫从中央到地方的各种大小文武官吏，揭发他们"昏聩糊涂"、"龌龊卑鄙"的种种劣行，集中暴露了晚清官场的污浊、吏治的败坏、统治集团的腐朽。这些描写倾诉了广大民众对当时官场吏治的不满和怨恨，说出了他们想说而没有说出的话，喊出了他们想喊而没有喊出的心声，因而受到群众的热烈欢迎。

《官场现形记》的作者李伯元，原名李宝嘉，号南亭亭长，伯元是他的字，又有笔名游戏主人、讴歌变俗人等。他家祖籍在江苏武进（今江苏常州），咸丰年间，他的祖父到山东做官，所以举家迁至山东，他也于同治六年（公元1867年）出生在那里。

李伯元的童年很不幸，三岁时父亲就去世了，他只好随母亲依附堂伯父李翼清生活。幸亏李翼清在山东历任知县、道员、东昌府知府等职，家境颇好，对孩子管教极严。因而李伯元从小受到很好的教育，不仅咏诗作赋、填词谱曲、写八股文章样样在行，而且能书擅画，精于篆刻，其他如金石、音韵、考据等学问，也都能触类旁通。十八九岁时，他去考秀才，以第一名入学廪生（即由政府补助生活的生员），但后来考过几次举人，都没有考中，他也就绝意仕途了。

光绪十八年（公元1892年），李翼清辞官归籍，告老还乡，李伯元也跟着一起从山东返回常州。当时，他家的祖宅已毁于太平天国战争的炮火，只得重择新居，住在现在的常州市青果巷二五七号。在这期间，李伯元曾跟从传教士学习英文，进步很快，不仅能进行简单日常会话，而且能约略浏览英文报刊。不久，伯父李翼清去世，他异常难过，有一段时间沉浸在悲痛之中。他伤心家庭多遭变故，感慨国事日非，一度心情苦闷。

正在这时，他从一位朋友那里，读到了康有为的上皇帝万言书，激动万分，一连几晚上都没睡着觉。

却说中国自1840年遭受第一次鸦片战争，签订了近代史上第一个割地赔款的不平等条约——《南京条约》以后，外国列强看到清王朝腐朽无能、软弱好欺，便纷纷跟在英国后面入侵中国，接连发动了第二次鸦片战争、中法战争、中日战争、八国联军入侵……中国在这一系列战争中常常打败仗，签订了一连串丧权辱国的不平等条约。当时的中华民族，危在旦夕，稍有爱国心和自尊心的中国人，都心急如焚。

正是在这种形势下，光绪二十一年（公元1895年），康有为联合当年到北京参加会试的各省举人，联名向皇帝上书，要求改良政治，变法图强，挽救危亡。这就是近代史上著名的"公车上书"[4]事件。这次上书，在全国影响很大，人们

纷纷传抄，奔走相告，使变法改良运动很快进入了高潮。

李伯元当时捧读万言书，深感"国家兴亡，匹夫有责"，觉得万言书中所说的"创立报馆，开通民智"很有道理，也是自己可以尝试尽力的一项工作。

于是，光绪二十二年（公元1896年）春节一过，他筹集一笔资金，从常州跑到上海，在当时的大马路（现南京路）上租了一幢房子，买了一台印刷机，自编自印，办起了一份《指南报》，意在唤醒民众，参加改良运动，给大家指一个正确方向。

经过一段实践，他觉得"假游戏之说，以隐寓劝惩"，可以更好地接近群众，达到唤醒民众的目的，于是他又于第二年五月创办了一份《游戏报》。这份小报，文体多样，论辩、传记、诗赋、词曲、演义、对联、灯谜、酒令等，应有尽有。所刊内容，上自国家政治，下及风土人情，从官场丑态、社会笑话、文坛轶事，到茶馆酒楼的谈资、歌榭妓院的秘闻等，无所不载。报纸以幽默生动的笔调，令人发笑的文字，寓规诫劝惩于娱乐之中，因而出刊后大为风行，李伯元也因此名震上海。

《游戏报》可说是中国小报的鼻祖，上海乃至中国有小报，始于李伯元之手。自此以后，许多人竞相仿效。不到三年，上海滩就出了十几家小报，但都赶不上《游戏报》的销路。

李伯元见大家都涌到他开创的路子上来办报，颇有点不屑一顾，于是便在1901年把《游戏报》出售给别人，自己又另外创办了《世界繁华报》。这虽然也是一种消闲性的小报，内容也很杂，但重点却在刊登连载长篇小说，对当时的社会黑暗、官场丑闻等，作了痛快淋漓的暴露和辛辣的讽刺。李伯元的《官场现形记》、《庚子国变弹词》，吴趼人的《糊涂世界》等，都发表在这份小报上。

与此同时，他还应商务印书馆的聘请，担任了《绣像小说》的主编。这本半月一期的杂志，1903年五月创刊，连办了三年，共出七十二期，这在当时就算寿命较长的刊物了。

《绣像小说》在形式上有两大特点：一是每刊登一回小说，都配有"绣像"，让读者可以直接了解作品的大概内容；二是线装，分期连载的长篇小说，最后很容易合订成书。这本杂志在当时影响也很大，李伯元的《文明小史》、《活地狱》，刘鹗的《老残游记》，忧患余生的《邻女语》等著名小说，都是由它首次发表的。《绣像小说》和梁启超主编的《新小说》、吴趼人主编的《月月小说》、徐念慈办的《小说林》，被称为晚清"四大小说杂志"。

李伯元是个精力旺盛的高产作家，他一生的创作很丰富，除了上面提到的《官场现形记》、《文明小史》、《活地狱》

和《庚子国变弹词》以外，还有《中国现在记》、《海天鸿雪记》、《醒世缘弹词》、《经国美谈新戏》，以及《南亭笔记》、《南亭四话》、《艺苑丛话》、《滑稽丛话》、《尘海妙品》、《奇书快睹》等短篇笔记、诗话、词话和印谱。他的各种小说创作，虽然内容互不相同，但都有一个基调，这就是揭露封建社会崩溃时期的晚清社会的腐败和黑暗。

他在小说《活地狱》的"楔子"里，写有这样一首诗：

世界昏昏成黑暗，未知何日放光明；
书生一掬伤时泪，誓洒大千救众生。

这首诗可说很好地表达了他创作小说的目的，即他不满意当时的社会现实，要通过小说来揭露时弊，洗刷污浊，唤醒民众，改良政治，以推动社会进步。著名的《官场现形记》，便是他实现这一创作目的的代表作。

《官场现形记》描写的官僚十分广泛，地方官从地位低下的佐杂，到州府长吏，直至巡抚大员；朝廷官从小京官到部司一级郎曹，直至位居中枢的军机大臣、大学士——这些大大小小的官僚胥吏，为了升官发财，无不蝇营狗苟，极尽卑鄙钻营之能事。

一个身任兵部要职兼内务大臣的高官，所以被委以钦差的重任,到浙江去查办一个重要案件,就因为他在京都苦了多年,"上头有意照应他","好叫他捞回两个"。这位钦差到浙江后,"只拉弓,不放箭",很快逼上来一万两银子的贿赂,最后胡乱了结了案子。

更有甚者,朝中把持实权的官僚,几乎都干着卖官鬻爵的勾当。掌握全国军政大权的军机大臣华中堂,在京城开了一个古董店,专管经营买卖官缺的生意,明目张胆地按官位的肥瘠,来规定价格,"一分行钱一分货"。而那些买官的人,则同经商舍本求利一样,一旦上任,就拼命搜刮。所以连慈禧太后也不得不承认:"通天底下一十八省,哪里来的清官。"

至于那些知县、知府等中层地方官僚,更是深得官场"套路"。他们对上阿谀逢迎、百般献媚,对下狐假虎威、无恶不作。如有个叫胡若华的,凭着京城大人物的一封信,就当上了浙江省防军统领。他平时百无一能,专会干克扣军饷、勒索百姓的活儿。这位胡统领听说上头要他带兵去浙东严州"剿匪",唯恐"送掉性命",想方设法要推掉这差事。后来听说那些土匪都是乌合之众,才带着军队勉强出发。他一路上嫖娼宿妓、抽烟赌博,到了严州后,根本没遇到土匪,便纵容兵丁杀人放火、抢掠财物、奸淫妇女,把四乡八镇洗劫一空,然后乱拉良民,指作"土匪",回城大开宴席,报功请赏。

作品还写了许多下层的佐杂（干杂事的）、小吏和下级武官，他们一面欺压百姓，一面又受到上级的压迫。对于上司，他们像狗一样地恭顺，在百姓面前，又耀武扬威、趾高气扬。他们为了能弄到一个位子，不择手段，什么事都干得出来。有个叫冒得官的，买了别人的奖状和委任状，冒名顶替当了个水军管带（营长）。后来事情败露，上司要将他撤职查办。他为了保住官位，竟把亲生女儿送给羊统领（旅长）去糟蹋，自己还蜷在门外，对统领的"赏光"感恩戴德。寡廉鲜耻，真是到了无以复加的地步。

小说中描写的各种各样的大小官吏，都有一个共同的特点，即见钱眼开，嗜钱如命。他们为了捞钱，争权夺利，互相倾轧，玩阴谋，耍诡计，设陷阱，做圈套，争受宠，抢肥缺，可谓无所不用其极！至于国家命运、人民生活这类事情，他们却根本无心旁顾，以至在公堂上也没法讲是非曲直，而完全是根据孝敬不孝敬钱来判案定罪。

《官场现形记》在艺术表现上颇受《儒林外史》的影响。小说由许多自成段落的短篇连缀而成，一人讲述完毕，即转入下一人，如此蝉联而下，从各个方面揭露了官场的丑恶面貌。

作品在运用夸张手法时，虽然存有鲁迅所说的"过甚其辞"的地方，但基本上是当时社会现实的反映，不少人和事甚至有现实的影子。这部小说的问世，促进了人们对晚清社会腐朽性的认识，同时引发形成了晚清谴责小说创作的高潮。

李伯元在小说创作中抨击官场丑恶，在现实生活中也对官场避而远之。

当时，朝廷为了笼络知名人士，设了一种特科考试。被举荐应考的人，直接到北京由皇帝当殿面试，录取后一般都授给高官。有个名叫曾慕涛的侍郎（相当于现在中央副部长的官职），看李伯元和吴趼人名气很大，就上书朝廷举荐他俩。遇到这种情况，要是一般追名逐利的人，不知要何等高兴。可是吴趼人当时没去应考，李伯元也坚决推辞。

谁知这时朝廷里有个管理监察工作的御史，因不满李伯元如此揭露官场丑态，怕他应考做了大官，竟上书检举他的"过恶"。李伯元听说后哈哈大笑道："这才是真正了解我的人啊！"当时知道这事的人，都佩服李伯元志趣高洁。

李伯元又办报，又主编杂志，又写小说，工作非常紧张。由于长期劳累，积劳成疾，他患了肺病。但他并不注意好好医治和休息，还一边咳嗽，一边照样写稿。光绪三十二年（公元1906年）三月十四日，他因肺病发作，逝于上海，时年只有四十岁。[5]

[1]"捐班",指花钱买官做。
[2]"斗名方士",指喜好在一二尺见方的纸上题诗或作画,以卖弄才情的小名士。
[3]主要参考资料:李葭荣《我佛山人传》,阿英《晚清小说史》,魏绍昌编《吴趼人研究资料》,《中国近代文学论文集·小说卷》。
[4]"公车",因为进京应考的举人都以公家车马接送,所以旧时以"公车"为举人进京应试的代称。
[5]主要参考资料:吴沃尧《李伯元传》,阿英《晚清小说史》,魏绍昌编《李伯元研究资料》,《中国近代文学论文集·小说卷》。

【第42回】

刘铁云哭泣记老残
曾孟朴愤世绘孽海

刘铁云哭泣记老残

话说李伯元1903年刚担任《绣像小说》主编时,常常为匮乏好稿而发愁。一天,他收到一沓厚厚来稿,但见封皮上姓名地址几字,写得工整大方,且颇具金石韵味,心想此稿可能不类一般。

他急忙拆开一看,"老残游记"几个大字赫然在目,下面署名为"鸿都百炼生著"。快速浏览了目录和头两回,只觉得内容新鲜、文字老道,凭着小说家和编辑家的敏感,李伯元立刻意识到这是一部好稿。他欣慰地吁了一口气,翻开首页琢磨:这"鸿都百炼生"是谁呢?

原来,这"鸿都百炼生"系笔名,作者原名叫刘鹗,字铁云,祖籍江苏丹徒(今江苏镇江),后定居淮安。他于咸丰七年(公元1857年)出生在一户封建官僚家庭,父亲刘成忠曾作为朝廷御史官驻河南。刘鹗自小聪颖,四岁跟家人识字,不久即能吟诵《唐诗三百首》。在外做官的父亲,见儿子这般敏慧,好不高兴,次年便将年仅五岁的儿子带到河南任所,悉心教诲。

刘成忠是个很开明的人,他一方面让孩子承袭传统教育,纵览经史百家，研习词章之道；一方面让其接受新学，致力于数学、医学、水利学等实际学问。而刘鹗自己，在从事这两方面学习之余，还喜欢收集书画碑帖、金石甲骨。他后来出版的《铁云藏龟》一书，便是最早将甲骨卜辞公之于世的著作。中国甲骨文研究的开山泰斗罗振玉，便自认是受了他的影响，才走上甲骨文研究道路的。

刘鹗二十岁时，自河南回淮安，同年八月赴南京乡试，不意落第。恰逢其父因病辞官，归寓淮安，他便在家侍奉病父，进一步研习数学、医学、治河及为文之道。稍后一段时间，他还在家乡一带行医，因诊断准、善用药而颇有医名。

光绪十四年（公元1888年），黄河决口，水灾泛滥。河南巡抚吴大澂，知刘鹗颇有数学和治河知识，便召他入幕府，协助完成治黄工程。不久，黄河决口合龙，吴大澂为其列案请奖。

光绪十七年（公元1891年），黄河水患下移，山东巡抚张曜采纳刘鹗"攻沙去淤"的治河主张，即疏通河道，使河水湍急而防止泥沙沉积的治理方案，并任他为黄河下游提调，负责整个治理黄河事务。刘鹗的工作非常出色，受到张曜的赏识，但同时也遭到两个满族官员刚弼和毓贤的忌恨。袁世凯当时也在山东府，因无法受宠于张曜，也结怨于刘鹗，这就为他十五年后的遇难埋下了祸根。

却说刘鹗因治河有功,被保荐到总理衙门考试后,分配到管理外交工作的各国事务衙门,以知府任用。他在北京这段时间,因工作关系,和英、法、德、日等国外交官多有接触,加深了对西方文明发展及其原因的了解。同时,他默察国势,认为中国要扶衰振弊,当发展实业和贸易,而要做到这一点,前提是建造铁路。路成则实业可以兴,实业兴国家才能繁荣强大。

恰在这时(光绪二十二年,公元1896年),两湖总督、洋务派头领张之洞欲修筑芦汉铁路,特召他到汉口咨询。刘鹗受宠若惊,大有依附之意,在《登黄鹤楼》中有诗句云:"此去荆州应不远,请谁借得一枝栖。"[1]

不料他到汉口后,尽管工作十分卖力,很快弄出了筑路图纸和预算方案,却因其才高干练,竟为张之洞左右盛宣怀所妒忌。盛宣怀调动汉口官员处处与其作梗,致使他失意而归。

返回北京后,他又上书直隶总督王文韶,请筑津镇(天津至他的家乡镇江)铁路,又遭到不少官吏的反对。而他在京为官的同乡们,也没有意识到铁路的意义和价值,攻击尤为激烈,甚至宣布开除其乡籍,不承认他是丹徒人。

刘鹗自认正确的"扶衰振弊"的方案屡遭挫折,因而苦闷异常,消极颓唐,纵情于秦楼楚馆、醇酒丽人。他自己在

《八声甘州》词里，便有"趁朱颜犹在，黄金未尽，风月陶情。长得红偎翠倚，身世听升沉"之句。

光绪二十三年（公元1897年），刘鹗应外商英国福公司聘请，主办山西矿产开采，担任山西晋丰公司经理；后又扩大经营，参与拟订河南矿务开采章程，兼任河南豫丰公司经理；并为福公司筹划开采四川麻哈金矿、浙江衢严煤铁矿，成为外商的买办与经纪人。

刘鹗在给好友罗振玉的信中，这样谈到他主办矿务的思想："晋矿开则民得养，而国可富也。国无蓄，不如任欧人开之，我严定其制，令三十年而全矿路归我。如是，则彼之利在一时，而我之利在百世矣。"这种做法，实可谓我们今日引进外资、兴办实业政策之先驱，但在当时，颇不为人所理解。

刘鹗性情本来轶荡，是个"放旷不守绳墨"的人。自担任英国福公司经理后，由于获暴利致富，更加豪奢，不矜细行。刘大杰著的《刘铁云轶事》说他"喜狎妓，一招十数"，为妓院凌云阁所倾倒。他自己贻之书中有云："客有慰我者，诮我曰：'公四十年间所见美人逾千数，从未闻缠绵若此，何公憔悴一至于此邪？'"其狂滥不检，到此地步，自然为世所难容，因而晋矿开，其"汉奸之名大噪于世"。

光绪二十六年（公元1900年），八国联军攻陷北京，一时京城粮食奇缺，路有饿莩。当时，俄国军队驻地正是皇家粮仓。因欧洲人不吃米，俄军欲将粮食烧毁。刘鹗得知这一消息后，挟巨资入北京，通过俄国公使馆的朋友，贱价买下这批粮食，并以平价卖给饥民，使京城百姓得以安渡难关。

对于此事，虽然有人认为刘鹗是眼见可以名利双收，故而冒险进京，奔波操办，但客观上却不能不承认，这是件利国福民的慈善之举。

然而，正是这件善举，成了他后来遇难的原因。光绪三十四年（公元1908年），当年在山东府与他结下怨仇的袁世凯，升任军机大臣兼外务部尚书，指控刘鹗擅开皇仓，"私售仓粟"，将他在南京逮捕。该年八月二十三日，他被战船押至汉口，然后改陆路，艰难跋涉三千五百多公里，经湖北、河南、陕西、甘肃，直至新疆，因患脑溢血，于宣统元年（公元1909年）七月死于迪化，时年五十二岁。

刘鹗的一生，可谓轰轰烈烈。他不仅与权倾一时的洋务派头领李鸿章、张之洞、王文韶等关系密切，而且与皇室权贵肃亲王善耆、庆亲王奕劻（爱新觉罗氏）等多有瓜葛。他还和一些外国外交官颇有私谊，是外商在中国的重要买办之一，也是中国近代史上修筑铁路、开采矿山、开办工厂、兴办商业，走实业兴国道路的早期实践者之一。然而，他一生遭人讥议甚多，时遇坎坷挫折，最终难逃政治陷害，死于贬谪途中。

他于1903年动笔，1907年封笔的长篇小说《老残游记》，可谓积累了他大半辈子的生活经验，是其对社会和人生观察与思考的记录。

刘鹗为什么写这部书？他在《自序》中说：

> 《离骚》为屈大夫之哭泣，《庄子》为蒙叟之哭泣，《史记》为太史公之哭泣，《草堂诗集》为杜工部之哭泣，李后主以词哭，八大山人以画哭，王实甫寄哭于《西厢记》，曹雪芹寄哭于《红楼梦》……吾人生今之时，有身世之感情，有国家之感情，有社会之感情，有宗教之感情。其感情越深者，其哭泣越痛，此鸿都百炼生所以有《老残游记》之作也。棋局已残，吾人将老，欲不哭泣也得乎？吾知海内千芳，人间万艳，必有与吾同哭同悲者焉！

刘鹗写《老残游记》之时，虽然自己已大发横财，但人品却屡遭诋毁，反对他的人颇多，这自然使他感到个人前途黯淡。而当时的清王朝，对外同列强订立了丧权辱国的《辛丑条约》，国内革命浪潮也汹涌澎湃，整个封建大厦正处于风雨飘摇、危在旦夕的境地。在这样的情形下，他怎能不对身世之感和国家之痛发出哭泣和悲叹呢!

小说第一回，刘鹗以隐喻的方式，表达了他的政治"信仰"。

作者写主人公老残做了一个梦，梦中看到大洋中有个轮船，船体已有些残破，在惊涛骇浪中航行。船上有四种人：一是船主和掌舵、扯帆的，二是具体管理船的水手，三是在船上演说的，四是不计其数的男女乘客。很明显，作者把当时的中国，比作这艘在风浪中行驶的破船。

第一种"驾驶"船的，指清王朝统治者，作者认为他们并没有错，那八个管帆的，也都在那里认真管，不过他们各自为政，不够互相配合而已。第二种水手，指中下层官吏，他们搜查乘客干粮，偷拿乘客衣物，只知剥削人民。第三种演说者，指当时的革命派，他们主张乘客去打那掌舵的。第四种乘客是广大民众。

在作者看来，船之所以危险，关键是没有采用西方的罗盘和纪限仪。于是，书中的老残一伙便给管船的送去罗盘和纪限仪，想不到却遭到船上群众和演说英雄们的打击，骂他们是"卖船的汉奸，快杀！快杀！"刘鹗曾把引进西方科技和文化，看作救国唯一方略，并因担任外商公司经理而被视为汉奸，这里颇有些借小说为自己辩白的痕迹。

小说以下的内容，主要写一个外号叫老残，本名叫铁英的江湖医生，在山东一带行医游历中的所见所闻。它与其他

清末谴责小说不同的是,突出揭露了以往文学作品很少涉猎的"清官"暴政问题。作者在第十六回的"自评"中说:

> 赃官可恨,人人知之;清官尤可恨,人多不知。盖赃官自知有病,不敢公然为非;清官则自以为不要钱,何所不为,刚愎自用,小则杀人,大则误国,吾人亲目所睹,不知凡几矣!……历来小说,皆揭赃官之恶,有揭清官之恶者,自《老残游记》始。

作品所描写的"清官",虽然没有受贿、贪污这些丑行,却是些杀民邀功,用老百姓的鲜血染红乌纱帽珠顶的刽子手。玉贤以"才能功绩卓著",任曹州知府。他到曹州府不满一年,衙门前十二个站笼里便站死了二千多人,九分半是良民百姓。于朝栋一家,因和强盗结怨被栽赃,玉贤断案不加调查,一口咬定他们是强盗,父子三人的性命便断送在站笼里。董家口一个杂货铺掌柜的年轻儿子,由于酒后批评了玉贤几句,也被抓进站笼站死。

玉贤这样滥杀无辜的原因,他自己有段供述:"这人无论冤枉不冤枉,若放下他,一定不能甘心,将来连我前程都保不住。俗语说得好:'斩草要除根。'"为了保住自己的官位,飞黄腾达,他至死不肯放下手中的屠刀。这个面目狰狞的酷

吏,正如老残一首题诗所说:

> 得失论肌髓,因之急事功。
> 冤埋城阙暗,血染顶珠红。
> 处处鸺鹠雨,山山虎豹风。
> 杀民如杀贼,太守是元戎。

另一个官僚刚弼,是"清廉得格登登"的清官,他不贪赃,曾拒绝了巨额贿赂。但正如玉贤的"能干"使他成为一个酷吏一样,刚弼的"廉洁"也没有使他成为一个好官。他在审讯贾家十三条人命大案时,一味主观臆测,断定魏氏父女就是凶手,严刑逼供,终于铸成骇人听闻的冤狱。他刚愎自用、冷酷残忍,枉杀了很多好人。

对于这样的官吏,刘鹗在小说中道出了他们与国家危难的重大关系:"只为过于要做官,且急于做大官,所以伤天害理的事做到这样。而且政声又如此其好,怕不数年之间,就要方面兼圻的吗?官愈大,害愈甚;守一府,则一府伤;抚一省,则一省残;宰天下,则天下死。"

《老残游记》的艺术成就,在晚清小说中是相当突出的,尤其是语言运用方面,不仅清新畅达,而且生动形象,颇有独到之处。如第十二回写老残在黄河边看船上人打冰时,见到空中的云和远处的山在月光下彼此映照的景色：

> 抬起头来看那南面的山，一条雪白映着月光，分外好看。一层一层山岭，却不大分辨得出，只有几片的云夹在里面，所以看不出是云是山。及至定神看去，方才看出那是云，那是山来。虽然云也是白的，山也是白的，云也有亮光，山也有亮光，只因月在云上，云在月下，所以云的亮光是从背面透过来的。
>
> 那山却不然。山上的亮光是由月光照到山上，被那山上的雪反射过来，所以光是两样子的。然只有稍近的地方如此，那山往东去越望越远，渐渐天也是白的，山也是白的，云也是白的，就分辨不出什么来了。

这完全是白描的写法。作者对原物作了相当仔细的观察和分析，然后用自己的语言，加以细腻的形象刻画，让人读后有着亲临其境的感觉。这种描写，比用一些陈词滥调来描绘事物，不知要困难多少倍。

第二回白妞说书一段，写得更为精彩。作者写白妞出场之前，全用烘云托月的手法，说她唱腔的高妙。开始，老残在济南大街上看到说书的招贴广告，接着听到路人的谈论，几乎街头巷尾都在说这件事，因而引起他的注意。他心想这白妞是何许人,为什么一纸招贴,竟举城轰动。待他回到店里,听到茶房对白妞唱腔渊源的介绍,以及她"创出这个调儿,竟至无论南北高下的人,听了她的唱书,无不神魂颠倒"的话,老残还是将信将疑,但已决定第二天去听一听了。

次日上午,老残十点左右就到了明湖居,场中早已坐满了人,直至十二点钟才来个说书姑娘,老残听她唱后,已觉大饱耳福,"叹观止矣!"想不到邻座的人说,这是黑妞,比白妞不知要差多远了。作者就是这样层层渲染,让读者感到,白妞的唱腔一定无与伦比。接着写白妞出场后,向台下一瞥的情景:

那双眼睛如秋水,如寒星,如宝珠,如白水银里头养着两丸黑水银,左右一顾一看,连那坐在远远墙角子里的人,都觉得王小玉看见我了。那坐得近的更不必说。就这一眼,满园子里便鸦雀无声,比皇帝出来还要静悄悄得多呢,连一根针掉在地下都听得见响。

随后写白妞的唱腔,由低而高,又由高转低,完全用形象比喻的手法:

唱了十数句之后,渐渐越唱越高,忽然拔了一个尖儿,像一根钢丝,抛入天际,不禁暗暗叫绝。哪知她于那极高的地方,尚能回环转折,几转之后,又高一层,接连有三四叠,节节高起,恍如由傲来峰西面攀登泰山的景象,初看傲来峰削壁千仞,以为上与天齐。及至翻到傲来峰顶,才见扇子崖,更在傲来峰上。及至翻到扇子崖上,又见南天门,更在扇子崖上,愈翻愈险,愈险愈奇。

这也是用白描的写法,采用贴切的比喻,把白妞说书时的音调变化,描绘得异常形象生动。接下来写听众初听唱腔时的感受:

> 王小玉便启朱唇,发皓齿,唱了几句书儿,声音初不甚大,只觉入耳,有说不出的妙境,五脏六腑里像熨斗熨过,无一处不伏贴,三万六千个毛孔,像吃了人参果,无一个毛孔不畅快。

下面用听众的评说,来进一步衬托唱腔的高妙无比:

> 有一个少年人不到三十岁光景,是湖南口音,说道:"当年读书,见书形容歌声的好处,有那'余音绕梁,

三日不绝'的话,我总不懂,空中设想,余音怎样会绕梁呢?又怎会三日不绝呢?及至听了小玉先生的说书,才知古人措辞之妙。每次听她说书之后,总有好几天耳朵里无非是她的书,无论做什么事,总不入神,反觉得'三日不绝'这'三日'二字,下得太少,还是孔子'三月不知肉味','三月'二字形容得透彻些。"

刘鹗这段白妞说书,匠心独运,确实写得十分出色,因而历来为人们所传诵。其他如大明湖之游(第二回)、四大名泉(第三回)、桃花山遇虎(第八回)、黄河打冰(第十二回)等,都写得自然逼真,令人佩服。胡适对这些地方的描写,曾逐回点评,称赞其"前无古人",实非过誉之辞。清代小说的研究专家阿英(钱杏邨)在《清末四大小说家》一文中认为:"《老残游记》在晚清小说中,是最能写实的,所以能有此种成果,当是刘铁云比较接近西洋科学故。"这是很有见地的评论。

《老残游记》所写的人和事,不少有现实根据,甚至实指其人其事。如玉贤指毓贤,刚弼指刚毅,这两个满人当年都曾和刘鹗一起在山东治河,毓贤后任山东巡抚,刚毅任军机大臣。黑妞、白妞也是当时实有艺人,白妞一名小玉,是明湖居奏伎,倾动一时,有"红妆柳敬亭"之称。至于书中主人公老残，胡适说是作者自我写照，亦非虚言。刘鹗在第十三回原评中自言："野史者，补正史之缺也。名可托诸子虚，事需证诸实在。"这里透露了他以小说存史的用心。

除《老残游记》外，刘鹗还写有天算著作《勾股天元草》、《孤三角术》，治河著作《历代黄河变迁图考》、《治河七说》、《治河续说》，医学著作《人命安和集》（未完成），金石著作《铁云藏龟》、《铁云藏陶》、《铁云泥封》，诗歌创作《铁云诗存》。

在这么多方面有这么多著作问世，可见刘鹗是个兴趣广泛、多才多艺，且又颇有恒心和毅力的人。他的儿子刘大绅说："不管刘鹗的商业和政治活动有多忙，晚上总是点起灯，弹古琴，读诗文，著书立说。"阿英也说他"颇放旷不守绳墨，而不废读书"。刘鹗的一生或许和《老残游记》一样，也是一部值得细细品味和探讨的作品。[2]

曾孟朴愤世绘孽海

晚清四大谴责小说中，《孽海花》成书最晚，但价值和影响却不在其他三部作品之下。作者自己说，小说头二十回一问世，便风行海内，仅一年多时间里，就再版十五次，印数达五万部以上。这在当时，可谓获得很大轰动效应了。

《孽海花》的作者曾朴，字孟朴，笔名东亚病夫，清同治十一年（公元1872年）出生于江苏常熟。他家在常熟是数一数二的大地主，父亲曾之撰颇有学问和见识，很重视对孩子的教育。曾朴幼年即爱好文学，常常背着家人窃读名家小说、笔记杂集。十三四岁时，他就同家乡文士张隐南（《续孽海花》作者，笔名燕谷老人）等交游，以文名享誉乡里。

光绪十七年（公元1891年），他参加乡试中了举人，次年进京应春闱试，不意落第。还乡后，他写成《补后汉书艺文志》一卷、《后汉书艺文志考证》十卷（收入开明书店出版的《二十五史补编》之中）。后来他父亲花钱捐了个内阁中书，让他在北京做官。

此间，他与工部左侍郎汪鸣銮的女儿结婚，得以常出入汪的好友、户部尚书翁同龢之门，同时与当时名人李文田、江建霞、洪文卿等诗酒唱和，常相往来。四年后，他入同文馆特班学习法文，想就此献身于外交界；可次年参加总理衙门考试，未能如愿以偿，因而愤然出都，回到南方。

光绪二十三年（公元1897年），他在上海筹办实业，与维新派著名人物谭嗣同、林旭、唐才常等，过从甚密，计议组织力量，推行变法维新。次年，康有为、梁启超等在北京活动，渐趋成熟，电约上海诸同志进京。当时曾朴因父亲去世，未及安葬，没有与谭嗣同、林旭一起北上。

在此期间，由林旭介绍，曾朴得以结识在法国侨居多年、深谙法国文学的陈季同，在陈的指导下，专心致志于法国文学研究。他曾先后翻译有雨果的名作《九三年》、《钟楼怪人》、《吕尧兰斯鲍夏》、《欧那尼》，莫里哀的戏剧《夫人学堂》，左拉的小说《南丹与奈侬夫人》等多种法国文学作品。

由于阅读了大量法国文学作品和法译的西欧各国文学名著，曾朴自己说："因此发了文学狂。"所以光绪二十九年（公元1903年）以后，他舍弃仕途，与徐念慈等在上海创立小说林书社，提倡译著小说，先后创作小说及翻译小说多种。他自己的长篇小说《孽海花》，亦在这时开始落笔。一年后，书社扩大经营，又于1907年正月创办《小说林月刊》杂志。这本杂志共出了十二期，1908年随着书社因资金困难歇业而停刊。

这一时期，他与民主革命派人士金天翮接触颇多，对革命持同情态度。民主革命战士秋瑾被浙江巡抚张曾敫杀害，浙江民众发起驱张运动，清政府把张调往江苏，曾朴等联名电请清政府收回成命，形成江苏驱张风潮。清政府为之侧目，曾朴被列为密电捕拿的三要犯之一。

1909年，曾朴重返政界，在深受慈禧太后宠信的两江总督端方幕府中任财政文案。后端方调任，曾朴以候补知府资格分发浙江，被委任为宁波绿营官地局会办[3]。1911年十月，辛亥革命爆发，江苏宣告独立后，他被选为以张謇为议长的江苏议会议员，后任江苏官产处处长。

1915年袁世凯称帝后，曾朴与蔡锷等反袁人物往来密切，并资助陈其美等人的反袁活动。此后在孙传芳军阀势力盘踞江苏期间，他以地方绅士的地位，曾先后担任过财政厅长、政务厅长，并代理过很短时间的省长。此间，他能够力主善行，避免恶政，并反对军阀之间战争，颇受好评。

1927年，孙传芳被北伐军打垮，曾朴也随之结束其政治生涯，重新开始文学活动。他与长子曾虚白在上海开设真善美书店，创办《真善美》杂志，继续进行小说创作和翻译，并着手改写和续写《孽海花》。

据曾虚白的《曾孟朴年谱》说：他们"开书店的目的，一方面想借此发表一些自己的作品，一方面也可借此拉拢一些文艺界的同志，朝夕盘桓，造成一种法国沙龙风的空气"。

当时，傅彦长、张若谷、胡适、徐志摩、朱光潜等文坛风云人物，都是《真善美》的主要撰稿人。1931年秋，因经济拮据，《真善美》杂志停刊，曾朴也回到江苏常熟老家，过起养花种竹的闲散生活，直至六十三岁（公元1935年）病故。

曾朴一生，既浮沉于宦海，又驰骋于文坛。在清政府和民国军阀政府的官场中，他同最高层的大官们时有往来，并一度被委以重任。对于社会改革运动，他虽不是主要倡导人，却是积极参与者。在文坛上，他更加活跃：开书店，办刊物，吟诗，作文，写小说，创作剧本，翻译和研究外国文学，考证古书，整理历代轶闻等，可谓涉猎广泛，成果累累，是当时文艺界较有影响的人物之一。关于他的生平，其自传体小说《鲁男子》描绘甚详，不过时有渲染过甚之处。

《孽海花》是曾朴的代表作。该作品的原作者是金天翮（笔名"爱自由者"），1903年十月，金写成第一回和第二回，发表在中国留日学生所办的《江苏》月刊第八期上。1904年，金天翮将这两回连同已写好的第三至六回寄曾朴主办的小说林书社，曾朴阅后，觉得"是一个好题材"，对小说写法提了一些意见。金天翮本是诗人、学者，自认"究非小说家"，遂与曾朴共同拟定六十回回目，移交曾朴续写。

曾朴接手后，一面对前六回加以修改，一面夜以继日地续写，只三个月工夫，一气呵成了二十回，分别于1905年和1906年两年，由小说林书社出版了初集（一至十回）和二集（十一至二十回），署名为"爱自由者"发起，"东亚病夫"编述。1907年《小说林》杂志创刊后，继续登载至第二十五回。1927年《真善美》杂志创办，又陆续发表修改后的第二十回至二十五回和新写的第二十六回至三十五回。时刊时辍，待第三十五回刊出时，已是1930年，所以全书是在二十七年里陆陆续续同读者见面的。

《孽海花》可说是一部写真人真事的小说，书中的男女主人公金沟（雯青）和傅彩云，实则影射当时的礼部侍郎洪钧（文卿）和一代名妓赛金花。

洪钧，字文卿，苏州人，同治七年（公元1868年）中状元，元史研究专家，后任礼部侍郎。1886年，他纳名妓赛金花为妾，随后于1888年以钦差大臣身份，奉命出使德、俄、荷、奥四国，携赛金花同往。洪钧于1892年回国，因其所翻印的在国外重金购买的中俄交界图，有将中国领土帕米尔一部分划归沙俄之处，以致引起中俄边界纠纷，被御史杨萤裳所参，加上赛金花公开与别人偷情，他气闷异常，于1893年郁郁而死。

赛金花，原名赵彩云，出生于苏州一城市贫民家庭，十三岁时被人诱迫，开始卖笑生涯。正式为妓时，用"富彩云"之名，以后讹传为"傅彩云"。她二十三岁那年，被时为礼部侍郎的洪钧纳为妾，不久便随洪钧出使德、俄、荷、奥四国。她作为"状元夫人"、"公使太太"在欧洲三年，其美艳倾倒列国，曾与德国皇后并肩摄影。

1893年洪钧病死后，她同洪家脱离关系，化名曹梦兰，

在上海重新挂牌为妓。苏州绅士陆润庠等，认为她此举有损洪家和苏州人的面子，逼她离开上海。她便重新取名为赛金花，往来于天津和北京之间。

1900年，也就是光绪庚子年，八国联军大举进攻北京。一次，德国官兵勒索欺侮赛金花时，她突然以德语应对，使德兵大惊；她又声称认识联军总司令瓦德西，德兵顿时改变态度，对她恭谨有加。第二天，瓦德西果然派专车来接赛金花。就这样，她从一个难民一跃而为联军总司令的座上宾。

这期间，赛金花做了两件大事：第一件是联军在北京烧杀淫掠之时，她说服瓦德西保护北京文物，防止火烧圆明园惨剧重演，并要求保护北京善良百姓，不准滥杀无辜。第二件是清廷全权大臣李鸿章同八国联军和谈，由于德国公使克林德夫人态度强硬，一直处于僵局，因赛金花斡旋，克林德夫人让步，和谈才告成功。这两件事，是赛金花人生经历中最为重要的一页；也正是这两件事，使她成了中国近代史上引人注目的人物。

1903年赛金花因虐待婢女致死而入狱，后被刑部押解回原籍苏州，交由长州、元和、吴县三堂会审。她花了很多钱托人活动，使案子不了了之。一年后，赛金花又回到上海，三度为妓，这时，她已四十出头，希望觅得风尘知己，安度晚年，于是先后嫁了曹瑞忠、魏斯炅，但二人都不幸先后病逝。后来，赛金花蛰居北京城南的香厂居仁里十六号，直到1936年七十三岁时病故。

作为一个风尘女子，赛金花曾三度沉沦于社会最底层，含辱蒙垢，受尽了达官显贵的污辱和玩弄；又两度腾达于社会最上层，荣华风流，看够了权贵名流的诣媚和乞怜。她在庚子年间所起的特殊作用，不仅使德军驻扎的琉璃厂文物古迹得以保存，而且使北京千千万万市民免遭劫难，这使她的名字与中国近代史紧紧连在了一起。正如刘半农、商鸿逵著的《赛金花本事》所说："这个人在晚清史上，同叶赫那拉（慈禧太后）可谓一朝一野对立了。"

《孽海花》正是以金雯青和傅彩云两人为主角，以他们的生活经历为线索，来描绘出当时一段风云激荡的历史。曾朴在"修改后要说的几句话"中，这样谈到该书的写作目的：

> 在我的意思……想借主人公做全书的线索，尽量容纳近三十年来的历史，避去正面，专把些有趣的琐闻逸事，来烘托出大事的背景，格局比较的廓大。

他还特别强调指出：

这书主干的意义，只为我看着这三十年是我中国由旧到新的一个大转关，一方面文化的推移，一方面政治的变动，可惊可喜的现象，都在这一时期内飞也似的进行。我就想把这些现象合拢了它的侧影，或远景，和相联系的一些细事，收摄到我笔头的摄影机上，叫它自然一幕一幕地展现。

《孽海花》正是这样，它虽然描写了金雯青和傅彩云两人悲欢离合的故事，但主要却是想反映中国政治、文化及外交上的重大事件。

作者能居高临下，观察清王朝的内外处境，他在小说中指出："朝中歌舞升平，而海外失地失藩，频年相属。日本灭了琉球，法国取了安南，英国收了缅甸，中国一切不问，还要铺张扬厉，摆出天朝空架子。"这一番概括，可说基本道出了末代王朝空虚颓败的局势。小说还具体描绘了清王朝在列强侵凌下十年两败，上层士大夫崇尚空谈、醉生梦死的堕落情景，叙说了洋务运动的兴衰，改良主义的崛起，资产阶级革命派的初露头角等政治势力的消长过程，以及与之相伴随的思想文化的变化。

全书写了二百多个人物，从最高统治者慈禧太后、光绪皇帝，到官场文苑的权臣显贵、风流名士，直至下层社会的娼优隶卒、侠士贫民,以及德国官吏、日本革命者、俄国虚无主义者等,都网罗无遗。小说描述的场景,从朝廷宫闱、官僚客厅、名园文场、烟花妓院,直至德国交际场、俄国虚无党的革命、日本的政治运动等,无不尽收笔端。不论在反映社会生活的深度和广度方面,《孽海花》比其他三部谴责小说都技高一筹。

更值得惊异的是,曾朴在作品中流露出的进步思想。他彻底反对科名,说"科名制度,实系唐以后帝王的愚民政策之一,借此以笼络上层知识分子,间接消灭反抗,以巩固少数人的统治"。他反对清朝统治,用写元朝史事,启发国人觉醒:"只要看元世祖是个蒙古游牧的部落、酋长的国度,一朝霸占了中国,我们同胞也自贴耳摇尾地顺服了九十余年,你们想想如今五洲万国,哪里有这种好说话的百姓!本国人不管,倒教外国人来耀武扬威;多数人退后,倒被少数人把持宰割。"他在描写革命党人的演说中,甚至更露骨地号召:"现在的革命,要组织我黄帝子孙民族共和的政府。"曾朴还借书中人物之口说道:"今闻海军衙门军需要款,常有移作别用的。一国命脉所系,岂容儿戏?"这实际上就是指慈禧太后挪用海军军费,为自己建造颐和园之事。

凡此种种言论,在当时堪称大胆之极。阿英的《晚清小说史》便指出:"《孽海花》不比当时秘密发行的文学作品,是公开出卖的,在清室的淫威下,作如此描写,作者的思想和胆识,也就可见了。"

《孽海花》里的人物,主要是一批士大夫官僚。作者描写这些达官名士,不同于吴趼人、李伯元和刘鹗,并不着眼于表现他们的贪婪或凶残,而是着重刻画他们精神颓废的要害。曾朴笔下的形象,多是貌似方正的人物,有些更是敢于直谏的"清流"人物,但他们或崇尚空谈,或师心自用,或沉溺考据,或癖好古董,表面上超凡脱俗、风流儒雅,实际上是迂腐自守、矫揉造作之徒。他们置国运民生于不顾,佯狂玩世,小说入木三分地描摹出这群人物的精神世界,也就映现出了末代王朝病入膏肓、行将崩溃的图景。

曾朴交游广泛,阅历丰富,生活根基很厚,加上对中国传统学问和各种文体比较熟悉,又精通法国文学,有着深广的文学修养,因而《孽海花》一书在选材、结构和语言上,都有自己的独到之处。

在结构上,作品吸收《儒林外史》"连缀短篇"的长处,又有自己新的开拓。正如作者自己所说:"譬如穿珠,《儒林外史》等是直穿的,拿着一条线,穿一颗算一颗,一直穿到底,是一条珠链。我是蟠曲回旋着穿的,时收时放,东西交错,不离中心,是一朵珠花……《儒林外史》等是谈话式,谈乙事不管甲事,就渡到丙事,又把乙事丢了,可以随便进止。我是波澜起伏，前后有照应，有擒纵，有顺逆。"这种"回环往复"的结构，有利于深入刻画人物，扩展小说情节，显示了作者的艺术才华。

在具体表现手法上，作品主要接受了《红楼梦》的影响。作者对一些暧昧情节，从不用正面揭露的手法去戳穿，而多是用旁敲侧击或前后照应的方法，由浅入深地把事实显示出来，让读者自己去体会，这正是《红楼梦》常用的表现方法。

作品里的一些具体描写，也带有明显模仿《红楼梦》的痕迹。如第二十四回写金雯青神经错乱，忽然指着墙上挂的一幅德国将领的画像道："哪！哪！哪！你们看一个雄赳赳的外国人，头顶铜兜，身挂勋章，他多是来抢我彩云的呀！"这同《红楼梦》第五十七回写宝玉听紫鹃说黛玉要回苏州，一时神志恍惚，看见墙上挂的一只西洋自行船模型，认为是要接黛玉走的情形，可说是如出一辙。在人物塑造方面，作者不仅描写了许多新的人物形象，而且因受到西洋小说的影响，时有脱开章回小说俗套之处，这对当时读者都有耳目一新之感。

《孽海花》描绘了封建末世颓废腐败的图景，同时也反映了社会新浪潮风起云涌的形势，表现了一个新旧交替的时代。它本身在中国文学史上，也犹如一颗夜幕将尽前的启明星,既标志着一个旧时代的结束,也预示着一个新时期的来临——即"五四"新时代的诞生。[4]

[1] 参见本书第七回"王粲登楼涌乡思"篇。
[2] 主要参考资料:罗振玉《五十日梦痕录·刘铁云传》、魏绍昌编《老残游记资料》、蒋逸雪《刘鹗年谱》、阿英编《庚子事变文学集》、刘大绅《关于〈老残游记〉》。
[3] "会办",清代后期,中央及地方临时机构中的主管官称"总办",副手称"会办"。
[4] 主要参考资料:魏绍昌编《孽海花资料》、阿英《晚清小说史》、时萌《曾朴研究》、张毕来《〈孽海花〉(增订本)前言》。